道尾秀介

烏鴉的拇指

カラスの親指

〈導讀〉

巧妙的套疊佈局，溫柔的人情核心

——關於《烏鴉的拇指》

文字工作者／臥斧

Ah, people only know what you tell them, Carl.

——《Catch Me If You Can》

一九六九年，一個名叫法蘭克（Frank William Abagnale, Jr.）的美國青年在法國被捕。

法蘭克出生在一九四八年，十六歲就開始以偽造支票的方式詐騙錢財，前前後後在二十六個國家詐領了兩百五十萬美金，東窗事發、被多國通緝之後，法蘭克仍然靠著冒用身分、騙取信任等方式從追捕行動和拘留所中逃脫，當他在法國落網的時候，年紀只有二十一歲。法蘭克被引渡回美國，在法庭上被求處十二年有期徒刑；但在牢裡待不到五年，他就離開了監獄——只不過這回不是他再度脫逃，而是聯邦政府提供了一個讓他可以發揮所長的職位，將他從罪犯變成了政府雇員。

一九八〇年，法蘭克將早年的經歷寫成自傳出版，書名叫《Catch Me If You Can》。

《Catch Me If You Can》在二〇〇二年被改編成同名電影，由導演史蒂芬・史匹柏（Steven

Spielberg）執導，台譯片名為《神鬼交鋒》，是當年的賣座強片之一。片中飾演法蘭克的李奧納多・迪卡皮歐（Leonardo DiCaprio），曾對飾演聯邦幹員卡爾（Carl Hanratty）的湯姆・漢克（Tom Hanks）說，「呃，人們只知道你告訴他們的那些事，卡爾。」這話簡單好懂，但一針見血地指出進行詐騙的重點。

因為，詐騙，是種與心機算計及表演手法高度相關的技術。目標與詐騙者之間的每句對話應當透露哪些訊息、隱匿哪些資訊，要在哪個橋段加強語氣產生威嚇作用、要在哪個時點放鬆逼迫釋放安心效果……這些全是即時快速的心理攻防，詐騙者會無所不用其極地將情勢朝自己預設的方向推進，讓目標陷進早就設計好的心理陷阱當中，進而達到詐騙的目的。

如此說來，本格派的推理小說作家，或許也都熟諳此道。

當然，這並不是說推理作家們會利用詐騙手法進行犯罪——因為在推理小說的情節進行當中，要佈置哪些不可思議的謎團、放出哪些看似堅實的煙幕、掩飾哪些細微難辨的線索、誤導哪些指向真相的思緒，正是本格派推理小說作家的拿手技法。再仔細思考，不難發現：推理小說家們所進行的，其實是更複雜的作業，因為他們不但得要成功地阻止試圖與自己鬥智的讀者早一步推論出結局，還不能完全隱藏破案的關鍵，否則所謂的真相，就成了沒有邏輯的自說自話。

道尾秀介作品《烏鴉的拇指》第一層情節，便是如此組成的。

故事由武澤竹夫及入川鐵巳這組詐欺搭檔拉開序幕，並隨著情節的開展、新角色的登場，開始以插敘的方式交代兩人開始合作的緣由，以及主角武澤的過去經歷。這些過往，不但是武澤成為詐欺師的原因，也與故事行進到中段左右、武澤擬定的巨大詐欺計畫有關，更為結局的漂亮翻轉，預埋了伏筆——這些詐欺故事裡自然而然的流暢開展以及突如其來的合理轉折，對被稱為

「本格推理新希望」的道尾秀介而言，正適合他盡情地發揮嫻熟技法。

而且，道尾秀介並不滿足於只在詐欺騙局展現自己的拿手絕活。

在道尾秀介的作品當中，《向日葵不開的夏天》、《獨眼猴》等獨立故事具備明顯的「敘述性詭計」筆法，《背之眼》、《骸之爪》等系列小說則都是本格色彩濃厚的推理小說；但除此之外，他在《影子》、《所羅門之犬》、《鼠男》等等獨立長篇當中，持續著加入對社會、人際關係以及各種情感觀察的嘗試——這種創作野心，讓道尾秀介的作品除了充滿本格推理的解謎趣味之外，也積累了人情的厚度。

這樣的手法，也成為《烏鴉的拇指》第二層特色。

詐欺過程再怎麼奇巧有趣，畢竟還是個以欺騙方式獲得不義之財的手段，是故作家常會將主角個性設定得不令人討厭，或者把主角處境安排得極令人同情，好讓讀者容易認同主角的作為。《烏鴉的拇指》乍看之下也遵循這樣的方式，例如一點一點地揭露武澤的過去，以及慢慢將幾個同為社會邊緣人的角色加入團體、並且讓他們共同面對更大的惡意。

但有趣的是，道尾秀介在這個部分，再疊上了第三層巧思。

主角團隊中的角色們經歷了黑暗的過去、承受著身心的缺陷，道尾秀介設計這些元素的用意，除了要讓他們成為決定一起對抗某個勢力的團體之外，還巧妙地將更大的佈局安置在其中；這些佈局組合成另一齣謊言戲碼，在故事主線行進之間，也悄悄地在幕後進行，直到結局到來，才被真正揭開。

而且，這層巧思，並非單純的技法堆疊。

透過看得見以及看不見的騙局，道尾秀介偷偷地在情節之外將幾個看似旁枝末節的點串接起來，形成一個完整的球面；待到結局公布，才會發現原來這些情節當中存在著意想不到的牽連，也才會發現：原來這個看起來以詐騙集團計畫行騙為主的故事，真正的核心意義，並不是勾心鬥角的彼此算計。

這個核心，才是真正精采之處。

人類的手部結構中，拇指是個特殊的存在：它是唯一與其餘四指對立的手指，也是讓人類能利用手指牢握工具、進而發展出獨特文明的關鍵。道尾秀介利用了這個特點，以及日本將五隻手指視為家人的觀念，一方面設計出對應的套疊騙局，一方面將家庭與個人價值，織進了故事的核心；於是這部看起來充滿騙術計謀、貼近人性黑暗面的小說，不僅是個佈局巧妙的本格派推理故事，而且在令人驚奇的逆轉結局出現之時，還同時翻轉了陰暗的調性，顯出人心當中的溫暖，以及充滿希望的可能。

這是道尾秀介的絕妙演出。這是《烏鴉的拇指》。

目錄

正面算我贏，背面算你輸。
It's heads I win and tails you lose.

——柯南・道爾《血字的研究》（A Study in Scarlet）

鷺

HERON/hérən

1

小趾頭撞到硬物，痛徹心腑。腦髓也許是因為這股疼痛大吃一驚，就暫時停擺了，剎那間意識也隨之遠去，但事實上，這種意外最糟的一面，既不是痛楚也不是意識遠去，而是覺得自己實在太蠢了。

四十六歲的武澤竹夫站在面向山手通的「共和銀行品川分店」前，雙臂環胸，望著進進出出的稀落來客，回想自己今天早上的疏失。當時他面向公寓裡的鏡子刮完鬍子，準備步出浴室挑選適合今天這套西裝的領帶時，右腳的小趾頭狠狠踢向五公斤重的啞鈴。

那個啞鈴是前些日子才從購物中心買回來的特價品。每次進浴室時，他都會先仔細確認那個擺在地上，值兩千九百八十日圓（含稅）的啞鈴所在位置後，才一腳跨過。但當他眼盯鏡子，手握電動刮鬍刀在嘴邊上下游移時，竟完全忘了它的存在。雖然疼痛早已消退，但當時那種不知該說是糊塗的感覺，還是空虛的懊惱，仍在武澤心中揮之不去。

這樣太糟糕了，有可能會影響工作的成功率。這項工作首重「自信」。

我不糊塗、我不糊塗、我不糊塗——武澤不斷悄聲喃喃低語，將視線移回銀行。正好有名略微發福的中年男子離開櫃台，朝玻璃迴轉門走來。

筑紫章介，四十三歲，家住荒川區，電話號碼為3802-×××。與知名的新聞主播同姓，但他並沒有滿頭漂亮的銀髮，而是頂著黑色鬈髮，而且還有圓頂禿。武澤望著他那在春日的照射下，毛髮稀疏的腦袋，重新握緊手提包的把手。我不糊塗、我不糊塗、我不糊塗——他緩緩朝對方走近，對手的身高似乎與個頭矮小的武澤相差無幾。

「筑紫先生……筑紫先生。」

武澤以平靜的聲音呼喚，筑紫章介停下腳步回望，以滿腹疑問的表情看著他。

「筑紫先生，不好意思，可以佔用您一點時間嗎？」

筑紫章介那對小眼頻頻眨了幾下，似乎努力要想起對方是何人。但他不可能認得武澤，因為兩人素未謀面。

「貿然造訪，請見諒。這是我的名片。」

武澤從藏青色的西裝內側口袋取出名片，遞向前。筑紫章介把名片拿至面前仔細端詳。

「銀行調查員……」

「我受共和銀行委託，正對某詐欺案件展開調查。現在我們想請您幫忙。」

「幫忙？……您怎麼會知道我的名字？」

會有這樣的疑問是理所當然的，武澤於是解釋：「剛才這家店的分店長跟我聯絡了。筑紫先生，您剛才在櫃台收取現金，對吧？」

「是的，那是我公司的現金。」

「是在三個櫃台當中最左邊的櫃台辦理，對吧？」

「沒錯。」

「櫃台人員是名年約三十五歲的男性嗎？」

「是這樣的人沒錯。」

「他是否戴著銀框眼鏡？」

「是。」

武澤把臉湊向對方，低聲應道：

「您收取的現金，可否讓我檢查一下？」

「咦？」

武澤朝筑紫章介提在手中的黑色手提包使了個眼色，開門見山地說：

「這有可能是偽鈔。目前新聞正提到這件事，您可能也知道，今年四月品川區內兩度被人發現有仿造精細的偽鈔流通。據管轄警局和我調查的結果發現，這些偽鈔都來自這家銀行，而且是某櫃台人員親手交付的現金。」

筑紫章介若有所思地蹙緊眉頭。

「……這是怎麼一回事？」

「是那名櫃台人員掉包的。他私吞取款機中的現金，給客人偽鈔。他的同夥是一名在印刷廠工作的朋友，專門製造精細的偽鈔。」

筑紫章介朝自己手上的手提包望了一眼。

「咦，這裡頭是……偽鈔？」

武澤微微搖了搖頭。

「目前還不確定。所以才想請筑紫先生您幫忙，讓我檢查一下。」

武澤刻意不讓自己流露貪婪的神情，同時也小心不讓自己顯得過於輕鬆，朝對方伸出右手。筑紫章介來回望著武澤的右手與自己的手提包，口中喃喃低語。——快點交出來啊。快點，快點，快點。但對方始終眉頭緊蹙，猶豫不決。武澤緩緩將單手伸至腦後搔頭。

接著，一道黑影倏然從地上靠近而來。

「有什麼問題嗎？」

一名身穿西裝的男子站在一旁。冰冷的表情配上銀框眼鏡，頭髮梳理得服服帖帖，中規中矩，胸前戴著一個方形名牌。名牌上刻印的文字為——

共和銀行品川分店　分店長特助　石霞英吾

可惡——武澤在心中暗自咒罵。他小心不讓情感顯露臉上，態度沉穩地轉身面向對方。

「沒事，沒什麼問題。」

「真的嗎？」

「真的。」

筑紫章介一臉茫然地望著武澤和西裝男子，又瞄了一眼男子身上分店長特助的名牌，戰戰兢兢地開口問：「剛才……這個人說要檢查我手上的現金。我正不知如何是好呢……」

戴著名牌的男子那上唇凸出、活像海豚般的嘴巴發出「啊」的一聲，迅速朝筑紫章介和武澤的臉來回打量。

「難道是我們分店長委託的那件事？」

武澤點頭。

「沒錯，正是那件事。」

「這麼說來，這位客戶手上的現金，就是在那個櫃台提領的囉？」

「是的，剛剛才領的。」

「既然這樣，請由我來處理。我馬上用店內的驗鈔機確認。」

筑紫章介似乎總算接受了事實，說「這樣啊」的時候，還難為情地伸手搔著毛髮稀疏的腦袋。

「搞什麼，原來是真的啊。」

「突然遇到這種事，您一定嚇一跳了吧？」
戴著名牌的男子縮著雙肩，一臉歉疚。
「因為這種事而給客戶帶來困擾，我們真是羞愧難當。不好意思，可否請您在此稍候片刻？您所提領的現金由我暫時代為保管，待確認後馬上歸還給您。當然了，您也可以在店內等候。」
「喔，那我就在裡面等吧。」
「好的。那麼，方便將現金交給我嗎？」
「等到了裡面再給您，這裡不太方便。」
「沒問題。」
戴著名牌的男子說他先回店內等候，就回到銀行了。
筑紫章介轉身面向武澤。
「哎呀，剛才想都沒想就懷疑您了。因為您突然說要檢查我的現金，不好意思啊。」
「進行這種檢查時受客人懷疑是常有的事。不過，要是大家都有這樣的警戒心，這世上的詐欺案件就能減少許多，反而應該慶幸。」
「是啊，畢竟這個時代，人心不古啊。不過，真沒想到銀行員當中有這樣的壞分子，真的凡事都馬虎不得。啊，這件事不能告訴別人，對吧？」
「如果可以，請您保密。關於這件事，我猜待會兒特助應該會跟您詳細說明，我只是一個負責調查的人而已。」
「我明白了……那我先走了。」
「謝謝您的幫忙。」

武澤深深一鞠躬。在他抬起頭的同時，身體轉變方向，迅速混進人群中。在人行道上走了一會兒，轉過街角後停下腳步。

半晌過後，剛才那名戴著名牌的男子朝他走來。

「現金呢？」

武澤詢問後，對方拍了拍西裝內側口袋說道：「在這裡。」

「我們走吧。」武澤邁步離去。

男子追上武澤，笑咪咪地把臉湊近。

「竹哥，你看怎樣？」

從小學開始，大家都很理所當然地用這個綽號稱呼武澤竹夫。唯一的差別就只有稱他是「兄」或是「弟」而已。

「你不覺得我的演技進步許多嗎？」

「一點都不覺得。」

「竹兄，你可真嚴苛呢。」

「你弄錯台詞了吧？」

「哪句台詞？」

「第一句話——『有什麼問題嗎？』應該要改成『有什麼事情嗎？』才對。」

「咦，還不是一樣？」

「差遠了。之前對方又沒聽到我們的對話，突然冒出一句『有什麼問題嗎？』顯得很不自然。」

「哦，原來如此。」

「廢話。我們的工作只要有一點小疏忽就會要命的，下次你如果再犯錯我就沒辦法和你共事了。」

「竹兄，別這麼說嘛。」

「別把臉貼過來。」

「竹兄。」

「在工作的前一天，別吃大蒜。」

武澤蹙起眉頭，男子則單手擋在嘴巴前呼氣，故意露出驚訝的樣子。他的側臉已不再有銀行分店長特助的一板一眼的感覺，而是回復成武澤目前的搭檔阿鐵自然的樣子了。阿鐵今年四十五歲，小武澤一歲，看起來就像跟在學長身後的國中生。

「如果不可以吃大蒜，昨天吃晚餐時你要跟我說一聲嘛。我不是就在你面前吃煎餃嗎？」

「那時候我在想事情。你自己要小心，笨蛋。」

此次兩人搞的是傳統的詐欺手法。不論古今中外都是如此行騙，唯一差異就只有版本不同。武澤在事前便已挑選好肥羊，調查過簡單的個人資料，萬一對方起疑時，我方是否清楚對方的資訊左右著這項工作的成功率。以「你」來稱呼對方，和直接叫出對方名字，在可信度上就有很大的差別，如果視情況需要，在交談中若無其事地說出對方的住址和電話號碼，更能博取對方的信任。事前要取得相當程度的個人資料其實易如反掌，只要花點小錢，到處都找得到人肯幫你調查。

阿鐵之所以半途加入，是因為筑紫章介這隻肥羊對武澤露出懷疑的態度。這種工作，要是人多，陷阱又複雜，失敗的可能相當高，所以最好是從頭到尾都由武澤一人唱獨角戲，但要是對方露出狐疑的神色，就輪到阿鐵以分店長特助的身分上場了。武澤左手伸到腦後搔頭，就是信號。

「對了，阿鐵，你為何又取那麼複雜的名字？」

「這個嗎？」阿鐵從褲子口袋裡取出剛才那個名牌。「分店長特助　石霞英吾」。這是手巧的阿鐵為了今天所特別準備的小道具。

「這是anagram。」

「ana？……」

「anagram。是一種文字重組的遊戲。最近我很迷這種遊戲。」

「將石霞英吾重新組合，是嗎？」

「沒錯，提示在於英吾。Eigo，與日文的『英語』同音，就是English。」

聽說阿鐵才國中畢業，但不知為何對英語相當拿手。

「English？……」

武澤走在人來人往的街頭側頭思考，但他想不出箇中奧秘，馬上宣告放棄。

「到底是什麼意思？」

「竹兄，你聽好囉。石霞，日文唸作Isigasmi。」

最後他以外國人的口音說道：「若反過來唸這個字母排列，就是I am sagisi！」

「I am……sagisi❶。」

武澤猛然驚覺。

「真的耶。」

❶日語「詐欺師」讀音。

武澤差點就此停下腳步，罕見地對阿鐵露出欽佩的神情，但他全忍住了，繼續朝前方快走。

「你如果有空想這些沒意義的事，不如多多複習台詞吧。糊塗蛋。」

「塗蛋糊。」

「什麼？」

「我在玩文字重組啊。」

抵達品川車站後，兩人搭JR線只坐了一站，在田町改搭計程車。

「到阿佐谷。」

「到阿佐谷是嗎？好的。」

武澤把身子靠在椅背上，從阿鐵手中接過剛才的信封，確認裡頭的金額。他用手指沾口水，數起了鈔票，一共有三十五張一萬圓鈔票。一旁的阿鐵吹了個無聲的口哨。

「和你聯手後每次下手都能成功。」

「看來我果然本領高強呀。」

「你一個半吊子，少在那裡吹牛。」

武澤露出苦笑，但事實上他也想過，或許就是有阿鐵這樣的個性，最近工作才能接連成功。要從事這項工作，得先做好心理準備，面對一定比率的失敗。但自從讓阿鐵負責向肥羊收錢的工作後，成功率就相當高。難道是他那張長得像海豚的臉，能令對方感到安心嗎？

武澤將紙鈔放回信封裡，向駕駛座探頭。

「司機先生，難得今天天氣好，改繞到護城河那裡逛逛吧。」

「要去皇居是嗎？那樣是繞遠路哦。」

「這我知道。」

「得花不少車錢哦。」

「我知道。」

「好的，沒問題。」

司機轉動方向盤，往櫻田通駛去。

「要不要順便到千鳥淵逛逛？現在櫻花開得正美呢。」

「哦，櫻花啊，好主意。」

在得意忘形的司機駕駛下，計程車緩緩行進於皇居左側。千鳥淵素以櫻花聞名。武澤隔著車窗，悠哉地欣賞護城河水面上映照出整片雪白的花瓣。他聽見「真漂亮」的一聲感嘆，同時從一旁傳來阿鐵的大蒜味。他暗啐一聲，打開車窗，一陣輕柔的春風吹了進來。映照在護城河上花的倒影中，有隻鳥優雅地把水弄得漣漪陣陣。

「我說阿鐵啊。」武澤隨口問道：「詐欺的英語怎麼說？」

「heron。」

「heron……感覺好像是什麼黑心藥。這個單字聽起來很陌生呢。」

不過話說回來，對武澤來說，大部分的英文單字聽起來都很陌生。

視線移回護城河後，他發現盛開的櫻花爭相朝水面挺出枝椏。成排櫻樹後方的草地深處可以望見一大叢黃色物體，是油菜花。

這時，司機透過中央後照鏡望著他們兩人，突然冒出一句很突兀的話。

「先生，剛才那個應該是鴨子❷吧。」

❷意同中文的肥羊。

武澤大吃一驚，轉向前方。

「……你這話是什麼意思？」

「先生，那個不是詐欺哦。」

愈聽愈一頭霧水。

「鷺❸啊，因為鷺的身體是雪白的吧？可是剛才那是褐色的。」

武澤看著一旁的阿鐵。

阿鐵隔著後車窗望向後方景色，說：「沒錯，是鴨子，duck。」武澤也轉頭望向身後。護城河的水面上，浮著一隻褐色的水鳥。

原來是這麼回事。

「阿鐵，你剛才說的heron……」

他想做個確認。

「難道你指的是會飛的那種？」

「咦，當然會飛啊。」

阿鐵一臉驚訝地轉過頭——詐欺、sagi、鷺，看來阿鐵也誤會武澤的意思了。司機聽錯還情有可原，但一個剛剛才詐欺行騙的人竟然也會聽錯，阿鐵這個人果然糊塗。

「是喔……」

武澤覺得要特地糾正他實在太麻煩了，所以就只是默默望著窗外。他縮著脖子仰望天空，發現在春天的蔚藍晴空中，正飄浮著一朵形狀宛如大鳥展翅的白雲。

「鷺會飛啊……」

2

三個半月前。

正好是聖誕夜。

武澤辦完事，於晚上十點返回公寓，正打算打開他住的二〇五號房的門鎖時，不禁側頭感到納悶。他想插入鑰匙，卻插不進門把的鑰匙孔內，只能插進一半，另一半怎麼插也插不進去。他以為是鑰匙變形彎曲，從孔中拔出鑰匙，拿在面前仔細檢查。但完全沒半點彎曲的跡象。

照這樣看來，是門鎖的問題囉？

他蹲下身，往門把的鑰匙孔窺望。裡頭一片漆黑，瞧不出任何端倪，所以他維持這個姿勢一再試著插入鑰匙。但還是打不開，只能插入一半。難道是認錯房間？不，門上貼的門牌確實寫著二〇五號。

「怎麼回事？……」

武澤站在自己的房門前，不知如何是好。他想跟房東聯絡，但不知道房東的電話。有沒有不用鑰匙就能開門的方法呢？沒辦法。武澤幹過各種壞事，但偏偏就是不會開鎖的技術。他全身唯一管用的就是那張嘴，動手的工作天生就不擅長。看來只好跑一趟，找鎖匠來了。但附近有鎖店嗎？他不記得有。

歲末的冷風吹過公寓的外廊。

「嗯……有了，廣告傳單。」

❸鷺的日文與詐欺同音。

武澤靈光一閃，走下公寓樓梯，來到信箱前。一樓和二樓各有五個泛紅鏽的紅褐色鋼製小門，排成一列。各樓都有一到六號房，但也許是房東迷信，每一層樓都沒有四號房，三號房接下來直接連五號房。

他望向那寫著「205」的信箱小門。就像小時候看繪本，裡頭出現的寶箱般，無數張傳單從裡頭滿出。這是武澤的信箱。他已有好長一段時間沒打開這扇小門了，原因有兩個：一，因為以前的某個經驗，武澤對打開信箱的小門存有恐懼。二，因為沒人知道他的住處（應該沒人知道才對），所以重要的信件應該不會寄來這裡才對。

「鎖店……鎖店……」

武澤從信箱裡取出那一大疊傳單，開始一張一張地翻。沒想到竟然一下子就找到他想要的傳單。從上面數下來第三張，是一張寫著「Lock & Key 入川」的傳單。「緊急處理，二十四小時無休。只要是鎖和鑰匙的問題，隨時都能交給入川處理！」店名是用日文平假名寫成，一時不太容易看懂。不過，武澤決定先找入川來處理，於是他拿出舊型的手機撥打傳單上的電話號碼。

迅速說明完自己遭遇的情況後，對方說他馬上就到。武澤告訴他地址和公寓名稱。

「您是哪一間房？」

「二〇五號，二樓的五號房。」

說完該說的話之後，結束了通話。

在等候鎖匠到來的這段時間，武澤寒冷難耐，於是便到附近的自動販賣機買了一罐咖啡。他拿溫熱的鐵罐敷在腹部的毛衣上，走回公寓，途中拿出口袋裡的鑰匙再度仔細端詳。還是看不出任何異狀，既沒斷折，也沒彎曲……

不對。

「這是怎麼回事……」

他在路燈下停步。

鑰匙凹凸不平的部分沾有白色的粉末，像是雪的結晶，也像某種東西研削後的粉末。武澤將它湊向鼻端，那氣味略微刺鼻。

耳邊傳來機車的引擎聲，他抬頭正好看到有輛輕型機車停在公寓前方。車上的男子一身黃色的夾克，背後印著大大的「入川」兩個字，看來鎖匠終於到了。待會兒順便向鎖匠問問這奇怪的粉末是怎麼回事吧，武澤捏著那把鑰匙走向前。

來者是一名個頭矮小的中年男子。他從機車的貨架上取出像是自己用合板做成的工具箱，步履輕盈地走上樓梯。來不及出聲叫喚他的武澤朝公寓走近，同時望著男子走在二樓的外廊上。男子望向自己單手提著的工具箱，一邊掏弄裡頭的道具，一邊走在昏暗的外廊上。他來到武澤的房門前，停下腳步，抬頭按下門鈴。

「您好，我是入川。」

「這邊、這邊。我是打電話的人。」

武澤從下面叫喚。

「啊，您在那裡啊。您好。」

「我馬上過去，馬上過去。」

武澤走上樓梯，將手中的鑰匙交給鎖匠。

「我在電話中告訴過你，鑰匙只能插進一半。你認為這是怎麼回事？」

「沒實際看過的話，不清楚耶……」

「剛才我發現，鑰匙上黏有白色的粉末。你認為這是什麼？」

「不知道耶……得看過才知道。」

「那你趕快看一下吧。」

「是的。」

男子先朝鑰匙上的白色粉末望了一眼，歪頭想了想，接著取出筆燈照向門上的鑰匙孔。他從工具箱中取出某個極細的錐子後，將它插進鑰匙孔內，開始使勁轉動。不時一臉納悶地噘起嘴唇，眉毛上挑，接著突然停手。

「哎呀……」

他一臉遺憾地嘆了口氣。

「怎麼了？」

武澤把臉湊向男子。男子維持蹲姿，抬頭仰望武澤，頻頻眨著他那對小眼說道：「這應該是有人惡作劇。」

「惡作劇？」

「這是接著劑，從鑰匙孔注入的。」

「為什麼？」

「我說過了，可能是有人惡作劇。」

「誰會這麼做？」

「不知道……」

男子吁出白色的氣息，一臉困惑地搔著後腦。

「您打算怎麼辦？這個門鎖已經沒辦法用了，要換一個嗎？」

「只有這個辦法嗎？」

「是的。」

沒先跟房東知會一聲就直接換鎖好嗎？武澤一時猶豫不決，但某個興致不斷在背後催促著他，所以最後他當場決定要換鎖。費用為兩萬五千日圓。男子說，這遠比一般大型鎖店還要便宜，他暫時回到機車上，捧來了一個看起來相當堅固，約四十公分寬的方形木箱，滑動式的蓋子底下裝有各種金屬製的圓筒。

「這是什麼？」

「圓筒。算是鎖的內部構造。」

武澤一直靜靜觀察男子施工。因為是更換鎖住的門鎖，所以施工相當複雜。但對方不愧是這方面的專家，只花了約十分鐘左右，便已從門上拆下那老舊的圓筒。

「這樣您就能進屋了。」

「是嗎？不過還不用，因為你的施工相當有意思，我想在這裡多看一會兒。哇，真厲害。還真的是注入接著劑呢。」

武澤望著男子手中的東西，如此低語。乾燥的接著劑讓圓筒內部顯得一片雪白，看來沾在鑰匙上的白色粉末就是它了。

「竟然做這麼過分的事，今天是聖誕節呢。」

「真的很過分，今天是聖誕節呢。」

「看來這是瞬間接著劑。」

「好像是。」

「在哪裡買的呢？」

「不知道。」

「百圓商品店嗎？」
男子一臉惘然地望著武澤。
「這種事我怎麼會知道呢。」
「是嗎？不好意思，我以為你知道呢。」
男子登時臉色一僵。但他旋即露出苦笑，轉身面向門把。
男子不斷進行安裝，武澤向他問道：
「剛才你為什麼知道是這個房間？」
「什麼？」
男子如此反問，視線始終沒從手上移開。
「雖然我在電話裡告訴過你是二〇五號房，但你怎麼知道是這個房間？」
「門牌上不是有寫嗎？」
門上確實貼著「205」的門牌。
「不過，剛才你在走廊上一面走，一面掏弄工具，臉始終朝下，這樣應該看不到門牌吧？」
男子的目光倏然投向武澤。
「沒錯，我走路時是沒刻意確認門牌。但就算我低著頭還是能數出是第幾間房呀。」
「哦，以房門數量來判斷是吧。」
「是的。」
「從最靠邊的樓梯數過來的第五扇門，所以這間是二〇五號房，是嗎？」
「沒錯。」

「可惜啊。」
「可惜什麼？」
「最後收尾沒處理好。」
「您到底在說什麼？」
男子的聲音變得有些不耐煩。武澤轉頭望向樓梯，開始數。
「這是第四扇門。」
感覺得出男子略微吃驚。
「這棟公寓沒有四號房，所以二〇五號房是從開頭數過來的第四間房。」
武澤刻意指著一整排的房門，數著「一、二、三、四」，接著轉頭面向男子說了句「對吧？」
「你總是靠這種方式賺錢嗎？還是第一次這麼做？」
「我聽不懂您在說什麼。」
男子矢口否認，但看在武澤眼中，他的演技只有國中生上台演戲的水準。
「鎖匠先生。你連門牌也沒確認就知道這間是我家，表示你今天才剛來過這裡，對吧？雖然不知道你來的時間是白天還是傍晚，但你趁我不在家的時候來，站在我的家門前，一面注意四周，一面迅速將接著劑注入鑰匙孔內，對吧？這麼做為了讓我找你來換鎖。你就是用這種方式賺取橫財。隨便找家沒人在的房子，先把自己店內的廣告傳單塞進信箱裡，然後對鑰匙孔惡搞。這麼一來，進不了家門而傷透腦筋的住戶，就會打電話找你。你再親切地趕來，替人換鎖，索取兩萬五千日圓的費用。我是這麼想啦，有猜錯嗎？」
「您錯了。」

男子的演技已退化至小學生上台演戲的水準。

「我是無所謂啦。因為你要是否認，我心裡只會想，哦，原來是這樣啊。然後這件事便就此結束。不過你今晚大概會睡不著覺吧。你會擔心我告訴別人這件事，怕我會氣你不肯坦白承認，逢人就說，對此深感不安。不只今晚，明天也是一樣。而且不只明天，就算過了三天，一個禮拜，甚至是一個月，你都無法高枕無憂，最後會拿出菜刀。這種情況下大多是用菜刀。不安很容易讓人發狂呢。你會在半夜從廚房的門內取出菜刀，就像被某個來路不明、高大黝黑的妖怪所操控般，突然砍傷自己的手腕。由於那是一把很少磨的菜刀，在劃破皮膚時會發出細微的聲音，啪嚓。」

「別再說了——」

「聽到那個聲音，你腦中有個東西迸裂了。接下來你會怎麼做？你會把菜刀握得更緊。發出像用指甲搔刮毛玻璃般的怪叫聲，接著開始砍自己的手腕。就像在砍食材、砍雞肉一樣。直到失去意識，或是砍斷手掌為止。」

「別再說了啦。」

男子整張臉皺成一團，表情扭曲，靠向武澤腳下，就像要抱住他的雙腳似的。接著以蚊子振翅般的尖細聲音，說出像是承認自己犯行的話語，但發音不清楚，聽不出來他在講什麼。

「一開始就承認不就好了。」

武澤低頭看著男子，嗤之以鼻。

換鎖的工作還沒做完，武澤就打開門，將男子推進屋內。要是傳出不好的風評，說他在走廊上把業者弄哭，到時候會惹來不必要的風波。

「喂，別再哭了。」

男子緊抱武澤的雙腳，不斷重複說著：「可是、可是我……」

武澤靜候男子恢復平靜後，試著向他問話。果然不出所料，他是個慣犯。似乎從兩個月前開始，便鎖定這附近的住宅，一再以同樣的手法犯案。隨便找間沒人在家的房子，將自己店內的廣告傳單塞進信箱裡，然後再用自「從百圓商品店買來的瞬間接著劑注進鑰匙孔內。

「你沒想到早晚有一天會穿幫嗎？」

「我有想到……我有想到……」

「那你為何還繼續這麼做？」

「因為我沒錢……我沒錢。」

男子淚汪汪地哭訴，因為大型加盟連鎖店在鎮上開店，四處大力宣傳，他的店幾乎快要經營不下去了。但就算對武澤訴苦，他也幫不上忙。

「你的家人呢？」

「我妻子死了……我沒有孩子……說話回來，我妻子之所以會死……」

「細節就不用提了。」

看他有可能會說個沒完，武澤連忙打斷他。男子握緊拳頭，揉著雙眼，嗚咽了半晌。接著他抽抽噎噎地說道：「我、我、我是臨時起意的。」

「哪有臨時起意的慣犯。」

這話說得一針見血，男子放聲號啕。武澤逐漸覺得自己像在欺負弱小。

「您……您打算把我扭送警局嗎？」

男子抬起哭喪的臉，滿臉髒污。

「警局？別鬧了。」

武澤眉頭微蹙，搖了搖頭，男子那張髒臉登時像打上白光般，為之一亮。

「我不會被捕嗎？我不會被捕嗎？」

「這我就不知道了。只要不是你自首，或是被其他人扭送警局，應該是不會有事。」

「太好了……」

男子就像在細細咀嚼這句話似的，緩緩低語。

「其實我本性並不壞。只是被逼急了，真的，我真的是不得已才這麼做。」

又沒人問，他卻自己不斷找藉口。

「您看，如果我真那麼壞的話，早就自己開鎖進屋內，偷走錢財、寶石之類的東西了。但我沒那麼做，我是不會做那種事的。」

聽起來似乎有那麼點道理。

「不過，你跟我解釋這麼多……」

武澤說話到一半，突然低頭望著男子的臉。

「你會開鎖，對吧？」

男子點頭。

「會啊……我是鎖匠。」

這是理所當然的，剛剛才親眼目睹他開鎖呀。

「我還會做很多事，很擅長使用工具。還有，說來您或許會覺得意外，我的英語還不錯。我曾經認真學過。」

他開始臭屁起來了。武澤沉思半晌後，向他提議道：「我們一起吃晚飯吧？」

「咦，和我？可是大門的鎖……」

「沒關係啦。這房子沒什麼東西好偷的。」

武澤帶男子到附近的一家拉麵店。返家時還買了超商賣剩的聖誕節特價啤酒，讓他帶回家享用。兩瓶裝的啤酒，還附贈一株小小的聖誕樹，上頭飾有鈴鐺、緞帶，以及頂端的金色星星，擺明著是騙孩子用的道具。

兩個月後，男子那「快要經營不下去」的鎖店似乎真的倒了。他賣掉那家兼充住家的小店，用那筆錢支付給零件製造商的費用後，變得身無分文。他突然跑來武澤的公寓投靠，把自己的狀況說給他聽。「我沒有人可以投靠」，男子那活像海豚般的嘴巴不斷顫動，淚流滿面地訴苦。不管怎麼看他都是個大麻煩，但把他趕走他又太可憐了，武澤只好決定暫時收留他。

「你叫什麼名字？」

「入川鐵巳。」

「海豚？」

「是入川❹。」

武澤嫌麻煩，直接叫他阿鐵。

阿鐵帶來的行李似乎多了點。有幾件簡單的替換衣服、老舊的工具、夾雜許多便條紙的破爛英文辭典、水壺、之前送他的啤酒所附贈的小聖誕樹、烤肉醬。不知為何，連怪博士與機器娃娃的杯子都有。這是個塑膠杯，底部有像茶漬般的污垢，杯子表面的丁小雨圖案已處處斑駁。問他這是什麼，阿鐵回答，那是他妻子從小到大最寶貝的東西。武澤聽了只應他一句「這樣啊」。

「阿鐵，你今後有何打算？」

❹入川的日文是「IRUKAWA」，海豚則是「RUKA」。

阿鐵來投靠的那晚，武澤喝著罐裝啤酒，問他這個理所當然的問題。以怪博士與機器娃娃的杯子啜飲啤酒的阿鐵給了一個出人意表的回答。

「我想飛。」阿鐵說。

「過去我一直過著宛如在地上爬行般的生活，總是抬頭仰望別人，所以……我希望自己有一天能飛。」

此時就算抬頭也只能看到公寓骯髒的天花板，但阿鐵還是抬頭仰望，像在找尋他所憧憬的目標似的，他那時的側臉至今仍令武澤印象深刻。

3

從千鳥淵旁的小路駛出後，計程車穿過靖國通，奔馳在青梅大道上，往杉並區而去。

「麻煩在那個紅綠燈右轉處停車。」

「是，紅綠燈右轉處，明白了。」

武澤和阿鐵在離公寓兩百公尺處下車，兩人並肩走在無人的住宅區。從某座公園飛來的櫻花花瓣受春風吹拂，在他們腳下四處飛散。就近細看，會發現櫻花花瓣竟然是深色的桃紅。因為遠看像白色，所以本以為是不同的品種，但湊近一看，果然真是呈桃紅色，令人大歎不可思議。

「竹兄，你為什麼每次都不直接坐到公寓前呢？」

「當然是為了謹慎起見啊。」

「為什麼？」

「有很多原因啦。」

武澤懶得說明。

「竹兄，要不要去吃拉麵？我沒吃午飯，肚子好餓。」

「吃拉麵是吧，好主意。」

兩人轉身改變方向，前往平時常光顧的中華料理店。

也許是正值傍晚前的清閒時間，「豚豚亭」裡沒其他客人。武澤和阿鐵各自都點了日本酒和醬油拉麵加豆芽菜。

豚豚亭的口味和價格都算差強人意，桌子油中帶黏，一身髒兮兮圍裙的店老闆身形肥胖，待客冷淡。十足拉麵店的風味，武澤就是欣賞這點。店內還以杯子裝日本酒，這也是其優點之一。

「竹兄，你向來都不自己下廚嗎？」

「我會啊。我的炒飯堪稱一絕呢。」

「可是我從來沒看過你下廚做菜。」

「如果我親自下廚的話還得煮你的份。就是因為嫌麻煩才每天吃外食，或是買便當吃。」

「這樣的話，那下次一起煮晚飯吧。」

「跟同性戀似的，我才不要呢。」

「竹兄，你從來沒想過再婚的事嗎？」

「讓您久等了。」

店主擺了兩杯酒。

「沒想過是吧。」

武澤噘起嘴，小啜一口酒。

「難得你長得這麼有女人緣……」

「你是不是眼睛有問題啊？」

「而且又年輕。」

「比田原俊彥小一歲。」

「比桑田佳祐小六歲。」

「的確還很年輕。」

「我就說吧。」

阿鐵雙手捧著酒杯，一飲而盡，接著從腹中吁了口氣，直呼好喝。

武澤的妻子雪繪在十二年前死於內臟癌。七年前，獨生女沙代也離開了人世。這些事，武澤是在這三個半月的相處中一滴一點地向阿鐵透露的。此刻武澤不想在這種地方談到妻子和女兒的事，所以他刻意不接話，默默喝著酒。他將脖子轉動得嘎吱作響，故意慵懶地打了個哈欠。

「偶爾也說些你的事來聽吧。你太太是生病還是怎樣？」

他指的是阿鐵的亡妻。

在公寓的房間角落，阿鐵不時會望著那怪博士與機器娃娃的杯子出神。武澤對此有點在意，但之前之所以一直沒開口問，是因為不想聽他說傷心的往事。不過現在……工作順利完成，兩人一起舉杯慶祝，聊起那件事應該不會講得過於感傷吧。他如此判斷，向阿鐵問及此事。

阿鐵轉頭面向他，接著臉上表情變得和之前凝望那個杯子時一模一樣。武澤見狀，暗叫不妙。

「這件事有點陰沉，沒關係嗎？」

阿鐵還刻意主動加以確認。這時候已是騎虎難下了，武澤將下巴往內收，不發一言。此刻回想起來，阿鐵的「有點陰沉」這句話說得真是有韻味。

阿鐵的故事如下。

「我那已故的妻子，名叫繪理。和我一樣沒有家人。我們一樣是在二十五歲那年，因為我從事的工作而認識彼此……」

當時阿鐵的鎖店才剛開幕不久，繪理好像是請他幫忙開鎖的客人。那是個雨天。她說公寓的房門打不開，進不了自己家門。

「不會是你用接著劑搞的鬼吧？」

「我才沒有呢，好像是她弄丟了鑰匙吧。」

阿鐵像在作夢似的，直說當時的她美若天仙，對她一見鍾情。阿鐵之前從未談過戀愛。除了工作外，幾乎不曾和女性說過話，他所知道的女性，除了自己已故的母親和祖母外，就只有雜誌裡的女星了。他好像對南野陽子情有獨鍾。

「開完鎖後，她終於能走進家門，這時，我鼓起勇氣和她說話。那是我有生以來第一次和女人說話。」

「你對她說了什麼？」

「請問您住哪裡……」

蠢死了。既然都請人到自己家裡開鎖了，住哪裡還用問嗎？

但令人難以置信的是，兩人竟然就這樣敞開心房，無話不談。不久後，兩人開始交往，旋即結為夫妻，繪理搬離公寓，到阿鐵的店裡一起同住。「兩人過著幸福的日子」「共度了一段歡樂的歲月」——但好景不常。

「讓您久等了。」

老闆端來兩碗醬油拉麵加豆芽菜，武澤和阿鐵各自拆開免洗筷。
「某天，繪理——呼——開始後悔了。」
「後悔——呼——什麼？」
「應該是——呼——全部吧。」
阿鐵將吹涼的麵條吸入口中，接著說道：
結婚十年後，他發現妻子不時會露出若有所思的眼神。起初阿鐵心想，或許是鎖店的生意賺不了什麼錢，總是過著勉強餬口的生活，令她感到不安吧。所以阿鐵極力擺出開朗的模樣，拍著胸脯向她說「將來的事，妳一點都不必擔心」。但事實上，情況遠比阿鐵想得還糟，店內總是門可羅雀。某天，妻子主動向他坦言自己為何總是流露出若有所思的眼神。情況同樣比阿鐵想像中來得殘酷。
「她說自己愛上別人了。」
武澤朝阿鐵的雙眼凝視了數秒。
接著他轉頭面向拉麵，以筷子戳刺著魚板。
關於那名男子的事，妻子沒說清楚，不過對方似乎工作能力高強，像是個知識分子。簡言之，是個和阿鐵對比強烈的人。
「好像是她在外面發店內的廣告傳單時，對方向她搭訕。她明知這樣不對，卻還是不時和對方幽會。就趁我在店裡工作的時候。」
不久，妻子向阿鐵鞠躬低頭，說她明白自己很任性，但還是希望和阿鐵離婚。然而，阿鐵的頭比她垂得更低，懇求妻子不要離開。最後得不出結論，過了一段曖昧不清的日子。妻子還是和以前一樣在店裡工作。阿鐵也很努力工作。當妻子外出發廣告傳單或採買時，他更是賣力工作。為了不輸給那素未謀面、像是知識分子的男人，阿鐵到舊書店買英語辭典，開始背單字。

真是個笨蛋。

「如今回想起來，當時的我還是很幸福的，因為繪理還在我身邊。」

某天，妻子出門發傳單後就一直沒回來。隔天、後天，還是不見蹤影。直到兩個星期後的某天，阿鐵才又見到她。那是年關將近，一個下著冰雨的黃昏。

「她身上的穿著和當初離家時一樣，全身濕透。她告訴我她已和那名男子分手了。」

令人意外的情節發展。

「哦，她回來啦。那麼，你又重新接受她嗎？」

「當然。她是我的老婆啊。」

阿鐵與妻子就這樣重新來過了。

關於那男人的事，阿鐵絕口不提。兩人將店內的工具和資料整理得乾乾淨淨，沒花半毛錢就讓店內看起來煥然一新，還懇求零件商以便宜的價格讓他們進貨。假日也不休息，到附近公寓或大樓挨家挨戶敲門，親手發店內的傳單，向客人問候。辛苦開始逐漸有了成果。訂單愈來愈多，店內盈收已不再那麼慘不忍睹。兩夫婦之間也愈來愈有話聊。店內不時充斥著笑聲——而就是在那時候，妻子的情況開始不太對勁。

首先是食量變得極少。總是心神不寧，眼神飄忽不定，朝什麼也沒有的屋內角落張望。半夜猛然坐起，掀開自己的被，大聲嚷著「有蟲」。

「喂，阿鐵，那是……」

「我知道。」阿鐵打斷武澤的話。他以筷子撈起豆芽菜，茫然地望著蒸騰熱氣。

「是毒品。」

阿鐵沒將豆芽菜送入口中，再度放回湯內。

「她說自己是在做那檔子事的時候才會用。將錠劑的藥丸磨成粉……」

「你的妻子這麼對你說嗎？」

阿鐵點頭。

「一開始是別人讓她吸的，結果上了癮，吸幾次後便主動要求對方讓她吸食。」

武澤懷疑自己聽錯了，但讓他驚訝的並非是阿鐵妻子的行徑。現今這個時代，在路上認識的外遇對象擁有毒品並不是多稀奇的事，只用一次就上癮也是理所當然的事。真正令武澤難以置信的，是阿鐵的妻子竟然連這種事都可以直言不諱。她到底是在打什麼主意？為何要刻意對想重修舊好的丈夫說這些事？自己是因為性才接觸毒品的事，有必要向丈夫坦承嗎？靠說謊吃飯的武澤，實在無法理解。

喜歡靠毒品來做愛的男女確實不少，武澤記得以前曾聽朋友以此炫耀。

——女人會爽翻天哦。那名朋友曾如此說道。

毒品會經由全身的黏膜而被吸收，從口、鼻、性器、肛門都行。當毒品在體內遊走時，帶來的性快感也特別與眾不同。警方極力想否認這項事實，但不管再怎麼否認，這都是不爭的事實。

「她還向我坦承一件事。」

阿鐵接著說。

「她欠了一大筆債。」

妻子為了吸食毒品，給了那名男子一大筆錢。似乎是從街上的信貸公司借來的。起初只向一間信貸公司借錢，不久又向第二間、第三間借錢，愈借愈多。

「最後則是向地下錢莊借錢。」

聽到這裡，武澤不禁張大了嘴。

「你也一樣？」

「沒錯，和你一樣。」

武澤以前一度也因為向地下錢莊借錢，而吃足了苦頭，此事他曾告訴過阿鐵。

「你們是欠了多少？」

「聽我老婆說，連同利息一共有五百多萬日圓。」

武澤沉聲低吟，五百萬。這可不是有錢人的五百萬，而是每天過著勉強餬口的生活，又沒親人可依靠的兩夫妻所欠的五百萬。這是無法負擔的重荷，而且這重荷每天都以驚人的速度增加。

「竹兄，地下錢莊那幫人的行徑有多囂張，你應該也很清楚才對。當有人開口說要借五十萬，他們就會說『你借八十萬沒問題』，直接給現金。等在後頭的，是十天三十分利，有些業者甚至索取十天五十分利。借了二十萬，兩個月後想還錢時，就算是十天三十分利，含利息也將近有百萬了。如果是十天五十分利，連本帶利就會超過兩百萬。話說回來，會跟違法的高利貸業者借錢的人根本就是笨蛋，因為他們真的很囂張。對吧，竹兄？」

阿鐵如此詢問，但武澤沉默不語，只有點頭。

阿鐵吸著麵條，長長吁了口氣。

「我老婆叫我和她離婚。還說她不能讓我背負這個責任。可是我堅持不願這麼做，因為我愛她。也許她在外頭做了荒唐事，但我還是愛她，因為我想和她一起生活。」

「你找人商量過嗎？」

阿鐵聳聳肩，應了一句「沒有」。

「現在只要看電視就知道，開地下錢莊是違法的事。但當時我和老婆都不知道借據上的利息算法根本就是違法的。我們都以為跟人借錢就不對。說起來，也確實是我們自己不對啦。」

「結果那筆債後來怎麼處理？」

隔了一會兒，阿鐵才開口回答。

「已經全部還清了。」

武澤聞言，大吃一驚。

「可是，那麼大筆錢怎麼還？」

難道他會說自己是靠辛苦工作還債的嗎？向地下錢莊借錢，想要「努力償還」根本就是天方夜譚。

「難道你是靠那一招還債？在門把裡注入接著劑？」

阿鐵莞爾一笑應道：才不是呢。

「你知道債務整合嗎？」

「哦，當然知道。這麼說來，你們是利用債務整合囉？」

「沒錯。」

阿鐵落寞地應道。

「當時向他們求助了。」

所謂的債務整合是一種詐欺手段。看準因多重債務而發愁的人，以「低利整合債務」的宣傳廣告來誘人上鉤。和他們商量後，會先詐取非法的手續費。然後債務整合業者和掛鉤的律師會說一句「一切包在我們身上」，開始以債務整合胡搞一通，讓債權人和債務人以高額達成和解。

這時，利息已不再累加，債務人可以「努力償還」，但冷靜下來看那筆應償還的金額，會發現它遠比找債務整合商量之前還高出許多，其實地下錢莊與債務整合業者暗中勾結的例子所在多有。

「我已經記不得對方長相了，只記得那位債務整合業者以極為親切的口吻，說得天花亂墜。」

「然後你們兩個一起工作，努力向債務整合業者還那筆債，是嗎？」

這次阿鐵搖頭否認。

「一開始是很認真沒錯。努力想一點一點地還債，但最後是一次還清的。」

「一次還清？怎麼辦到的？」

「用我老婆的壽險。」

阿鐵以他凸出的尖嘴啜飲著日本酒，發出沒半點高低起伏的聲音。

「明明已為了債務而忙得焦頭爛額，但她還是不肯將壽險解約。她從結婚時便投保的壽險，任憑我好說歹說，她就是不肯解約。不論我再怎麼懇求，她都不同意。如今回想，她應該是早就料到自己最後會用這筆保險。」

「她自殺了嗎？」

「我出門替人開鎖，一回到家，就發現她已上吊身亡。」

現場沉默了半晌。

「你都不曾找過警察商量嗎？」

雖然不想這樣問，但武澤最後還是問了。阿鐵不置可否地搖了搖頭。

「反正警察根本就派不上用場。」

武澤無言以對，低頭望著醬油拉麵。麵量沒減多少，但幾乎已不再冒熱氣了。

武澤暗哼一聲，拋下筷子。

「早知道就不問你了。」

阿鐵縮著頭說了一句「對不起」，也準備擱下筷子，但他猶豫了一會兒後，轉身面向醬油拉麵，又開始吃了起來。還一面吃，一面說道：

「她以繩子綁在廁所的門把上，在那裡上吊。那樣子竟然也死得了。」

阿鐵每天都面對那個門把過日子嗎？

他還說，當他碰觸妻子那張白皙的臉，自己髒污的手指感受到那股冰冷時，頓時感到眼前一片模糊，那一幕令他永生難忘。

4

「咦，你沒吃完耶？」

「這樣就夠了。」

「那我們回去吧。」

「也好。」

武澤離席到櫃台前結帳。肥胖的老闆收下他的萬圓大鈔，同時朝他們的座位瞥了一眼，噘起嘴「哦」了一聲。

「還真是難得呢。」

「我肚子不太舒服。」

武澤編了個藉口，老闆點點頭，說今年的感冒好像都是腸胃不舒服。

「對了，店長，上次那件事後來怎樣了？」

這位老闆每次只要有人叫他店長，就會露出開心的神色。此刻他也是一副喜孜孜的模樣，接著那對濃眉就靠在一起了。

「上次那件事？哪件事啊？」

「就是來你店裡的那名可疑男子啊。」

「哦，那名偵探啊。」

「偵探？」

阿鐵來回望著他們兩人，老闆為他說明：

「我也不是很清楚，有名身材高大的可疑男子，到我店裡來……」

老闆指著武澤。「問了許多關於他的事。」

「咦，那是最近的事嗎？」

「也不算最近啦。」

「是你上門找我之前的事。」

阿鐵「嗯」了一聲，嘴角下垂。

「那個男人是偵探嗎？」

「不，他本人沒這麼說。不過，你不覺得很像偵探嗎？因為他一直問東問西，一會兒問我都點什麼吃，一會兒問我和誰一起來。對吧，店長？」

老闆又露出開心的表情，晃動他下巴的肥肉，點頭應道：「我當時也沒什麼東西好告訴他的，因為我連客人您叫什麼名字也不知道。」

「不知道也好。」

「總之，從那之後，那個人就沒再來了。只來過那麼一次。」

「哦，這樣啊。」

到底是什麼事呢？儘管武澤表面佯裝鎮靜，但心裡卻很在意。該不會是刑警吧？記憶中，他不曾在常去的拉麵店裡露出過馬腳。這麼說來，到底會是誰呢？他倒也不是心裡完全沒譜，只不過那是他最不希望的結果。

武澤輕嘆一聲，轉身面向老闆。

「算了。應該是哪裡弄錯了吧，把我誤會成某人。要是下次又有奇怪的人來，再請你告訴我一聲。」

「好啊，我是無所謂啦，不過，我可不想惹麻煩哦。」

「這我知道，店長。」

老闆又露出開心的表情。從櫃台取出零錢，遞給武澤。

「來，八千四十……」

老闆遞出零錢，話說到一半突然打住。接著他像發現什麼似的，望向店門口。

「怎麼了？」

「不……沒事，不好意思啊。」

「怎麼了？」

「不知道。」

他把零錢塞進武澤手中後，快步從武澤他們身旁走過，把店面的拉門敞開。

武澤他們側頭不解，望向老闆。老闆伸長他那又粗又短的脖子，像動物般頻頻嗅聞空中的氣味。

「有東西燒起來了……」

「有東西燒起來？」
「什麼啊？」
「您們沒聞到嗎？有股燒焦味。」
「我聞聞……」
武澤和阿鐵也學老闆猛力嗅聞，但什麼也沒聞到。
「是你神經過敏吧。」
「就是說啊。」
「是嗎？」
店長仍一臉納悶地環視四周，接著武澤說了一聲「謝謝款待」，催促阿鐵離開麵店。
「剛才談的那件事是怎麼回事？竹兄，有人在查探你的身分嗎？」
「多著呢。」
兩人信步往公寓走去。
溫熱的徐風迎面拂來。武澤在空氣中聞到一股刺鼻的臭味。他抬起頭，發現一排民房後面有一團黝黑之物。起初他以為是一大群昆蟲，但後來旋即發現是黑煙。
「喂，阿鐵……」
背後傳來警笛聲。轉頭一看，紅燈旋繞的消防車從旁呼嘯而過，消防員扯著嗓門，以破鑼嗓子喊著聽不太懂的話。武澤和阿鐵不約而同地往前疾奔。附近住戶紛紛從道路兩旁探頭，望向消防車前去的方向。
消防車停在武澤他們的公寓前。一樓從旁邊數過來的第二扇門……亦即從二〇五號房的門縫裡，竄出濃濃黑煙。

「那不是我家嗎？」

當武澤如此大喊時，昔日火災的光景倏然重現腦中。

——放開我！

——你別逞強啊！

——裡面有人啊！

——你冷靜一點！

留下武澤一人苟活於世的那場火災。

「啊……喂！」

猛然回神，一旁的阿鐵已經衝向前去了。他撞開正準備滅火的消防員們，衝向公寓樓梯。其中一名消防員急忙衝向前，想要加以制止，但阿鐵將他甩開，衝向二樓。

「笨蛋，你在做什麼啊！」

武澤也快步衝向前。阿鐵已來到房門前，將鑰匙插進鑰匙孔內，使勁一轉。接著他一把握住門把，在那瞬間就慘叫一聲放開了手，應該是門把變得灼熱吧。但阿鐵馬上再度握住門把，發出古怪的吆喝聲，用力把門往後拉。剎那間，宛如巨大生物般的黑煙從門內竄出，將阿鐵吞沒。

「阿鐵！」

一名消防員擋在武澤面前。他想從旁鑽過，但對方雙手一把抱住他的上半身。對方不知大聲喊些什麼，但混雜在警笛聲中，聽不清楚。武澤張著嘴，仰望那黑煙直冒的公寓，叫不出聲。此刻他已是勉強用雙腳撐住全身的重量。

阿鐵死了。

認識三個半月——才三個半月，他便就此撒手人寰，前往另一個世界見他深愛不移、念念不忘的妻子了。

正當他如此暗忖時，阿鐵從門內衝出，動作相當俐落。

「阿鐵！」武澤終於叫出聲來。阿鐵以半帶微笑的表情，連滾帶爬地衝下樓梯，全身撲向武澤腳下，緊接著「呼啊」地叫出聲來，吁了口氣。由於剛才衝進濃煙中，他似乎一直憋氣。

「我……我還以為……死定了呢。」

「那還用說啊！」

阿鐵全身虛脫無力，一屁股跌坐在柏油路上。烏漆麻黑的雙手捧著他愛用的工具箱、英語辭典、怪博士與機器娃娃的杯子。攤開右手手掌，裡頭有個金色的小星星。是聖誕樹上頭的星星，之前武澤買啤酒送他時所附的贈品。

「你……真是個大笨蛋。」

「對不起……我只拿自己的東西。」

「沒關係啦。重要的是……」武澤迅速環視四周。

「快逃。」

「什麼？」

「我說快逃。」

「為什麼？」

「待會兒再說。先逃離這裡。」

武澤抓住阿鐵的手臂，一把將他拉起，衝進圍觀的人潮中。他們穿過人群，放步飛奔。

「和竹兄在一起，總覺得時間過得特別快。」

「誰知道啊。」

武澤頻頻東張西望，在巷弄裡奔跑。

聽見引擎聲逐漸遠去後，真廣從漫畫雜誌中抬起頭來。那應該是郵局的摩托車吧，聽聲音就知道。

當她站起身準備走向公寓玄關時，沒穿鞋的腳趾踢到了深綠色的圓筒。圓筒從地上零亂的漫畫、貓咪攝影集、點心包裝袋旁邊擦過，一路往前滾，撞到拋在房內角落的一件大四角褲才停下。圓筒正好在四角褲正中央，以奇怪的形狀靜止不動，圓筒裡頭是她高三的導師昨天替她送來的高中畢業證書。真廣沒參加畢業典禮，三十五歲的單身男導師還專程把畢業證書送到她家來。

真廣很肯定，那名男導師腦子裡一定滿是邪念。他想給真廣的，其實不是畢業證書，而是他自己身上那根圓筒。想到這裡，真廣不禁覺得自己這樣的形容真是高明。要是有交情好的朋友，她會馬上打電話或是傳簡訊告訴朋友這個點子。但真廣沒有交情好的朋友，也沒有交情差的朋友。

昨天男導師穿著西裝前來，一進屋內便裝模作樣地朗讀畢業證書全文，動作嚴肅地將證書倒轉過來，遞向真廣。面對他那蠢樣，真廣先是一愣，然後強忍心底想笑的衝動。這位男導師看她這樣，似乎完全確定他班上這名素行不端的女高中生是第一次感受到人情溫暖，深受感動，但她的難為情和幼稚的叛逆心態，讓她無法率直地展現內心的感動、五味雜陳的情感，所以最後以「笑」來呈現。真廣為什麼會知道呢？因為男導師看著強忍住不笑的真廣，以這樣的神情點點頭，表現出他的讚許。在這種表情背後，一定暗藏著他那根圓筒。頒發畢業證書、感動、讚許、獻出自己的圓筒，這名男導師腦中一定早已擬定好這項計畫。

真廣無視於男導師遞交給她的畢業證書，拿起一旁的情色寫真雜誌，遞給男導師。她出示封底的ＤＶＤ廣告說了一句「這應該比我便宜」，男導師頓時臉色一僵，撐大鼻孔。數秒後，男導師將畢業證書塞進（真正的）圓筒中，粗魯地擱在地上，氣呼呼地步出房外。

今後該怎麼辦。

真廣茫然地思索著，穿上涼鞋走出門外。

積欠的房租該怎麼還呢？錢包裡只剩一些零錢。也該去工作了。她心裡明白，但最近老覺得渾身倦怠，做什麼事也提不起勁。如果純粹只是進行那樣的行為就好，那倒還輕鬆。可是在那之前，得不斷和男方說話、撒嬌，如今真廣早已厭倦透了。

她打開信箱門，裡頭有一封貼著郵票的白色信封。上頭是用原子筆所寫的男人筆跡，寫著以東京都足立區開頭的真廣家地址。她翻到背面查看，沒寫寄件人姓名。這種情況真廣見得多了，早已對此感到不耐。

她嗤之以鼻，以手指拆信，裡頭裝了七、八張萬圓日鈔。

「不是說不需要嗎……」

她一手拎著信封，腳下拖著涼鞋，返回屋內。將裝鈔票的信封拋向窄小昏暗的廚房角落後，她朝牆壁望了一眼。掛在那裡的，是一面沒外框的鏡子。鏡中是名一頭褐髮、身形纖瘦的十八歲少女。

她總是心想——不知道以後會不會變得成熟一點。

但男人就喜歡這樣。

這能替她招財。

紅腹灰雀

BULLFINCH/búlfin(t)ʃ

1

「春雨（冬粉）這種食物，名字取得真好。」

「就是說啊。」

「真的很像，看起來就像細線般。」

「真的是。」

「或許古代人的內心比現代人還要率真。」

「也許哦。」

武澤轉頭望向身旁的阿鐵。

「你從剛才就一直回答得很簡短，怎麼回事啊？」

阿鐵雙手交叉，抱著自己的雙肩，應了一句「我在節省體力」。

「要是講太多話，肚子餓得快。」

兩人並肩坐在天鵝的體內。頭垂向兒童公園地面的假天鵝，後頸是溜滑梯，尾巴則是樓梯，體內是空洞。精力充沛的孩子們都是從尾巴處穿過天鵝的身體，再從後頸滑下，以此玩樂，不過，武澤和阿鐵既不是孩子，也沒那樣的精力，只因外頭下著雨，他們才會一直抱膝坐在天鵝體內。

「不過，這應該設計得更好一點才對。孩子們從屁股進來，未免也太可憐了吧。」

「就是說啊。」

「喂，阿鐵，天鵝的英語怎麼說？」

「swan。」

「哦，swan，沒錯。我也知道呢，哈哈。」
「你知道動詞的意思嗎？」
「凍盜？」
「swan如果當動詞，就是『閒逛』的意思。」
阿鐵對未來充滿悲觀，不過這也難怪。
「又學到了一項。」
武澤把視線移回春雨上。
打從兩人逃離公寓後就下起了這場雨。天色大變突然，冰冷的雨滴在四周拉出無數條細線。多虧了這場雨，公寓那場火應該不會向四周延燒才對。若真是這樣，武澤反而可以鬆一口氣。
兩人討論過後，認定那場火災應該是電線走火造成。事實上，武澤只想到一個可能性，但他沒說。他從公寓逃離的原因也沒對阿鐵說，他猜阿鐵早晚會開口問。
「對了，竹兄。我忘了問你，剛才為什麼要逃離公寓？」
該來的果然還是來了。
「因為我一直是用別人的戶籍或個人居住證明在外頭租屋。要是警察因火災而前來盤查，問東問西，那不就糟了嗎？」
「這樣啊。」
武澤竹夫是本名，但他手上的戶口名簿是七年前向業者買來的，戶口名簿上的男子姓中村。可能是流浪漢缺錢用而販賣自己的戶籍吧。專賣戶口名簿的業者，大多是以這種方式販賣他們手中的貨。

「就只是這樣嗎？」
「什麼意思？」
「逃走的原因啊。真的就只是因為怕被警察問東問西？」
武澤一時無語。
「如果是我誤會，我先跟你說聲抱歉。」
阿鐵先來一段開場白，才接著往下說：
「竹兄，會不會是之前那幫人，又開始向你報復了？」
「別說傻話了。」
說中了。
「那幫人查出你的住處，向你報復。你也這麼想吧？」
阿鐵一臉擔憂地問道。
「這個嘛……」
武澤將視線移回雨中。
「世事難料，總會有個萬一。」

他之前已將大致情形告訴了阿鐵。
武澤所說的**萬一**，指的就是這件事。
武澤原本也是個正經的社會人。雖然學無專精，但他在一家機械工具製造商裡當業務員，工作認真。有個小他六歲的妻子，名叫雪繪。還有一名獨生女，名叫沙代。雪繪的長相普通，但個性溫順。沙代長得非常可愛，一點都不像是武澤的孩子。昔日的生活與現在相比，簡直有天壤之別，當真是幸福無比。

他們的住處位於練馬區與埼玉縣縣境，是間租來的房子，雖然空間不大，但採光良好。西側有座小山丘，房子就位在斜坡的山麓，所以夕陽西照完全照不進屋裡，只照得到朝陽或中午的陽光。時至今日，只要武澤閉目回想，那潔白的晨光仍會鮮明地浮現眼前。甚至還能聞到玄關外頭那股柏油與泥土混雜的氣味。住家後院有一條水泥階梯，一路往斜坡沿伸，是通往商店街的階梯。還記得沙代總是在星期天起個大早，沿著那條階梯上上下下。當時她隨意哼唱的歌曲，至今仍會清楚地在武澤耳畔響起。

——我想找一天去看醫生——

雪繪說她身體不太舒服，是在初春一個溫暖的早晨。她總覺得疲憊難消、腹痛、渾身發冷，於是到附近一家小型的內科診所看病。內科醫生寫了封介紹信，替她轉診到大型的綜合醫院。綜合醫院的醫生將雪繪送進像小型太空船般的檢測儀器中，數天後，檢查結果出爐，院方打電話到家裡通知。醫生以一種略嫌刻意的平靜口吻，請武澤也一起前來聽取檢查結果。

服用顯影劑的雪繪所拍出的X光片，像極了以前用娃娃車載著沙代一起參觀東京鐵塔時所看到的「東京夜景」空照圖。發光的地方是癌細胞。當中最多霓虹燈和車燈聚集的地方，醫生說那是肝臟。

之後僅過了短短九個月，雪繪便溘然長逝。

那已是十二年前的事。雪繪得年二十八。

「竹兄……你又想起過去了嗎？」

「不，我沒有。」

武澤和沙代就此展開相依為命的生活，沙代當時七歲。

「人肉骨牌」的畫面至今仍在武澤腦中揮之不去。每一張骨牌都是武澤。直立的武澤直直地排成一列，靜靜等候另一個自己從背後壓向他。每一個武澤都有不同的表情。驚訝、疲憊、因憤怒而發抖、強忍淚水、放聲大哭，而最後一張骨牌則面無表情。排成一列的武澤，全都懷抱著沙代。在武澤懷中的沙代，總是面帶笑容。她那粉嫩渾圓的臉蛋，無時不是笑盈盈的表情。但唯獨最後數過來第二張骨牌裡的沙代，她的脖子以上沒有臉，有的只是一個黑色的塊體。而最後一張骨牌——面無表情的武澤，他雖然作勢抱著某個東西，但懷中其實什麼也沒有。

他與沙代相依為命的生活約過了三年之久，兩人鮮少談到雪繪的事，因為武澤刻意避免。他打算等日後沙代長大，能摒除情感來理解這諸多世事時，再好好當面和她談談。

這對父女的生活既不奢華，也不窮困，就只是日復一日過著單調的日子，但這一切全在一夜之間走樣。那是沙代十歲那年發生的事。

武澤有個同事喜好賭博，總和狐群狗黨來往。某個星期五的夜晚，他邀武澤一同前往新宿一棟混居大樓裡的某個房間。可能是因為長期過著鰥夫的生活，讓武澤想稍稍從養育孩子的不安和壓力中尋求解放，才沒有拒絕吧。他打電話給沙代，說他今天會晚點回家，叫她先睡。

——冰箱裡有晚餐，妳就微波來吃吧。

——爸，要先替你鋪床嗎？

——謝謝，那就麻煩妳囉。

同事帶武澤上了賭場。

聚在那裡的人主要是玩撲克牌，武澤在同事的勸進下，喝了烈酒，將身上少許的錢換成籌碼。不過，他的錢包馬上空空如也，接下來只能一面淺酌杯裡的酒，一面觀看同事下場與人拚賭。

武澤沒離開賭場，是因為他這名同事的賭運絕佳。眼看他手中的籌碼愈來愈多。這名同事興奮不已，武澤在一旁也跟著興奮起來。如今回想，那根本就是賭場設下的陷阱。一開始先讓客人贏，待客人得意忘形後，再把對方當肥羊宰割。猛然驚覺時，同事手上的錢已全部花光。但一度狂贏的同事，仍不願就此抽手。在一旁觀戰的武澤也心想，剛才他贏得那麼漂亮，只要再賭上一把，或許能再度翻本。賭場裡的人向他們提議，可以借錢繼續賭。同事接受對方的建議，向賭場借錢。武澤充當保證人，乖乖地在一張A４大小的紙上寫下名字、住址、電話。

最後，這名同事還是沒能賭贏，而且他賭輸的金額可不是一筆小數目。兩百萬日圓——這是同事在賭場裡一晚欠下的債款。

那天深夜，同事打電話到武澤家中。

——其實，我還有其他債務……

他說到這裡，以簡短的話語向武澤道歉後，就掛斷了電話。武澤原本還以為他是為自己邀武澤前往賭場，讓他白花錢，而且還讓他在借款保證人欄上簽名的事道歉。但他錯了。

這名同事跑了，完全失去蹤影。

他在賭場欠下的賭債全部改由武澤承擔。

一開始那張表情驚訝的骨牌倒下。接下來，懷抱沙代的武澤，一路不斷倒下，不停發出喀啦喀啦的倒地聲。

武澤向信貸公司籌錢，好不容易還清那筆賭債。接著，每個月償還信貸公司的壓力讓他喘不過氣來，於是他又向其他信貸公司借錢。借來的錢，全拿來還債，如此不斷反覆。許多信貸業者也不知是從哪兒得來的資訊，邀他融資貸款的明信片如雪花般向他飛來。每張明信片都說會幫忙他還錢，但裡頭只寫著「特別優待」這種模糊不明的字句，對於借錢的具體利息算法以及償還方法卻隻字未提。當中只有一家公司清楚標示出低得離譜的利息，還特別標榜「特惠活動中」。武澤為之雀躍。如果用這種利息算法重新全額貸款的話，應該有辦法還清。他馬上打電話給印在明信片上的電話，接電話的是名服務親切的男子。但武澤說明完自己的情況後，男子的態度馬上起了一百八十度大轉變。

——很遺憾，以您的情況，本公司無法提供您融資。

武澤無比沮喪。但男子接著說道，也不是沒有解決的方法。他舉出幾家知名信貸公司的名稱，加以說明。

——本公司與○○○的各分店素有往來，所以可否請您先透過他們的審查，來確認您的信用情況呢？一旦確認過您的信用情況，我們會重新評估您的融資案件，這樣可以嗎？

武澤回答對方，這樣也可以。總之，能以低利重新整合債務，是目前最優先考量的事。

——那麼，要麻煩您於今日內到○○○的任何一家分店申請五十萬日圓的融資。一旦確認您通過審查，我方會馬上打電話與您聯繫。

武澤馬上在那家信貸公司申請五十萬日圓的融資，審查相當順利。武澤以為這下終於可以輕鬆還債了，就鬆了口氣。入夜後，男子打電話與他聯絡。

——您的審查似乎很順利，恭喜您。您的債務會由本公司進行債務整合，所以請您將今天向○○○申請的五十萬日圓匯入本公司帳戶，以做為手續費。

武澤隔天馬上將五十萬日圓匯入男子說的帳戶中。

問題來了，這位業者理應替他進行了債務整合才對，但各家信貸公司卻還是不斷向他催討。武澤覺得古怪，打電話向業者詢問，電話卻撥不通。

他被騙了，這就是所謂的「介紹業者詐欺」。

後來得知他們的伎倆，武澤才明白，男子說他和○○○分店素有往來，根本就是睜眼說瞎話，那家店的審查原本就比較寬鬆。武澤在那裡借得的五十萬日圓就被詐取一空了。別說以低利整合債務了，現在的他更加債台高築。過沒多久，他連一般信貸公司的審查也無法通過，只能求助於沒有合法登記的業者，亦即地下錢莊。

地下錢莊的利息高得嚇人。若以年利計算，獲利高達百分之一千以上。就像將整座沙丘移到沙石場上一樣，起初只借八十萬，但轉眼間已被龐大的利息所淹沒。這兩年來，他還了將近三百萬，但不合理的利息層層相疊，欠債有增無減。說來也真傻，他都不知道世上有被害者援助團體，以及保護消費者的法律存在。也不問是違法還是合法，武澤就在「欠債還錢」的沉重壓力下，不斷喘息呻吟。他把自己逼上絕路。每天信箱裡都有語帶威脅的催討信。不久後，它變成了「弔唁信」，死者的名字寫著武澤。如今每當武澤打開信箱的小門，仍覺得裡面似乎會有催討信或弔唁信，很怕看信箱裡頭有什麼。

每當從公司返家，看見家門前停著陌生的車輛，他便會屏住呼吸悄悄往回走。每天都有人打電話到家裡咆哮。他吩咐過沙代，絕不要接家裡的電話。不久，業者打電話到他上班的公司，直接找武澤的上司，加以威脅。武澤這才痛下決定，找警方商量，但只得到冷淡的回應。

——如果是你向人借錢，就得還錢啊。

——可是，照這樣來看，不知道他們哪天會對我怎樣……

——那你的意思是，要我們二十四小時保護你囉？

接受報案的中年警察一臉不耐煩地說警方人力不足，大致聽完武澤的陳情後，一會兒說警方不介入民事紛爭，一會兒說這不符合犯罪構成要件，滿口推諉塞責之詞，最後他留下一句「如果發生什事，再和我們聯絡」，就離席了。武澤強忍滿腔的忿恨話語，離開了警局。

恐嚇和威脅還是持續不斷。除了寄信和打電話外，還常會有不點自來的外送壽司和披薩送到家裡和公司，甚至還有救護車。

不久，公司裡的部長把武澤找去，以委婉的言詞將他解雇。武澤無言以對。他打包好辦公桌上的東西，在車站的Kiosk便利商店買了沙代喜歡的梅子口香糖，在傍晚前返家。沙代一臉驚訝地迎他進門。

——今天怎麼這麼早回家？

沙代說完後，臉上表情由驚訝轉變為喜悅，武澤看了忍不住想哭。

他說自己提早完成工作，敷衍帶過，將梅子口香糖遞給沙代。他一面說「要等吃完晚餐再吃哦」，一面往冰箱裡窺望，以僅剩的蔬菜和羊腸香腸炒了一盤沙代愛吃的炒飯。沙代在吃炒飯時，一看到飯裡的薑絲，就以湯匙將它撈起，以門牙咬得咔哩作響。沙代對食物的偏愛有點古怪。

「阿鐵……炒飯的英語怎麼說？」

「應該是pilaf吧。」

「真的假的？」

地下錢莊的人一知道武澤被公司解雇，馬上打電話來提議，說可以不再追加他的利息，條件是：他要到他們公司上班。這意外的提議令武澤大吃一驚，後來他才知道這種案例並不稀奇。地下錢莊的人常會雇用還不出錢的客人替他們工作。說到工作，大多是他們組織內的人無法處理的項目，例如開設匯款用的銀行帳戶、購買預付卡手機、替充當工作據點的辦公大樓簽訂租約——簡言之，就是需要某人的個人居住證明。

——樋口先生今後會替你指派工作。

提議要武澤到他們公司上班的男子，在電話中如此說道。

——樋口先生是吧？

——你們不是見過面嗎？總之，是位叫樋口的人。

最近好像有位姓樋口的人和武澤聯絡過。男子要武澤照他的指示辦事，對方在掛電話時，像突然想到似的補上一句：

——你千萬別提到人家的門牙哦。

這句話真是莫名其妙。

——你要是說錯話，小心沒命。

數天後，武澤與樋口見面了，他是名身材高大，長相活像蜥蜴的男子。雖然詳情不是很清楚，不過他似乎不從事推銷融資或討債的業務，而是在組織內擔任像總裁般的角色。樋口幾乎每天都會和武澤約在小巷子裡見面，以齒擦音特別明顯的說話方式，冷冷地說明今天的工作。武澤始終不知道這個地下錢莊組織的事務所位在何處，但也許是位在新宿。樋口約武澤見面的地方，大多在新宿附近的巷弄。

似乎是因為門牙的關係，樋口在說話時齒擦音才特別明顯。他不是會開口大笑、朗聲說話的人，所以從沒清楚看過他的門牙，但他的門牙好像比其他牙齒還來得短。感覺不像是斷了門牙，所以應該是天生就長這樣吧。他這樣要發「ㄙ」這類的音比常人困難，所以反而會特別加以強調。

武澤這才明白，那名男子在電話中提到的應該就是這件事。武澤特別提醒自己別亂說話，儘可能別看他嘴巴。

武澤遵照樋口的指示，每天四處奔走。他騙沙代說自己到公司上班，每天穿得西裝筆挺，拎著手提包出門。沙代每天早上送他出門時的笑臉，感覺就像再也無法重拾的失物般。他每天都想一死了之。

——你想早點解脫，對吧？

某天，在武澤剛簽好租約的一間位於市谷的個人套房裡，樋口對他如此說道。室內正以樋口帶來的錄音機，大聲播放演歌歌手八代亞紀的歌曲。

——改調你做業績制的工作吧。

這項工作有個綽號叫「抽筋拔骨」，也就是從償還能力已到達極限、久久未能還錢的債務人身上搜刮最後的錢財。對那些身上衣物已被剝個精光的債務人，進一步抽筋拔骨。

大部分的債務人就算已無力還債，銀行戶頭的存款也不至於一毛不剩。總會留一筆錢來繳水電費、瓦斯費，以及孩子的學費。樋口說，這項工作就是要武澤前往威脅，要債務人當面以提款卡領出那筆錢。由於這樣會暴露自己的身分，所以組織內的人似乎無法處理這項工作。

武澤攬下這份工作。他只想早點還清自己的債務，和沙代重拾昔日平靜的兩人生活。

債務人泣不成聲，趴在武澤腳下磕頭懇求。武澤遵照樋口教他的話，對那些債務人照本宣科，面無表情地恐嚇對方說——若不照我的吩咐還錢，小心你的兒子和女兒會有危險。債務人最後大多是當著武澤的面在銀行或郵局把錢提出，以顫抖的手指遞給他。同時心裡想著要殺死眼前這名收錢的男人。武澤實在不敢看這些債務人的臉，因為不敢看，所以也決定不把他們當人看，還心想：明明手上還有錢卻不拿來還債，有這種想法的人腦袋實在有問題。

直到得知一名女子的死訊後，他才發現，真正腦袋有問題的人是他自己。

——我沒辦法。

那是一對母女相依為命的家庭。

——我……我實在還不了錢。

那位母親全身顫抖，跪在公寓冷冰的玄關前，頻頻向武澤磕頭。水泥地的角落擺著一雙骯髒的粉紅色運動鞋，似乎是雙童鞋。

結果那天武澤沒要到錢。他離開那棟公寓，改去拜訪其他債務人，帶著現金回市谷事務所。隔天他再次前往那名女子的公寓時，發現有輛巡邏車停在公寓前，周圍擠滿了人。武澤聽圍觀群眾的交談，得知那位母親已在屋內割腕自盡。

她那就讀小學高年級的孩子——與沙代差不多年紀，身材清瘦的少女，就站在公寓的外廊。身穿制服的警察，蹲下身配合她的高度，向她詢問案情，但她始終雙唇緊抿。一對玻璃般的雙瞳就只是靜靜望著自己腳下，她腳上穿著那雙骯髒的粉紅色運動鞋。

「我說阿鐵啊……」

武澤凝望透明的雨滴。

「你到現在還很恨逼你太太走上自殺一途的人吧？——也就是地下錢莊和債務整合業者那些傢伙。」

「其實我不恨他們。」

阿鐵也坐在天鵝體內，茫然望著這場雨。

「不過，最後逼繪理走上自殺一途的人，是我。因為我沒好好在背後支持她，是我太沒用，她才會死。」

「是嗎？」

「是的。」

武澤心想，這並非他的肺腑之言。其實阿鐵心裡很清楚，最壞的是地下錢莊和債務整合業者，他沒這麼說是因為顧慮武澤的感受。阿鐵知道武澤曾經幫地下錢莊討債，逼死一名女子。簡言之，武澤所幹的事，和害他妻子自殺的那幫人沒有兩樣。但阿鐵對此絕口不提，極力說謊掩飾。

「說謊的英語怎麼說？」

阿鐵聞言後，他那活像海豚的嘴巴向下彎成了倒V字形，以他髒兮兮的手指在下巴撫摸了半晌。接著他點頭說道：

「應該是bullfinch❺。」

武澤朝面露微笑的同伴瞄了一眼。阿鐵是故意說錯的。武澤記得說謊的英語應該是「lie」，這麼簡單的字就連武澤也會。阿鐵說的bullfinch一定是指紅腹灰雀。

「紅腹灰雀和鷺都會飛嗎？」

「不知道耶……」

阿鐵摸著鼻子，面向眼前的大雨。

「牠們到底會不會飛呢……」

武澤得知那名女子自殺身亡時，心中有某個東西碎裂了。他甚至覺得自己聽見了「啪嚓」一聲。

他不曾想為自己脫罪，也沒想要免除自己應受的懲罰。那名死去的母親一定留下了遺書。她想必在直書的信紙上，以細字鉛筆寫下文字，向被她遺棄的孩子謝罪，譴責那名在玄關前逼迫她的男人，加以詛咒，並控訴這世上所有不合理之事了吧。難過、痛苦、懊悔猶如灰色洪水，往武澤心中奔流，但另一個念頭同時也在他心頭的上半部逐漸擴散。那名女子的謝罪、譴責、詛咒、控訴，同時也是武澤的謝罪、譴責、詛咒、控訴。

不該是這樣的！心頭一片紛亂的武澤腦中浮現了這句單純的話語。不該是這樣的！

武澤離開那圍滿看熱鬧人潮的公寓，獨自行走。一句「不該是這樣的」在他耳膜內化為一個聲音、兩個聲音、無數個聲音，音量愈來愈大，化為宛如黑色蟲子振翅聲的連續叫喊，盈滿武澤整個頭蓋骨內。這令他耳不能聽，眼不能視，手腳毫無知覺——不久後，前方斷斷續續傳來一個熟悉的男人聲音，對方的臉龐朦朧地浮現。他正在對武澤說著某些話，那張臉……宛如蜥蜴般的臉。

是樋口。

——……所以啊……

武澤抬起頭來，高分貝的八代亞紀歌聲還在播送著。

不知不覺間，他已回到位在市谷的事務所了。

——咦？

武澤反問後，樋口重重地按下錄音機的停止鈕，向他投射犀利的目光。

——我說，不管她留下遺書或是什麼，我們都不需要擔心。我們討債用的電話都是用預付

❺紅腹灰雀，日文是うそ，與「說謊」同音。

卡，而且債務人也不知道我們的地址。

所以這對組織不會有任何影響，樋口向武澤如此解釋。

——不過，你已經不能再從事「抽筋拔骨」的工作了。一旦變得畏縮，就無法再幹這項活。

樋口說，得再想想讓武澤做哪樣工作好。

不該是這樣的——這句話再度在武澤腦中響起。

他茫然地轉移視線。八張榻榻米大、塵埃密佈的地毯中央擺了一張公司會議室常見的桌子，桌上有五、六支武澤之前申請得來的預付卡手機。這地方就快要成為逼迫債務者的據點了吧。隨意擺放的手機旁放著一疊Ａ４大小的影印紙，雖然不知道裡面寫些什麼，但樋口常隨身攜帶。

樋口叼著七星牌的香菸，從沒打領帶的襯衫口袋裡取出一個細長型的打火機。他一再點火，但只擦出火花，瓦斯似乎已經用完了，遲遲點不起來。他暗啐一聲，走向位在屋內角落的瓦斯爐。——武澤在無意識地靠近桌子，伸手摸向那疊影印紙，悄悄翻閱。上面記載了債務人名冊、貸款的本金和利息、每個人的還債狀況，而這疊影印紙背後則是組織據點的一覽表。到處都有樋口記下各項詳細事務的字跡。在他頗具個人特色的手寫字中，可以看到許多語意不明，但惡毒行徑不難想像的文句。例如「一天十分利」、「老家有土地」、「退休金ＯＫ」、「扣押戶口名簿」。

咔嚓一聲傳來。樋口弓起他碩大的上半身，像要罩在瓦斯爐上似的，朝香菸點火。武澤低頭望向桌子旁，自己的手提包就放在那裡。他作夢般恍惚地打開手提包，將手中那疊影印紙放進手提包內。樋口轉頭望向他。

——我再跟你聯絡。

——我知道了。

他就這樣走出門外。

感覺提在左手上的手提包，比他的體重還重。

我就拿這些文件去報警吧。將債務人和他們的據點一覽表交給警察，再把組織所幹的勾當全部抖出來吧。這種錯誤的行徑非導正不可。這群陰險兇惡的毒蟲，靠那些想要過正常生活的人吸血度日，非得收拾他們不可。那些之前不願理會他控訴的警察，只要有這份資料，一定也會起身展開行動，助他一臂之力。

這時，手機鈴響了。

來電顯示是樋口的手機號碼。武澤感覺到自己的雙腳開始發抖，緊盯著那支電話號碼。不久，鈴聲消失了。但過沒多久，同樣的電話號碼再度打來。武澤以冒冷汗的手指關閉手機電源。

我該怎麼辦才好。

武澤把手提包捧在懷裡，走在人群中。這些資料一定得交給警方才行，但我得保護好沙代。樋口應該會找我，可能會找到家裡去，也許他已經衝出事務所，開始四處找我了。我怎樣都無所謂，但絕不能讓沙代遭遇任何危險。

他不經意地望向一旁，發現路旁有一台香菸自動販賣機。武澤快步走向它。假裝往出貨口窺望，維持這個姿勢迅速從手提包裡取出資料，送進自動販賣機下方。他四處張望，確定沒被人發現。

武澤站起身，猶豫了一會兒後，再度邁步離去。他儘可能挑人多的路走，往ＪＲ線車站走去。就在通往車站內的樓梯前方十幾公尺處，停著一輛計程車。

——嗨。

樋口從後座走下車了。

——你在打什麼主意？

樋口嘴角掛著冷笑。武澤雙腳無法動彈，肚子發冷、口乾舌燥，空氣吸進肚裡遲遲無法吐出。

樋口站在武澤面前，朝他伸出手。不發一語地瞪視著武澤。

——什麼意思？

武澤反問。他的聲音聽起來極為自然，連他自己也很驚訝。

——你是活久了不耐煩，是嗎？

樋口以刺耳的齒擦音如此說道，向前伸出的那隻手，手指微微動了幾下。

——活久了不耐煩……什麼意思啊？

武澤以很自然的音調起伏做出回答。樋口微微挑動眉毛，一臉狐疑。

——我叫你把東西還來。

武澤噘起嘴，朝樋口的手和臉來回張望，露出困惑的笑臉。

——還？還什麼？……

——資料啊。

樋口的聲音充滿焦躁。但感覺得出來，他焦躁的背後隱隱帶有一絲疑惑。

——資料？

樋口臉上陡然浮現怒容。他伸長手臂，一把抓住武澤的手提包，武澤則用雙手緊緊抱住手提包。樋口的手勁奇大，一下子就從武澤手中把包包搶了過來，以彷彿要撕裂它的氣勢打開它，查看裡頭的東西。這時，他瞇起眼睛，暫停了一下動作，接著開始單手在裡頭一陣亂攪。

——請問……您是弄丟了什麼重要的文件嗎？

武澤覺得自己口中說出的話相當不可思議。心裡還沒想到，嘴巴倒是先說出了台詞。而且還帶抑揚頓挫，說得煞有介事。

——你藏哪兒去了？

樋口銳利的視線往上抬。武澤雙唇緊閉，眼皮眨了幾下，微微搖頭。樋口朝他臉上瞪視良久。

——您是不是哪裡弄錯了？

他不會當場使用暴力。武澤很篤定。像他們這種人，絕不會在眾人環視下做出犯罪行為。正因為知道這條底線，那種生意才做得成。

——你可別給我耍花樣哦。

不久後，樋口就放開了手提包。

——因為那份文件是影本，就算弄丟了也不會有事。

樋口緩緩把臉湊近，以嘴唇動、臉部不動的說話方式撂下這句話。

——你家裡有個女兒，對吧？

當樋口說出「女兒」這兩個字時，武澤感到極度不悅。就像樋口罪孽深重的雙手在沙代全身上下來回撫摸一般。

——你如果擔心自己的女兒，應該是不敢輕舉妄動才對。

「我會再打電話給你。」樋口留下最後這句話後，坐進等在一旁的計程車內。

武澤瞪視著那輛遠去的計程車。威脅，一再的威脅，那些人唯一的武器。但那並非擁有實體的武器，他早已看透這點了。武澤早已聽了不下數百遍「我會殺了你哦」，但他現在還是活得好端端的。到頭來，那些人什麼事也不敢做。武澤轉身回到剛才的自動販賣機，從機器底下取出文件。仔細望著上面的印刷字，以及樋口那獨具個人特色的手寫字。

接著他前往警局。

文件的效果超乎預期。

警方展開大規模的搜查和揭發，以新宿為據點的地下錢莊組織幾乎快要被掃蕩一空了，新聞在短短兩個星期後的傍晚傳遍全國。武澤從職業介紹所返家的路上，行經家電量販店的電視牆，從上面看到這則新聞。這兩個禮拜來，他騙沙代說自己到公司上班，其實卻是上職業介紹所，接受好幾家公司的面試。電視上播出警方帶著數名涉及恐嚇或違反出資法的嫌犯坐進警車的畫面。武澤從一輛廂型車內認出樋口在媒體閃光燈下浮現的蒼白臉龐。隔著車窗，樋口不帶一絲情感的視線四處游移。但他的視線捕捉到拍攝新聞畫面的攝影機時，突然靜止不動了，感覺就像透過畫面望著武澤一般。樋口的薄唇在不太清楚的畫面中微張，像在說些什麼。理應聽不見的低語竟從武澤耳畔掠過。

——你有女兒吧？

武澤確實聽見了。

回家一看，沙代躺在起居室裡看漫畫。從好幾天前開始，她就一直看同一本漫畫。也許是發現家裡沒錢，最近沙代都沒主動開口說她想要什麼。

——您回來啦。

——嗯。

武澤以現有的食材做了一頓晚飯，與沙代迎面而坐，共進晚餐。今後可以吃到比較像樣的東西了。雖然嘴巴上沒說，但他一面動筷，一面在心裡向沙代低語。

翌晨，武澤一如平時穿上西裝，拎著手提包出門。沙代也一如平時到玄關前送他出門，射進玄關的朝陽照得沙代的臉閃閃發光。再過二十分鐘，朋友會來找他女兒，她將關好門窗上學。

武澤前往離沙代上學的路途有一小段路的公園。負責大樓清潔工作的業者今天要面試武澤，但現在離面試還有一段時間。

他坐在長椅上，單手擺在膝上一張一握，靜靜思索。那個組織瓦解了，樋口也被捕入獄。我終於解脫了，今後什麼都不必擔心。我要做新的工作，重新展開人生。不過，他不希望在大公司上班。因為一間公司要是有極為健全的雇用新人體系，人事部門會向武澤以前的公司聯繫，仔細詢問他以前的工作態度，以及有無任何問題。當然了，這麼一來就會提到借錢的事，他也就無法來到面試這一關。不過，目前當務之急，就是先有穩定的收入，就算薪水少也沒關係。由不得他挑公司規模大小。只要一拿到錢，他就要馬上搬家。

過了一會兒，他上衣口袋的手機鈴響了。畫面顯示沒見過的號碼。他胸中感到一陣不安。之前從電視新聞上看到樋口對他低語的雙唇，與眼前手機螢幕顯示的陌生號碼重疊。

這通電話不能接——直覺這樣告訴他。

武澤關閉手機電源，將手機放入口袋。

結束大樓清潔業者的面試，再次回到車站時，已過下午一點。接著他打算再前往職業介紹所，找尋新的就業資訊。但因為肚子餓了，他想先回家吃碗泡麵，就往家裡走去。遠處傳來消防車的警笛聲。

武澤家失火了。

濃濃黑煙從破裂的窗口往外冒，裡頭有橘色的火焰閃動。亮著點點火光的灰屑飛舞著，就像要將屋子團團包圍般，底下有數名消防員拚命噴水，喊著聽不懂的話語。還有在火災現場圍觀的人群。武澤頓時全身失去了感覺。一切全陷入火海了：昔日雪繪忙進忙出的廚房、沙代貼在牆上贏得比賽第二名的畫作、武澤最珍惜的全家福合照，全部付諸一炬。武澤發出泣不成聲的吶喊。同一時間，屋頂某處發出轟隆一聲，往內側崩塌，從那裡竄出最猛烈兇惡的黑煙。

——武澤先生！

附近一名家庭主婦發現武澤，朝他衝來。她雙手抓著自己的前胸說道。

——好在是這個時候，武澤先生。剛好是沙代上學的時間……

沒錯，沙代不在屋內，值得慶幸。

他將視線移回火災現場。是他們幹的，武澤失去感覺的內心對此相當肯定。是他們在對我報復。可能是奉樋口的指示，派手下縱火吧。或許他們原本只是想引發一場小火警，但一不小心釀成了嚴重的火災。

武澤最擔心的是沙代的安危。他不知道那幫人會做出什麼事來。沙代在學校應該很安全，但放學後就危險了。必須盡快聯絡上女兒才行。武澤取出手機，這才發現自己不知道小學的電話號碼。他問身旁那名氣喘吁吁、神色緊張的家庭主婦，是否知道學校的電話。她的兒子好像也唸同一所小學。那名主婦點了點頭，快步跑離現場，旋即帶回一張便條紙。上頭以潦草的字跡寫著一支電話號碼。

武澤肋骨內的心臟撲通撲通直跳。

武澤心中感到驚惶，但他不知道自己為什麼驚惶。帶著這奇怪的感覺，他以手機撥打便條紙上的這支電話。接電話的人是名中年男子。武澤報上姓名後，請對方找他女兒來接聽，對方應了一句「我明白了」，就按下保留鍵，播出〈Edelweiss❻〉旋律的保留音一直持續著。武澤望著逐漸焚毀的屋子，靜靜等候。不久，保留音消失，電話裡傳來一個悠哉的聲音。

——喂？

那不是沙代的聲音，是名年輕女子的聲音。

——您是沙代的父親嗎？我是沙代的導師，敝姓野木。

——請問……

——您現在人在公司嗎？

武澤還沒想到該怎麼回答，她已經自行接話了。

——正好聯絡上您，真是太好了。是這樣的，我從上午就一直打您的手機。

對了，武澤這才想到先前那奇怪的感覺究竟是怎麼回事。今天早上在公園時，手機螢幕上顯示的就是這個電話，是同一個電話號碼。

——可是一直聯絡不到您。沙代今天上學沒多久就說她頭痛。

武澤眼球後方的暗處發出像煙花般的火光。

——我讓她在保健室休息，但不久後她發燒。好像是感冒了。所以我多次與您聯絡……

——然後呢？

武澤打斷她的話，如此問道。那名女老師似乎吃了一驚，沉默了片刻後，才又接著說：

——我讓她先回家了。

周遭的景色頓時全部消失了。

——她有家裡鑰匙，而且她說自己可以一個人回家。沙代現在人在家裡休息。

❻「真善美」電影配樂。

眼前景色再次出現。分列左右兩側的人群，火焰，逼近的火焰，步步朝他面前逼近的火焰。武澤撞開擋在前方的人，向前疾奔。那黑煙、烈焰、焦黑的房子，在他的視野中上下搖晃，愈來愈大。一股強勁的熱風撲面而來，喉嚨連同呼吸都為之灼熱燃燒。有人猛然從旁一把抓住武澤的腰間。

——你幹什麼！

武澤死命甩開撲向他的消防員，灼熱的喉嚨發出聲嘶力竭的叫喊。

——放開我！

——別亂來啊！

——有人在裡面！

——你冷靜下來！

又一處屋頂坍塌了。宛如炸彈爆炸般，閃爍著紅黑色光芒的灰屑紛紛舞上住家四周的高空，不久又飄然落地。當時的灰色景象至今仍烙印在武澤腦中，他仰望漫天火灰，心中只感到恐懼，也許就要失去女兒了——不，是也許已經失去了。

接著，那人肉骨牌的最後一枚倒下了。他空虛的雙臂抱著空無一物的前胸，被背後成群湧來的自己給壓垮，當場斃命。

消防署的說明指出，房屋已完全燒毀，所以難以查明火災原因為何，但可能是配線短路、電源插孔的塵埃自然出火，或是因為沙代的個人疏忽所造成。簡言之，這樣的說明和「一切不明」沒什麼兩樣。武澤到警局說明情況，告訴他們這場火災是黑幫組織的報復。但消防署認為沒有縱火的可能，所以警方否定火災與那起地下錢莊事件有關。

沙代出殯那天，一輛車身很低的白色轎車停在殯儀場前，從車窗內探頭的人是氣質與樋口很相似的年輕男子。此人面無表情，目露兇光與武澤四目交接時，還揚起笑意。那輛車旋即離去。

當天晚上手機響起。螢幕顯示是從「公共電話」打來。武澤按下通話鍵，將手機貼向耳朵後，一個陌生男人的聲音留下簡短的一句話。

——別以為這樣就結束了。

只說了這樣一句就掛斷了。

沙代的葬禮結束後，武澤在新宿的街上，從別人介紹的戶籍販子那裡買了別人的戶口名簿，從此與周遭的人斷絕關係。他已受夠這一切了，想逃離那幫人的糾纏、更多的報復、死亡的回憶。我為什麼做那種事呢？像傻瓜似的，認真償還借款的數十倍金額，對他們唯命是從，還逼死一名女子，最後甚至偷走組織的文件，害死了自己的寶貝女兒。只因為個性死板，想導正錯誤，結果帶來什麼好處？善意、正義、正直，又有什麼用？

在這世上，正直的人才吃虧。武澤決定要改頭換面，重新過另一種人生。不過，這次他絕不吃虧，只要贏不要輸。被失敗與後悔壓垮的最後一張人肉骨牌，湊齊了手腳，咬牙重新站起。

那已是七年前的事。

我是壞蛋，我是壞蛋，我是壞蛋。每天武澤都這樣告訴自己，過著這樣的生活。他知道，若不這麼做，他馬上又會淪為輸家。就像陀螺，一旦動作稍微變慢，瞬間就會失去平衡，在地上打滾。

阿鐵曾說過「我想飛」。武澤不太懂這句話的涵義，但當時他確實也深有同感。

「竹兄，你會不會覺得這次的火災也是那個地下錢莊組織幹的呢？和那個叫東口的男人有關……」

「是樋口。」

武澤糾正他後，長嘆一聲。

「我認為應該是和他無關。」

他希望是這樣。

「可是，剛才你提到『萬一』。」

「我只是說萬一，又不是絕對。」

那件事發生至今已經七年，武澤不認為組織那幫人又開始向他報復了。不過，當他看到黑煙直冒的公寓大門時，心中的不安仍以強大的力量一把揪住了武澤的胸口，這是事實。當時被逮捕的組織那幫人現在恐怕已經出獄了，會不會是他們當中的某人（也許就是樋口）找到武澤的住處，和七年前一樣對他的屋子縱火呢？向豚豚亭的老闆多方打聽武澤的那名高個子究竟是何方神聖？會不會是曾在那個被武澤瓦解的地下錢莊底下工作的人？還是說，那個人就是樋口？

——別以為這樣就結束了。

那聲低語，至今仍在武澤耳畔揮之不去。

「對了，竹兄，今後該怎麼辦？」

阿鐵望著朦朧的白色天空，他那憨傻的聲音令武澤聽了覺得有點放心。

「該怎麼辦好呢，工作會用到的服裝和道具可能全都燒毀了。」

「只好依照重要的先後順序一一重新購買了。西裝我們兩人現在都穿在身上，所以……啊，不對，住處比衣服更重要。竹兄，得先找地方住才行。等找到房子之後，再重新出發吧。」

「又要重新出發是吧……」

武澤輕輕吁了口氣，吸了一下鼻涕。

「阿鐵，我是壞蛋，對吧？」他若無其事地問道。

阿鐵以睡意濃厚的眼神朝武澤凝望了半晌後回答：「我認為你是呀。」

2

翌晨是個晴朗的好天氣。

「喂，阿鐵，起床了。」

武澤搖起睡在一旁的阿鐵。陽光從天鵝的屁股射進來，頭枕著英語辭典、頻頻打鼾的阿鐵坐起身子，蹙著眉頭。

「好痛哦……竹兄，你的背部不會痛嗎？」

「當然痛啊，不能一直睡在這種地方。得趕快找地方住才行。」

「在找到住處前，至少先找家商務旅館住吧。」

「我們手上的錢剩不多了，別說這種奢侈的話。」

「奢侈是最要不得的。可是竹兄……」

阿鐵張大他那張海豚嘴，打了個哈欠，一面吐氣，一面放鬆上半身的力量。

「你打算上哪兒找房子？」

「還沒決定，不過……可能不適合繼續住這一帶了。要是遇上那棟公寓的房東也很麻煩，因為我惹出火災後就這麼跑了。」

「說得也是，而且搞不好還會遇到更不該遇到的人。」

「誰啊？」
「東口啊。」
「是樋口。」
他想盡量不要去思考這件事，所以打斷了阿鐵的話，站起身。阿鐵也跟著起身。兩人從天鵝體內走出，到附近的超商買了麵包和罐裝咖啡。
「竹兄，這次到荒川去找找看吧。靠近河堤那一帶。」
「哪一帶啊？」
「就在足立區南邊啊。那裡有好幾條鐵路。」
「哦，那一帶啊。」
也許是個好主意。那裡房租似乎比較便宜，而且如果是在常磐線或京成線的沿線上，只要搭一班車就能到上野。上野是賺錢的好地方。
「那就到那裡碰碰運氣吧。」
就這樣，兩人吃完早餐便坐上了電車。雖然有點繞遠路，但他們還是先到上野，再轉搭常磐線。下行列車沒什麼乘客。武澤將手提包放在膝上，阿鐵則是捧著工具箱、杯子、英語辭典，坐在位子上，一路越過隅田川。櫻花綻放的隅田川河岸在春天朝陽的照耀下，化為明信片風景畫般的美麗景致。
「好像在旅行哦。」
兩人在北千住車站下車。常聽人提到這個車站，所以覺得這裡可能有不少房屋仲介公司。
車站前，男女上班族爭先恐後地疾步而行。武澤他們站在一處不會阻礙他們通行的地方，討論接下來要找尋的住處。房租八萬日圓以內，附衛浴，馬上可以入住。由於在合約上寫的上班地點全是虛構的，所以儘可能要挑選審核比較寬鬆的房屋仲介公司。要是對方審核後，無法簽訂合約，那就再找別家房屋仲介公司。

「還有，阿鐵，這次是以你的名義租房了。」

武澤應該已不能再使用中村這個名義了。因為發生過公寓火災的事，無法預料會引發出什麼麻煩事。如果是以阿鐵的名義，應該就沒這問題了。當初阿鐵到那棟公寓來投靠武澤時，似乎沒專程辦理遷居的登記，所以阿鐵與武澤（或該說是阿鐵與中村）的關係沒人知道。說明完此事後，阿鐵也點頭表示明白。

「我們要一起去找房屋仲介公司嗎？」

「嗯，怎麼做才好呢。分開找可能比較有效率。事後我們再互相報告彼此找到的房子，你看怎樣？」

「就這麼辦吧。」

「中午再到這裡會面。」

「好，中午再見。」

武澤總覺得阿鐵好像很想離開他，所以他先假裝和阿鐵道別，接著又偷偷折返，找尋阿鐵的蹤跡。他發現阿鐵人在站前廣場角落，抱著膝蓋，像顆蛋似的躺在可以舒服享受日曬的長椅上，一臉幸福地闔上眼。

「阿鐵。」

「啊……」

武澤朝阿鐵吼了一聲，才離開車站，找尋房屋仲介公司。

一整個上午，武澤一無所獲。他逛了五家房屋仲介公司，對方帶他看了八間房子，但不是牆壁太薄，就是位在警察局前面，每個都和他的工作相牴觸。
過了中午，他回到車站，發現阿鐵早已站在那裡等他。
「你在這裡待多久了？」
「我才剛到，我有認真找哦。」
「開玩笑的啦，別生氣。」
阿鐵一臉不悅。問過之後才知道，他找過的房子和武澤半斤八兩，但條件更糟。
「第一間房子只有一扇窗，而且還和隔壁房的窗戶對望，中間僅隔四十公分。從窗口望出去，只看得到一個穿運動服的胖老頭。他一會兒大聲打哈欠，一會兒隔兩秒就挖一次鼻孔，我看他一定是故意的。為了不讓人住進那間和他隔窗相望的房子裡。第二間房子也很慘。地板上滿是死蟑螂。每隻都四腳朝天，有如在跳水上芭蕾似的。第三間房子則是由黑蟑螂換成德國蟑螂。第四間房子最慘。我光想就……」
阿鐵滔滔不絕地說個沒完，武澤伸出雙手打斷他的話。
「下午還有機會。先找個地方填飽肚子吧。」
站前的馬路前方有個中華料理店的招牌，兩人開始朝那裡走去。
「啊，竹兒，報紙上有昨天那場火災的相關報導，但只有短短五行字。」
「這麼說來，火勢延燒的情況並不嚴重囉。」
「是啊，好像只有那個房間被燒毀。」
武澤鬆了口氣。
「起火的原因，報上怎麼寫？」

「這點還不清楚，好像只提到『調查中』、『蒐證中』……」

「這樣啊……」

兩人一面走，一面靜靜低頭看著腳下的柏油路。櫻花花瓣飄落。抬頭一看，櫻樹的枝椏從一間小小的洗衣店裡伸出圍牆外。

「對了，阿鐵，你在哪裡看的報紙？」

「在房屋仲介公司裡，趁店主去取車準備帶我看房子的時候。報紙就掛在事務所的架子上。」

說完後，阿鐵板起臉面向武澤。

「反正你總是以為我在摸魚嘛。」

「你早上不是就摸魚嗎？」

「我只是想先休息個三分鐘。」

「哦。」

兩人來到中華料理店「馬馬亭」。隔著玻璃拉門，看得出店內生意普通，肯定店如其名，價格和味道都馬馬虎虎。兩人挑了一張角落的座位，迎面而坐。他們朝立在免洗筷旁的菜單望了一眼，上頭以手寫字寫著大大的「特製豆芽菜拉麵」，所以兩人就點了這道拉麵。

「咦，竹兄，不喝點酒嗎？」

「說什麼傻話啊。」

喝了口老闆端來的開水後，武澤吁了口氣。走了半天的路，腳底又痠又痛。桌子的架子上擺著一本週刊雜誌，武澤將它取出，隨手翻閱。

「一旦露出破綻就全毀了！」——這個標題吸引了他的目光。被詐欺騙走建築資材的建設公司社長以忿恨不平的口吻回答記者的訪問。也許是羞於露臉，照片裡的他始終低著頭，乍看之下還以為是設下詐欺騙局的嫌犯。損失總額高達六千萬日圓左右。

「世上還是有人敢做這種大生意……」

騙貨詐欺犯所用的方法很單純。他們先收下業者訂購的商品，沒付款就跑路了。他們的做法大多是固定的模式：一開始先付幾次現金，進行少額的交易，博取對方信任，然後再以支票訂購大量商品。接著在支票兌現日之前將所有收取到的商品換成現金後，一走了之。只要懂得如何偽造各種文件，詐欺犯單槍匹馬就能犯案了。

「我們也得像這樣幹一票大案子才行。」

武澤將雜誌拋向桌上，仰望天花板，將脖子轉得嘎吱作響。

「說得也是。可是要做這種大案子，得要有相當的資歷才行。」

「沒錯，要有資歷和膽識。」

「啊，可是竹兄，我仔細一想，也許我們也辦得到哦。你想想，半年前電視新聞不是提到過嗎，有人因為這套詐欺手法而蒙受數千萬的損失呢。當時被騙的好像也是一家建設公司，也許他們那個行業是下手的目標哦。乾脆我們也來幹一票吧。」

「這篇報導講的就是那起案件。」

武澤讓他看那份雜誌的封面，指向印在角落的發行日，已是半年前的日期。

「瞧你說這種蠢話，根本不可能辦得到。」

「是嗎……」

兩人之間陷入一陣慵懶的沉默。客人說話的聲音、餐具的聲響、響亮的咳嗽聲沒有間斷。

武澤不經意地望向一旁，發現有一張小海報，四個角分別以透明膠帶黏在桌子旁的牆上。

這黑白的廉價印刷品放了幾個人並排站立拍出的照片，底下寫有日期、時間，以及電話號碼，好像是劇團公演的宣傳。儘管照片不太清楚，但看得出是七男一女。那名女孩還很年輕，鼻梁高挺，頗具姿色。男性則分別是一胖一瘦的兩名年輕人、臉長得像大猩猩的肌肉男、有一雙大眼的矮冬瓜、身材高大的男子、有張大餅臉的男子，還有一位臉型像冰淇淋杓、死氣沉沉的老頭，個個其貌不揚。海報最上頭以粗大的少女字體寫著「CON．GAME」這排橫字。

「阿鐵，這個『CON』是什麼意思？」

「是confidence（信賴）的縮寫。那句話是類似詐欺的意思。」

阿鐵噘著嘴，臉湊向那張海報。

「這裡寫有這齣戲的內容：『一位擁有黑暗過去的詐欺犯，在他可悲的旅途終點首度邂逅了交心的好友，還有一位和他們命運與共的美女。為了對各自的過去做個了結，他們的戰鬥就此展開！』——哈哈，好像在哪裡聽過這樣的故事。」

「是嗎？」

「特別是前半段。」

「我比較期待那名中段才登場的美女。」

「特製豆芽菜拉麵來了。」

老闆端來騰騰熱氣直冒的兩個大碗。他與豚豚亭老闆截然不同，兩頰瘦削，唇上留著一綹做作的小鬍子。老闆朝牆上的海報努了努下巴，輪流望著兩個客人，自顧自地說明起來。

「這是個小劇團。演出的內容比較超現實，所以一直都沒增加多少戲迷。不過我倒是很喜歡。這齣戲昨天已經演完了，相當有意思……但沒什麼觀眾。這個劇團恐怕得解散了。」

老闆一副若有所思的表情，穿著圍裙，雙臂環胸，朝海報凝望數秒之久。

「兩位客人，方便的話請務必前往欣賞哦。」

「我們沒空看別人怎樣詐欺。」

阿鐵一臉認真地說了不該說的話。老闆先是露出詫異的表情，接著不懂裝懂地點了點頭，走回廚房。

「說得也是。」

的確，我們根本沒空欣賞別人如何詐欺。而且「GAME」這個字教人看了很不順眼，我們可不是在玩遊戲呢。

兩人各自取筷，這碗特製豆芽菜拉麵口味果然普通無奇。

飯後他們又去幾家還沒看過的房屋仲介公司繞繞，但很快就停手了。因為阿鐵找到了一家老房子，武澤相當中意。房租七萬八千日圓，附衛浴，可馬上入住。那裡不是公寓，而是房子西側有個小斜坡的雙層樓房。

3

租屋契約由阿鐵出面辦妥。房租已預付三個月的份，瞎掰的服務公司和保證人，似乎也都沒任何問題。

「房屋仲介公司現在景氣很差，他們一定也很想把空在那裡的房子租出去吧。」

阿鐵拿著百圓商店買來的掃把清掃住處的地板，心裡開心不已。

「或許吧。」

武澤以百圓商店買來的抹布擦拭門框的塵埃，咧嘴而笑。

「這裡應該是因為和鄰居隔得遠，比較危險，所以才會這麼便宜吧。」

「有可能哦，因為這種房子最適合小偷上門了。」
「啊，雙關語哦。」
「什麼跟什麼啊。」
有房子可以棲身是最令人高興的事，這種心情只有失去歸宿的人才懂。
之後的三天，兩人分別逛附近的店家，買齊各自的內衣褲和替換的衣服、中古洗衣機、電視、肥皂、增髮洗髮精。之前剛買的啞鈴留在公寓裡，武澤本想再重買一個回來，但這次他選了一支不易撞傷小趾的鐵製啞鈴。每次上商店街時，武澤總是以雀躍的心情走上那往西側斜坡延伸的水泥樓梯。
但這種愉快的心情只持續了前三天。
第四天早上，武澤與阿鐵迎面而坐，吃著超商的飯糰時，手機鈴響了，螢幕上顯示的是一支以03開頭的陌生號碼。
「你不接嗎？」
阿鐵抬起頭來。武澤感到猶豫，這是誰打來的電話呢？
「你就接吧，如果是奇怪的電話，把它掛掉就好了。」
「說得也是。」
武澤按下通話鍵，緩緩將手機貼向耳邊。
「喂？」
是個老先生的低沉嗓音。武澤不發一語，等候對方接話。
「喂……是中村先生嗎？」
武澤不禁鬆了口氣，會叫他「中村」的人只有一個。武澤單手摀住手機，轉頭面向阿鐵。

「是公寓的房東。」

「哦，是房東先生啊。」

由於以前那棟公寓是以中村的名義租屋，所以房東一直以為武澤姓中村。雖然兩人見面的次數寥寥可數，但對方是位個性溫和的駝背老先生。不過，現在透過電話傳來的聲音卻一點都不溫和。

「喂，我是中村。」

阿鐵說得沒錯，如果房東談的是什麼麻煩事，直接掛斷電話就行了，武澤下定決心回了話，而對方開始激動了起來。

「中村先生，你是怎麼了？怎麼突然不見了呢。」

「哦，這是因為……」

「你還有理由啊。你給我添了大麻煩呢。我費了好大一番工夫，才找出這張寫有你手機號碼的便條紙，之前一直都沒辦法打電話聯絡你。你到底在幹什麼？昨天警察問我許多事，我和我太太被折騰得好慘呢。」

「警察？」

武澤心中感到不安。

「那是一起縱火案。中村先生，你該不會是做了什麼壞事吧？」

武澤在口中複誦「縱火」這兩個字，阿鐵一臉驚訝地望向他。

「沒錯。警察說，好像是有人將燈油之類的東西倒進房門放報紙的孔內，然後點火。聽說失火前有個可疑男子在公寓附近徘徊，警方懷疑就是那個人所為。」

可疑男子……

「還有，有好幾通可疑電話打到我家。對方說話時，一直發出『嘶——嘶——』的聲音，叫我說出你人在哪裡。我和我太太當然是說不出來，因為我根本就不知道。那名男子一直把你叫做武澤，這是怎麼回事啊？難道你之前說謊？你不是姓中村嗎？」

「叫什麼名字？」

「咦？」

武澤乾渴的喉嚨，聲嘶力竭地喊著：「那個男人叫什麼名字？」

「你叫什麼名字比較重要吧？對了……他還對我說，如果武澤和我聯絡，叫我把他的名字轉告給你聽。好像是姓通口，還是東口之類的。因為和我沒關係，所以我記不清楚。」

「是樋口吧？」

武澤戰戰兢兢地問道，房東沉默了片刻，似乎正在回想。這段時間，武澤緊握手機，向上天祈禱——說不是，說不是，快說不是啊。

「喂……是吧？喂。」房東發出這樣的聲音，接著一個女人的聲音也隱約傳來。兩人開始竊竊私語，女人「哦——」了一聲，接著發出拍手的聲響。

「喂……喂，中村先生？我太太曾記下對方的名字。對對對，打電話來的男子，是姓樋口沒錯。中村先生，雖然不清楚是怎麼回事，不過，請你趕快到警局一趟，仔細說明整個經過。我已經不想再被捲進這場奇怪的風波中了，光是這筆修繕費就已經很可觀了……」

武澤掛斷電話。

——別以為這樣就結束了。

在沙代葬禮那天聽到的聲音，再度於耳畔響起。

櫻花才剛盛開，乍暖還寒。風鑽進牛仔夾克的衣領內，冷徹肌骨。

真廣走在中午時分的寧靜巷弄裡，往公寓而去，同時朝手中的超商塑膠袋裡掏尋。她取出「嚼不停昆布」的小袋子，拆封，一面嚼著細長的昆布，一面想著剛才一起買的另一項商品。

那長方形的盒子就放在塑膠袋裡，以素面的紙袋包覆。其實光是裝在白色的塑膠袋裡，就無法看出那是什麼了，但不論在超商還是藥局，都一定會像這樣雙重處理，不知道是為什麼。對買的人來說，這樣反而尷尬。如果能若無其事地和其他商品一起處理，這樣不是很好嗎？超商那位胸前別著「店長」名牌的中年大叔，一面在櫃台處將商品放進紙袋裡，一面偷瞄真廣身上的迷你裙。當他收下真廣遞出的兩千圓紙鈔，以及找零錢的時候，還一直看個不停。套上這個的那話兒，會在那地方做那檔子事吧——她看著「店長」細長的雙眼，彷彿可以聽到他的妄想所化成的聲音。

當真廣吃完第二片「嚼不停昆布」時，已抵達家門了。這公寓名叫「夢想足立」，一個不帶半點夢想的名字。她走進屋內前打開了樓梯旁的信箱小門，往內窺望。今天沒再收到裝有現金的信封了，不過倒是放了幾張廣告傳單。其中一張吸引了真廣的注意，上面印有位於上野車站的珠寶店店名。

真廣站在原地，一再複誦紙上所寫的文字。

「這個不錯哦……」

數秒後，她打開玄關大門，將保險套盒拋向廚房後，旋即關好門，離開公寓。她邊走，邊往手提包裡的錢包翻找，確認有足夠的車錢可以搭車到上野車站。只要有單趟的車錢就夠了，也許回來的路上，我就能荷包滿滿囉。
真廣朝車站走去。
天空呈現沉悶之色，一點都不像春天。

杜鵑

CUCKOO/kú.ku.

1

「竹兄，你放心吧。這個房子絕對不會被發現的。」

阿鐵透過起居室的窗戶仰望清晨灰濛的天空，啜飲著茶碗裡的熱茶。

「不會被發現是吧……」

武澤也喝了口茶。

窗戶與外牆中間有一處稱不上庭院的小空間，那裡長了一株瘦弱的瑞香，不知是誰種的。開出來的花已經枯萎了，昨天還聞得到香氣，現在氣味已愈來愈淡。

「剛才講電話時，你沒告訴房東這裡的地址，對吧？」

「我沒告訴他。」

「那就是啦。放一百二十個心吧，不會有人知道你住在這裡。」

「嗯……」

這就叫做花開天寒吧。明明已是櫻花盛開的時節，但今天又變得無比寒冷。武澤身穿運動褲，盤腿而坐，膝頭逐漸發冷。

「不過，也許以後別再用這支手機比較好。最好關機，因為不知道誰會打電話來。還有，要是警察因為那起縱火案開始搜尋你的話……」

「開機會有危險是吧。」

「要是開機，就會查出你的所在位置。」

武澤拿起擺在和室桌上的手機，將它關機。

「可是沒有手機，我們工作的時候很不方便。」

「買個新的吧。反正這支手機也已經用五、六年了吧？只要到上野一帶，不用身分證也能買到預付卡手機。」

「是外國人賣的那種嗎？」

「就是那個，我們去買吧。」

「……那就走吧。」

武澤輕嘆一聲。

兩人喝完茶碗裡的茶，不約而同地抬膝準備站起來。

「順便做筆生意吧，我們的生活費也愈來愈少了。」

「怎麼做？」

「上野有不少當舖……」

「要用那招，是嗎？」

「那我去拿衣服。」

阿鐵馬上返回起居室內，將一套和服和木屐塞進手提包裡，拎著走來，這是前些日子他在百貨公司買的便宜日式便服。

兩人搭常磐線來到上野車站。上午十一點，兩人信步走在阿美橫丁後方的巷弄裡，幾名外國人以試探的眼神望著他們。武澤逐一走向他們，開口問道：「手機？」前三個人都搖頭，直到他問了第四個長著戽斗下巴的外國人，對方才回答他：「是的。」

「新品，五千日圓，能用九十天。」

「能打也能接嗎？」

「可以。這個還能收發郵件，七千日圓。」

外國人從口袋裡取出一張縐巴巴的紙，是印有S公司商標的手機照片。

「我不需要收發郵件。」

武澤說完後，對方挺出他的戽斗下巴，堅持說「這是一定要的」，所以武澤最後也不再堅持，決定買比其他款式還貴兩千日圓的這台機種。外國人將武澤他們帶進一條巷弄裡，向一群正在聊天說笑、和他像是同一國人的男人叫喊，遞出剛才那張紙。其中一人接過後，在背後的背包裡掏找，取出和剛才那張照片同款的手機。武澤給對方七千日圓，接過手機，和阿鐵一起離開。

「阿鐵，你會發信嗎？」

「不，我不會。」

「應該不需要這種功能吧。」

儘管如此，他們還是買到了新手機。

阿鐵朝手錶瞄了一眼。

「在開始辦事前，要不要去上野公園散步一下？」

「賞花是吧？不錯哦。」

兩人在京成上野車站前爬上樓梯，走進公園。他們行經西鄉隆盛的銅像前，往櫻花盛開處走去，攤販傳來的香腸焦味開始參雜在空氣中。雖然灰濛的天空有點美中不足，但上野公園的櫻花之美依舊未減分毫，要不是前些日子下雨一定更漂亮。兩人各向攤販買了一盤章魚燒和墩大腸，坐在長椅上享用。

「小時候總覺得章魚燒好大顆。」

阿鐵靈巧地用竹籤將積在保麗龍盤子底部的醬汁沾到章魚燒上面，如此說道：

「印象中，就像棒球一樣大，一排又一排。」

「看在小孩子眼中，什麼都覺得特別大。」

武澤也曾一家三口一起去賞花。不是在這麼有名的地方，而是在家裡附近的小公園。當然了，那裡既沒賣章魚燒，也沒賣燉大腸。那天櫻花後面的天空遠比今天來得蔚藍，所以每片櫻花花瓣顯得更為清楚。武澤吃著雪繪親手做的飯糰和馬鈴薯沙拉，心不在焉地仰望櫻花。當時才四歲的沙代吃的是特製飯糰，裡頭有三種餡料，全包進一個飯糰裡。起初雪繪是想做三個小孩子吃的小飯糰，但沙代說她想吃和武澤他們一樣的飯糰，說什麼也不聽。雪繪告訴她，如果是這麼大的飯糰，妳只吃得下一個，所以就只能吃到一種餡料哦，沙代聽了說她不要這樣，結果才幫她做出這個奇怪的飯糰。武澤和雪繪覺得大小普通的飯糰，對沙代來說一定太大了。沙代十二歲過世的時候，應該已經覺得飯糰很小了吧。還是說，飯糰對她而言還是一樣巨大呢？

與那時候相比，自己現在的相貌一定變得醜惡許多，武澤如此暗忖。若不是這樣就傷腦筋了，因為他已變成一個壞蛋，相貌也得跟著變兇狠才行。他以手掌搓著自己的臉。

「阿鐵，我的相貌兇惡嗎？」

「不會啊。」

阿鐵咬著最後一顆章魚燒。

「要是相貌兇惡，不就不能做這項工作了嗎？」

「是嗎……」

不久後，兩人吃完盤裡的東西，從長椅上站起來，差不多也該工作了。阿鐵拎著手提包，走進公共廁所。他出來後，就改換上一套藏青色的日式便服，腳下踩著木屐了，看起來人模人樣的。阿鐵扮演的角色是「熱中於陶瓷的資產家」。雖然像是在開玩笑，但他可是很認真呢。這身誇張的裝扮往往能奏效。世人總說「人要衣裝，佛要金裝」，因為人容易相信表面功夫。

「我來幫你拿手提包吧。」

「不好意思。」

兩人走向商店街，先來到一家賣陶瓷的店家。武澤觀賞擺香爐的架子，挑了一個獅子外型的奶油色陶瓷。價格為兩千八百日圓，獅子的腹部刻有「無〇」的銘文。第二個字因為筆跡零亂，無法解讀。

「竹兄，你打算做什麼？這是燒陶者的名字。」

「要叫無什麼好呢？」

「就叫無齋吧，例如小野無齋。有大師的味道吧？」

「這個好。」

走出店門的兩人，儘可能挑選小規模的當鋪。阿鐵將剛買好的香爐以包巾包好，走向選中的當鋪門口。

「聽好了，阿鐵。你不是要演戲，而是完全變成那個人。你要是做不到這點就無法吃這行飯了。」

「你用不著每次都提醒我我也知道，那我去囉。」

阿鐵單手拎著包袱，緩緩走進店內。武澤在遠處等候。五分鐘後，阿鐵從店內走出來，包巾裡已空無一物了。

「怎樣？」

「應該是沒問題。」

兩人在外頭閒逛了二十分鐘，這次換武澤整理好西裝的衣領，走進同一家店。

「歡迎光臨。」

武澤在那名看似個性彆扭的店主面前微微將下巴往內收，在店內緩步閒逛。他在擺滿餐具的架子前興致盎然地挑眉探頭，然後一臉遺憾地離開。他知道店主正從店內位置較高的房間裡觀察他，於是慢慢走過去。

「你們店裡的陶瓷不多哦？」

店主點點頭。

「我們不太了解那方面的行情。」

「我看也是。」

武澤微微露出鄙視對方的眼神，店主不太高興地把臉撇開。武澤看了看店主的四周：和室桌、帳本、少了幾片的口香糖、缺了筆蓋的原子筆，和室桌旁……

有了，剛才的香爐就這樣隨手擺在榻榻米上。武澤趨身靠向那只香爐，瞇起雙眼。

「那香爐……是要賣的嗎？」

「香爐？」店主一臉納悶地順著武澤的視線望去。

「哦，這個是香爐嗎？因為剛才那個人說這是菸灰缸。」

「這是要賣的嗎？」

他彷彿要壓過對方話語似的再次發問，而店主搖了搖頭。

「不，這還不能賣。」

「還不能賣？」

「事情是這樣的，剛才有位客人來這裡，說想賣這樣東西，然後擺了就走。我跟他說，如果不是公司的產品，我們沒辦法估價，但那位客人說他想早點把它賣掉，要我收購。他還叫我先想一想，開個價錢，說完後馬上就離開了。」

「那個人為什麼要賣掉這個東西？」

「好像是他亡妻的遺物。他最近再婚，新太太會吃醋，所以這東西不能繼續擺在家裡。」

「這樣啊……」

武澤再度伸長脖子，朝香爐不住打量。

「我想應該是不太可能，不過還是請你再確認看看。獅子的腹部該不會印有『無齋』這兩字吧？」

「不知道耶。」

店主將香爐倒過來，以老花眼鏡細看底部。

「好像印有無什麼的。」

武澤咦了一聲。

「請讓我看一下。」

他從店主手中接下香爐，花了好長的時間仔細端詳。上看下看，左望右瞧。特別是銘文的部分，看得尤為專注。口中不時嘀咕著「是無齋」、「小野無齋……」。

不久後，他從那只香爐上抬起頭來，直接對店主開價：「二十萬賣不賣？」

「……什麼？」

「能不能以二十萬日圓賣我？」

店主像見了鬼似的回望武澤，武澤面向他說明：「小野無齋是江戶後期的美濃燒知名工匠。雖然不是聞名全球的人物，但在陶瓷收藏家之間擁有極高的人氣。這是如假包換的無齋作品。黃瀨戶獅子形香爐，獅子的右眼比左眼大上些許，所以應該是他晚年的作品。」

「啊，這樣啊……」

「二十萬你肯賣嗎？」

「可是，這東西還不能賣……」

儘管店主如此回答，武澤也看得出對方認為這東西有利可圖了。他心思浮動的視線在香爐與武澤之間不斷來回，接著以試探的口吻提議：

「剛才那位客戶說他下午會再來，可否請您在那之前稍等一下？」

「不，我待會得去益子一趟，那裡有個陶瓷振興協會的聚會，所以我希望現在就能買回去。」

武澤做出從西裝內口袋取出錢包的動作，店主馬上揮手搖頭，加以阻止。

「這位客人，您聽我說……對方只是委託我代為估價，現在還不能賣啊。」

武澤流露出無奈的神情，長嘆一聲。

「那麼，等協會的聚會一結束，我再來這裡一趟，只是會比較花時間而已。要是在那之前，有其他客人想買這個香爐，請你一定要打電話通知我。請讓我和對方直接交涉價錢。」

武澤借了張便條紙和原子筆，寫下手機號碼，朝那名臉上既困惑又開心的店主行了一禮，步出店外。回到剛才的地方後，阿鐵抬起頭來，好像已經等得有點不耐煩了。

「情況怎樣？」

「應該有希望。」

再過一會兒，阿鐵只要走進店內，問一句「那東西你開價多少？」，一切就大功告成了。店主知道自己手上這個香爐可以賣二十萬，一定會用不錯的價格買下。會是五萬還是十萬，就得看店主有多愛錢了。如果以五萬日圓買下，店主便覺得自己現賺十五萬。若以十萬買下，就是現賺十萬。當然了，武澤不會再到這家店來。阿鐵收取現金後，就會跟這家店說掰掰。

兩人在超商買了茶和飯糰，在沒人的小巷裡邊吃，邊打發時間。中午過後，阿鐵再次前往當舖。武澤和剛才一樣，在遠處等候阿鐵回來。

武澤以為阿鐵頂多只要十分鐘就會帶著錢走出店門外，但他卻遲遲未歸。

「真慢……」

他窺望手錶，心裡益發感到不安。阿鐵走進店內已經十五分鐘了。該不會是騙術露出馬腳吧？還是阿鐵被店主逮住，正遭受逼問？武澤環視四周，猛然一驚。他發現人行道上的人群中有身穿制服的員警，那家當舖就位在員警前去的方向。

「不會吧……」

武澤無意識地向後退卻半步。我現在該逃，還是該靜觀其變？

——不過，那名員警走過當舖後還是繼續往前走。看來是沒有關聯，誤會一場。

又過了幾分鐘，阿鐵才步出店外。身穿和服、緩緩朝武澤走來的他，就像聖德太子般，表情極為冷靜。看到他此刻的表情，武澤鬆了口氣。阿鐵極力強忍嘴角的笑意時，都會露出這種表情。

來到武澤面前後，阿鐵讓他看藏在衣袖裡的現金。目測共有八張一萬圓日鈔。

「幹得好。」

「那個店主可真貪婪，一開始只出價六萬。明明知道可以賣二十萬圓的價錢，還出這種價錢，真夠混蛋的。」

「就是這麼回事，快離開這裡吧。」

兩人並肩離開當舖，走進人潮中。

「你去那麼久，害我擔心死了。」

「因為我費了好大一番工夫，才從六萬抬高到八萬。」

「不過阿鐵，好在是取了小野無齋這個名字。感覺這名字威嚴十足呢。」

「它可是有特別涵義哦。」

阿鐵得意揚揚地說道，接著說出八個英文字母。ONOMUSAY❼——原來如此。

「你向店主透露這是便宜貨，對吧？」

「沒錯。」

兩人邁步朝車站走去。

2

不久後，他們看見了山田巡警❽。就在上野車站不遠處一條面向大路的人行道上，那個人朝他們走來。當然了，山田巡警只是虛構的人物，所以來的不是他本人。不過，他那張大臉還有長相都和山田巡警有幾分相似。

「看起來好像很有錢呢。」

「會走路的活現金。」

高級的西裝，LV的男用手提包，露出袖口外的金錶。不可思議的是，有錢人都喜歡金色。

❼ONOMUSAY音同「小野無齋」，但這八個字母倒過來唸就是YASUMONO，便宜貨的意思。

❽漫畫《がきデカ》的主角，全名是山田こまわり。

「再幹一票吧？」

「怎麼做？」

由於當鋪那件事順利得手，阿鐵似乎心情絕佳，難得一副幹勁十足的模樣。

「先跟在他後頭吧。」

「古龍水的氣味都傳到這邊來了。」

「就像待在廁所裡一樣。」

那甜膩的氣味讓他們蹙起眉頭，與山田巡警保持若即若離的距離。

「竹兄，他走進珠寶店了。那傢伙果然是個有錢人。」

山田巡警慢吞吞走向一家珠寶店，接著踏進玻璃門內。武澤和阿鐵靠向牆邊，臉湊著臉展開討論。

「召開作戰會議吧。」

「好。」

但兩人還沒討論出結果，山田巡警就從店裡走出來了。一隻手拿著手機，正和人通話。武澤豎起食指湊向唇前，豎耳細聽。

「好的商品已經一個都不剩了。雖然才剛過中午……嗯……設計精美的商品在上午就已經都賣光了，因為今天正好是付現特賣會……嗯……嗯？沒問題的。我會買個可愛的給妳。」

也許是和女人通話吧。山田巡警一面傻笑，一面緩慢地走在人行道上。武澤和阿鐵緊跟其後。電話裡的人似乎說了什麼笑話，山田巡警突然朗聲大笑，接著猛然又變成噁心的溫柔語調。

「咦？……嗯？……我知道。我下午沒安排其他計畫，所以會再到別家店看看。」

武澤他們正準備繼續跟蹤時，突然發生一件意想不到的事。

「……對不起。」

在武澤他們前方數公尺處，一名身穿牛仔衣的少女如此說道。她留著一頭及肩的褐色長髮，喇叭迷你裙底下是一對細長白皙的玉腿，手中的可麗餅滿是鮮奶油。而站在她面前的山田巡警，背後也沾滿了鮮奶油，還黏著一塊香蕉切片。那塊香蕉切片正緩緩從西裝上面滑落，最後掉落地面。山田巡警回身而望。

「……對不起。」

少女又重複一次同樣的話。她清瘦的背部，似乎因害怕而僵硬著。山田巡警似乎還不清楚發生何事，兩顆眼珠往中間聚焦，望向少女捧在胸前的可麗餅。當他發現可麗餅上半部分散落的模樣，才了解發生了何事。他轉頭想看自己背後，但這種事就連瘦子也辦不到，更何況是像他這樣的胖子。山田巡警焦急地脫下西裝，看到正中央一大片白色的鮮奶油，頓時瞪大他那對細眼。

「喂喂喂。」

「對不起……因為我沒看好路，才會……」

少女的聲音宛如一隻可憐的小鳥。

「那女孩撞到人了。」

「是啊。」

少女從自己的手提包裡取出粉紅色手帕，以戰戰兢兢的動作擦拭山田巡警的西裝。白色的部分愈弄愈大片。

「喂喂喂。」

「對不起……我馬上幫您弄乾淨……」

山田巡警生氣地瞪視著她，少女努力以手帕擦除鮮奶油，擦到一半將弄髒的手帕叼在嘴裡，改取出隨身包面紙擦拭。她並非完全是白費力氣，不久後，西裝背後的污漬就慢慢清掉了，山田巡警臉上的表情也逐漸緩和，但當然是不可能完全清除乾淨。

「……可以了。」

山田巡警以輕鬆的口吻說道。但少女手上拿著弄髒的面紙，抬頭望向他，嘴裡還含著手帕。山田巡警見狀，表情才完全軟化。

「既然是沒看路撞上，這也是沒辦法的事。」

「對不起……真的很抱歉。」

少女縮著脖子，將西裝還給山田巡警。山田巡警那顆大腦袋晃了幾下，點了點頭，大方地接過西裝穿上。

「你看到了嗎，阿鐵？」

「看到什麼？」

「她偷走錢包了。」

咦？阿鐵急忙把臉轉向那兩人。山田巡警準備離去了，就在他完全轉身的同時，之前一直頹然垂首的少女，迅速展開行動。她抬起頭，以連貫動作轉身就跑，轉眼就經過了武澤他們身邊。

武澤再次把臉轉向前方，看見山田巡警陡然停步。他抬起粗大的手臂，朝西裝口袋裡不住掏找。動作突然變快，接著又變得更快了。他猛然轉身，發現少女還在他前方二十公尺處。但少女似乎憑直覺感應到山田巡警的動作，駐足了片刻，回身而望。兩人四目交接。

「喂！」

山田巡警在出聲的同時，也向前奔去。少女馬上拔腿飛奔，結果撞上行人，整個人跌向地面。這時，山田巡警正邁著大步，踩得地面咚隆作響，步步朝少女逼近。少女見狀，從手提包裡取出一個錢包，使勁往後方拋去。那是山田巡警的錢包，呈拋物線從它主人頭上飛過，氣呼呼的山田巡警後退數步，撿起那落在人行道上的錢包。本以為他會就這樣算了，沒想到他更加怒火勃發，想追上那名少女。少女已站起身，準備跑離現場。

「去拯救同業吧！」

阿鐵出聲喊道，同時拔腿朝少女背後衝去。他撩起和服下襬，木屐咔啦作響，轉頭對武澤說道：「竹兄，你去阻擋那名男子！」

「咦？」

雖然沒道理出手解救扒手，但現在沒時間猶豫了。不得已，武澤只好看準時機，衝向山田巡警面前。他就像被一根巨大的圓木撞中似的，整個人被強大的勁道震飛。他一屁股跌坐地上，山田巡警驚呼一聲，停步望向他。武澤雙手揪緊自己胸口，不斷發出急促的呼吸聲，下巴頻頻顫抖。山田巡警最後朝少女的去向瞥了一眼，似乎放棄追趕了，轉而快步奔向武澤。

「你不要緊吧？」

「我的心……心臟……」

「要叫救護車嗎？喂！」

四周聚集的人愈來愈多。要是再繼續演下去，可能真會有人叫救護車來，所以過沒多久，武澤便裝出恢復正常的模樣。山田巡警放心地吁了口氣，頭向前探出，朝武澤鞠了一躬。

「對不起，因為剛才有個小鬼偷走我的錢包……」

「沒關係，沒關係。」

武澤打斷他的話。

「大家都會有不小心撞到人的時候。」

他站起身，緩緩繞動脖子和肩膀，向山田巡警和圍觀的群眾表示自己沒有大礙後離開了現場。走了幾步後，轉頭瞄了一眼。山田巡警正在確認剛才從地上撿起的錢包。從他的表情看得出來，少女剛才還沒來得及把錢從錢包裡抽出。山田巡警把錢包放回西裝內側口袋，再次走進人群中。

武澤從西裝內側口袋取出手機，想和阿鐵聯絡。但他想到這支剛買的手機還沒輸入阿鐵的號碼，不得已，只好從另一側的口袋裡取出那支舊手機。他打開電源，撥電話給阿鐵的手機，阿鐵馬上有了回應。

「阿鐵，你人在哪裡？」

「公園，上野公園。」

「那個壞小鬼呢？」

「跟我在一起。她的腳受傷了，我讓她在這裡休息。我們就在不忍池附近的一間小店這裡，外面設有桌椅。」

武澤很快就猜出他們可能的位置，所以他告訴阿鐵馬上就過去。

「咦，對了，竹兄，你現在是用之前那支手機打電話嗎？」

「因為新手機還沒輸入你的手機號碼啊。」

「啊，說得也是。」

武澤掛斷電話，朝上野公園走去。

「這邊、這邊。」

身穿和服的阿鐵以寶特瓶裝的綠茶抵著嘴，向他招手。露天餐桌的對面坐著那名少女。阿鐵轉頭面向少女，好像是告訴她「我朋友來了」，但少女只是轉頭朝武澤瞄了一眼，旋即又面向前方。桌上擺著另一瓶寶特瓶裝的綠茶，似乎是阿鐵買的，但瓶蓋尚未打開。她是因為偷竊失敗而鬧脾氣嗎？也可能是我們擅自出手相救，氣我們多管閒事。還是說，她對阿鐵和我懷有戒心？最後這個可能性最高。畢竟突然冒出一個穿和服、一個穿西裝的中年人，怎麼看都覺得奇怪，若不對我們心懷戒心才真是傻蛋。

「妳的傷不要緊吧？」

武澤坐到空出的椅子上，少女沒抬頭。武澤面露苦笑，望向低頭的少女。這時——

「你怎麼了，竹兄？」

少女的眼睛。褐髮底下的雙眼，一直緊盯著餐桌桌面。少女的雙眸、清瘦白皙的臉蛋、緊抿的雙唇。

「——竹兄？」

武澤回過神來，勉強擠出一絲苦笑隨口應道：

「不，沒什麼。只是覺得……她和我女兒長得很像。」

阿鐵流露同情之色，噘著嘴，心有所感地點點頭。

「對了，你的女兒也差不多是這個年紀。」

3

少女的傷看起來似乎不太嚴重，但也許是膝蓋撞到地面後馬上又接著跑的緣故，現在一走路就痛。

「所以她才會坐在這裡。竹兄，你也先喘口氣吧。不嫌棄的話，這個請你喝。」

阿鐵遞出他剛喝過的寶特瓶，武澤拒絕他的好意，自己跑到自動販賣機重買一瓶。他打開瓶蓋，讓冰涼的綠茶流進喉內，重新觀察那名少女。喇叭迷你裙、牛仔外套、運動鞋、紅色的米老鼠T恤。手錶好像也是迪士尼卡通人物的造型，不知道角色名是什麼，總之是一隻有張大嘴的狗，雙手指出現在的時刻。少女迷你裙下的雙腿就像電視上常見的短跑選手般結實，單邊膝蓋破皮紅腫，看起來似乎很痛。

「喂，妳膝蓋彎曲看看。」

武澤蹲在少女身旁，想檢查她的傷勢。但這時少女以驚人的速度夾緊雙膝，揚起單眉，露出難以置信的神情，武澤見狀，暗哼一聲，重新坐回椅子上。

「我可沒戀童癖哦。」

「有戀童癖的人一開始都是這麼說的。」

少女這時才出聲說話。此刻她的聲音和剛才與山田巡警說話時迥然不同，就像沙啞的女中音歌手，聽起來相當成熟。

「這是妳原本的聲音？」

「沒錯。」

「那剛才是為了方便辦事而特地裝出來的囉？」

「沒錯。」

「米老鼠T恤和小狗手錶，也是為了讓對手鬆懈而特別準備的吧？」

「小狗？」

少女訝異地抬起頭，接著低頭望向自己的左手。

「哦，你是指高飛啊。」
「愚蠢。」
阿鐵說。少女和武澤不約而同地張大嘴，不解其意，阿鐵這才一臉自豪地說道：
「goofy，愚蠢、憨傻的意思。妳在學校沒學過嗎？」
少女沉默了半晌，一直望著阿鐵的臉，接著才一副恍然大悟的表情，望向自己的手錶。
「原來是這麼回事。」
「對了，妳看起來才十幾歲的年紀，但妳應該不是外行人吧？」
武澤拉回話題，少女聽了立刻反問：「什麼意思？」
「就是扒手啊，感覺妳挺老練的。」
「我不是這個意思。我是問你『外行人』是什麼意思。」
「內行人的反義語。」
「內行人是什麼？」
「就是靠它吃飯的人。」
「那我算是內行人。」
「哦，好一個可愛的烏鴉啊。」
阿鐵雙臂環胸，挺起上身，朝少女上下打量。「烏鴉？」少女轉頭面向他。
阿鐵開口解釋道：「就是內行人的意思。因為烏鴉是黑色❾的，所以才這麼說。」
少女面無表情地與阿鐵對望了數瞬之久。

❾內行人的日文是「玄人」，其中「玄」有黑色的意思。

「那麼，兩位大叔，你們又是什麼人？」

很理所當然的提問。

也許是因為得知了彼此是一丘之貉吧，少女卸除心防，開始冷冷道出自己的工作。大致與武澤的猜測一致。

首先，是利用「天真可愛」的外表接近那些中年肥羊。接近他們的具體方法，有像剛才那種傳統手法，也有對主動搭訕的「大叔」假裝情投意合，或是在邊走邊抽菸的「大叔」身後大叫一聲「好燙」，按住自己的手背，現場的情況五花八門。然後讓這些「大叔們」的注意力集中在自己的臉蛋和迷你裙上，最後再扒走錢包，迅速逃離現場。

「但剛才真的很危險。要是被捕的話，妳會被扭送警局的。」

一聽武澤這麼說，少女搖了搖頭。

「那種人不會。他應該會開出交換條件，放我一馬。」

「交換條件？」

「我的身體。」少女面不改色地說道。

「也就是和對方那個是吧？有時候對方也會提出這種要求，是嗎？」

「已經有好幾次了。不過，真是這樣的話，反而能賺上一筆。」

「咦，妳跟人上床嗎？」

「上床？」

「這不是……得讓對方怎樣嗎？」

武澤換了個說法，少女的表情還是沒任何變化，倒是阿鐵難為情地雙手蒙住了臉。

「我才不會呢。因為賓館街沒什麼人，我會陪對方一同前往，然後找機會一腳踢向對方心窩。」

少女沒受傷的另一隻腳往地上使勁一蹬。不知為何，阿鐵急忙按住肚子。

「原來如此。」

武澤倚著椅背，昂首喝起寶特瓶裡的綠茶。

也許是說了太多話覺得口渴，少女也拿起桌上的寶特瓶，打開瓶蓋，一口氣便喝去了半瓶，再旋上瓶蓋。接著她望著寶特瓶側面低語：「原來是伊藤園的茶啊……」

武澤斜眼望著這名少女，心中感到猶豫。——差不多該問她那個問題了，但武澤遲遲無法開口。他等了二十秒，心中不安令他難以開口，接著又等了二十秒。最後他才小心不讓心中的緊張顯露在聲音中，開口問了。

「對了，妳姓什麼？」

「河合。不過我一點都不可愛[10]。」

少女眼望著寶特瓶回答道。

「……那名字呢？」

「真廣。」

武澤肋骨內的心臟陡然一震。

人群圍觀的公寓，骯髒的粉紅色運動鞋，在公寓外廊上低頭望著腳下的雙眼。天真的雙眸，像玻璃般的雙瞳。

[10]河合的日文為かわい，與可愛（かわいい）音很相近。

——我沒辦法。

那位母親在前一天說話的聲音。

——我……我實在還不了錢。

玄關的門牌上，除了寫著那位被武澤逼死的母親姓名「河合瑠璃江」外，一旁還以魔術筆寫上「真廣」這兩個字。

「真廣是吧……很少見的名字。」

阿鐵頻頻摩娑著下巴，似乎沒察覺武澤的困惑，仍緊盯著少女的臉，自顧自地說道：「真廣，妳的父母呢？」

「都不在了。」

「啊，都不在啦。是過世了嗎？」

「我爸爸是離家出走。」

「那妳媽呢？」

武澤很想摀住耳朵。

「死了，割腕自殺。已經死很多年了。」

阿鐵噘起嘴應了句「這樣啊」。

「不能去投靠妳那離家出走的父親嗎？因為妳還這麼年輕，靠當扒手度日未免也太……」

「因為我不知道他住哪裡，也不認得他的長相。就算和他聯絡上了，我也不想仰賴他。」

「為什麼？」

「因為他是專幹壞事的人。我媽說，他的工作就是搶別人的錢。」

「詐欺犯嗎？」

阿鐵一臉認真地問道，真廣嘴角輕揚，神色中帶點不屑。
「應該不是，可能是流氓之類的。我最討厭流氓了。」
「真白……」
「是真廣。」
「真廣，妳現在一個人住嗎？」
「算是吧……」不知為何，真廣回答得含糊。
「就住這附近嗎？」
「不，我住足立區。」
「足立區？我們也是呢。妳住哪一帶？」
真廣大致說明她住的公寓位置，離武澤他們的租屋處並不遠。
「目前暫時住那裡，下禮拜會怎樣就不知道了。」
「這話怎說？」
真廣玩弄著桌上的寶特瓶，微微聳了聳身穿牛仔外套的雙肩。
「要是付不出房租，這禮拜就要被趕出去了。之前已經積欠過幾次房租，這次房東已對我下達最後通牒。他說這禮拜要是再不一次全額繳清，就要我搬出去。」
「全額是多少？」
「將近三十萬日圓。」
阿鐵的吁氣聲中夾雜著一聲驚呼。
「有地方借錢嗎？」
「沒有。我看到傳單上寫到那家店今天會舉辦付現特賣會，其實今天本想好好賺一筆，好償還積欠的一半房租。可是我現在腳這副德行，要是事情穿幫，我沒把握逃得掉。」

真廣低頭望著自己受傷的右膝。

「竹兄，好歹借她一筆飯錢吃晚餐吧。她實在很可憐。」

武澤不發一語地搖了搖頭。阿鐵略感驚訝，但還是默默把臉轉回，面向真廣。

「竹兄他並不是個小氣的人，是因為我們現在身上也沒什麼錢……」

「沒關係的。你肯買茶請我喝，我就很受寵若驚了。」

「啊，這不是從生活費裡頭出的，是我自己掏腰包請客哦。」

阿鐵得意地說道。自從同住以來，武澤和阿鐵的生活費都採零用金制。

打從剛才起，武澤便一直在想事情。全神貫注地思索。

得做點什麼才行，得幫她的忙才行。他甚至想幫忙籌措她積欠的三十萬房租，非得幫忙籌措不可。但這麼做的話，阿鐵一定會覺得奇怪。若沒告訴他原因，他一定不能接受。但告訴阿鐵原因後，再把錢交給真廣更是不可能的事。因為現在他們手頭的錢是他和阿鐵兩人合力賺來的，他不能為了替自己的過去贖罪就要阿鐵幫忙，這絕對不行。武澤過去所做的事，也就是害死真廣母親的行為，和害死阿鐵妻子的那幫人所幹的事沒有兩樣。阿鐵自己也心知肚明，卻還是很崇拜武澤。這簡直像武澤崇拜樋口的同伴、崇拜害死沙代的那幫人一樣。

如今武澤能做的，就是用金錢以外的事物來幫助真廣，但武澤無能為力。現在的他除了住處以外，什麼也沒有。

——不，等等。

住處，原來如此。

「只要搬來和我們同住就行了。」

等他回過神時，這句話已脫口而出了。
真廣與阿鐵同時轉頭望向他。
「你在開玩笑吧？」
真廣以試探的口吻說道，武澤回了一句：「我是認真的。」
「要是妳無處可去，不知道如何是好，就到我們那裡住吧。」
「咦……竹兄，你要讓她和我們同住嗎？」
「只是暫時性的，這也是沒辦法的事。因為她就快被趕出去了。」
「要讓她白住嗎？」
「所以我說只是暫時。你自己不也是一直白住。」
「話是這樣沒錯啦，可是……」
阿鐵不斷來回打量武澤和真廣。「應該沒必要對她這麼好吧？」這句話似乎在阿鐵的喉嚨裡蠢蠢欲動。
「既然竹兄都這麼說了，我也就沒資格反對。不過，她自己可能覺得很為難吧。妳是不是很為難呢？」
「一點都不為難，這樣幫了我一個大忙呢。」
阿鐵伸長脖子，頗為詫異。
「可是，兩男一女同住耶？不知道會發生什麼事吧？」
「你會對我怎樣嗎？」
「是不會啦……」
「那就好啦。」

真廣從椅子上站起，像是在確認傷勢般緩緩屈伸右膝後，轉身面向武澤。

「當然了，我會儘可能不要走到那一步，這禮拜內我會好好想辦法。不過要是萬一……我的意思是，如果我拚了全力，還是不行的話……」

武澤點點頭，從手提包裡取出記事本。以原子筆寫下住處地址，撕下那頁遞給真廣，並從錢包裡取出一張萬圓日鈔塞給她。

「這是做什麼？」

「日後再還我就行了。」

「竹兄，那是你的零用錢嗎？」

「沒錯。」

真廣猶豫了一會兒後，收下武澤的一萬圓日鈔。

「可是，如果我說的話全是騙你的怎麼辦？如果剛才那是我刻意拐彎抹角設計的新詐欺手法呢？」

「我好歹也是吃這行飯的。是不是說謊，我看得出來。」

真廣既沒道謝，也不微笑，就只是打開手提包，將那一萬圓日鈔塞進錢包裡。

「你們真是怪人。」

真廣正準備離去時，武澤向她叮囑道：「如果妳無處可去，儘管來找我們，不必有什麼顧慮。」

4

「沒想到她還真的來了。」

隔週的星期一是個雨天。

真廣左手撐著一把藍色傘，右手扛著一個巨大的波士頓包，在玄關前仰望著武澤。立起衣領的雨衣下襬已被雨濕透。武澤手扶在門上，正在思索該說什麼好時，阿鐵的聲音從背後慢慢靠近。

「竹兄，茶葉好像長霉了耶。」

阿鐵來到走廊半途突然停步，雙眼圓睜。

「真白！」

「是真廣。」

「真廣！」

阿鐵單手拎著茶葉罐，朝玄關走來，兩眼眨個不停。

「我聽見門鈴聲，還以為是誰來了呢……」

「最後我還是被趕出來了。對了，這個我一直沒用。」

真廣以脖子夾著傘，從牛仔褲口袋裡取出一萬圓日鈔遞給武澤。

「先進來再說。」

武澤在毫無心理準備的情況下將真廣迎進家中，阿鐵替她拎波士頓包。阿鐵應該是沒料到她真的會來，一臉不知如何是好的表情。

「二樓有間六張榻榻米大的房間，妳暫時就先住那裡吧？」

「好。」

「午飯吃了嗎？」

「還沒。」

真廣走上樓梯。

阿鐵悄聲說道：「她連一句『打擾了』、『今後請多指教』也沒說。」

「可能是放不開吧。」

「那種態度也太奇怪了吧。」

「當初你到我公寓投靠我時也沒擺出這種低姿態啊。」

「有嗎？」

「好了啦，你快去準備午餐吧。我們也還沒吃飯吧。」

「好……」

阿鐵在廚房煮了三份泡麵，武澤則忙著切蔥。這時真廣已走下樓梯了，她朝阿鐵手上的東西望了一眼，嘀咕了一聲「泡麵是吧」，走進起居室，在和室桌前盤腿而坐，轉動脖子發出喀拉聲。

「喂，妳之前的傷好了嗎？」

「已經痊癒了。」

真廣躺在榻榻米上，像在跳水上芭蕾般伸屈右腳，上上下下的白襪與阿鐵和武澤兩人合住的這間屋子顯得很不搭調。不過話說回來，最近襪子為什麼都設計得這麼短？

「只有兩個大碗哦。」

「我直接用鍋子吃沒關係。」

阿鐵端來兩個熱氣直冒的大碗，武澤則端來鍋子和免洗筷一起擺在桌上。真廣就像好萊塢電影裡的屍體一樣突然坐起，武澤和阿鐵還沒坐向和室桌，她就先撕開筷子吃了起來。阿鐵略帶不悅地說道：「真廣，像這種時候妳應該……」

真廣一臉陶醉地仰望天花板，深深吁了口氣。
「啊……好吃。」
接著她又面向泡麵，吃得嘖嘖有聲。阿鐵和武澤看了也不好說些什麼，只好默默坐下，撕開免洗筷。頓莫名安靜的午餐，窗外持續下著春雨。有好長一段時間，只傳來三人吸食麵條的聲音。
「對了，我可以在這裡住多久？」
將碗裡的湯一飲而盡後，真廣開口問。
「隨妳高興。」
武澤如此回答時，阿鐵瞄了他一眼，所以他又補充道：
「不過，當然不能一直這樣住下去。」
「我不會一直住下去的。」
「妳今後有什麼打算？」
「這問題以後再想。」
真廣含糊帶過，再度往榻榻米上躺下。
武澤將碗和鍋子收進廚房，巧妙地將發霉的茶葉清除，泡好了茶。當他拿起新手機東按西按，準備研究它的用法時，一旁的真廣問道：
「你在發郵件嗎？」
「不是，我只是想了解它有什麼功能。我從來沒發過郵件。」
「不會吧，一次也沒有？」
「郵件有那麼方便嗎？」

「那還用說。你借我一下，我教你。」

真廣自行拿走武澤的手機，將螢幕擺成兩人都看得清楚的角度，開始說明郵件的操作方法。現在的年輕女孩或許就是這個調調吧。雖然是武澤主動提議的，但她還是突然跑到家裡來，將整碗泡麵吃個精光，還開始解說起手機的使用方法。武澤頻頻點頭，聆聽真廣的說明。

「反過來說，收信要怎麼做？」

「它自己會收信，收到之後按下這個……」

「哦，那個是按鈕啊？」

「不然你以為是什麼？」

阿鐵似乎對收發郵件也很感興趣，真廣解說到一半他也拿著自己的手機跑來，在一旁仔細聆聽。就這樣，下雨的午後逐漸轉變成黃昏，很奇怪的一天。

入夜後，阿鐵上超級市場買咖哩調理包，而武澤在他出門的這段時間先淘米煮飯。自從搬來這裡後，他們想節省生活費，所以儘可能自己張羅三餐。武澤一面淘米，一面回頭偷瞄起居室。真廣完全不幫忙，一直躺在榻榻米上把玩她那掛有誇張吊飾的手機，可能正在向某人發郵件吧。

武澤按下飯鍋的按鈕時，口袋裡的手機響了。螢幕上出現「您有新郵件」的文字。這是他收到的第一封信。武澤回想真廣之前教他的方法，打開郵件。當他閱讀螢幕上顯示的短文時，不禁露出微笑。

真的很感謝你。有你的幫助，我很高興。

他轉頭面向起居室。真廣正在翻閱漫畫雜誌，一臉毫不知情的模樣。她抬起頭，朝武澤瞄了一眼，旋即又冷冷地望向雜誌。武澤忍住想笑的衝動，從冰箱裡拿出麥茶，倒進杯裡。

原來如此，也許電子郵件真是個方便的好東西，很適合用來傳達不方便明說的事。

不久後，玄關大門開啟了，阿鐵已買好東西回家。外頭似乎還在下雨，塑膠袋表面微濕。

「我順便買了啤酒回來。還有這個，柿種米果和醃牛肉。這是用我自己的錢，你不必擔心。」

「真的可以嗎？」

「當然可以啊。」

阿鐵頻頻點頭，莫名其妙地說了一句：「我剛才不是寄給你那些話嘛。」

「什麼意思？」

武澤心想「不會吧」。

「咦，難道你沒收到？」

果然不出所料。

「就是我寄出的郵件啊。中午聽你那麼一說，我才猛然驚覺，之前的確都沒向你表達我的感謝之意。真的很對不起。」

阿鐵必恭必敬地行了一禮。

5

隔天一早是晴空萬里的好天氣。

武澤與阿鐵耳聽著更衣處傳來洗衣機的運轉聲，臉湊著臉竊竊私語。

「我沒想到會這麼麻煩。」

「所以我不是告訴過你嗎？要讓她和我們同住是不可能的。」

屋裡只有兩條棉被，所以昨晚武澤和阿鐵同蓋一條被。只要再多買一條新的棉被，這問題自然就可解決，但真正讓他們兩人傷腦筋的，是有個年輕女孩和他們同住一個屋簷下。

一早武澤醒來想上廁所時，聽到關緊門的更衣處內傳來沖澡聲，所以他強忍尿意，在起居室和廚房足足來回踱步了四十分鐘。這時，阿鐵也跟著起床，憋尿憋了二十分鐘之久。後來兩人上完廁所，看天氣不錯，想洗衣服，於是便互望了起來。

「你去問她」、「你去問啦」兩人你來我往，最後武澤假裝若無其事地向真廣問道：「妳要洗衣服嗎？」真廣聞言後應道：「那就一起洗吧！」開始從波士頓包裡取出T恤和內衣，武澤急忙加以阻止，對她說了一句：「這樣不太好吧！」真廣擺出毫無透露內心想法的表情，朝武澤凝望半晌，最後說道「那就由我來負責洗衣服吧」。武澤提議，今後乾脆他和阿鐵一組，真廣自己一組，大家分開洗比較好，但真廣卻說，這樣只會浪費水電費。真廣說的確實也有道理。最後武澤做出判斷，與其他來洗真廣的衣服和內衣，不如由她來洗他們的衣服和內衣，這樣還比較輕鬆，於是他便請真廣負責洗衣的工作。

就這樣，真廣現在正在更衣處操作洗衣機。

「今天去買床棉被回來吧。和你一起睡我都會夢見海豚，而且半夜你都會搶我的被子。」

「是你自己踢被子吧？」

「總之，吃完早餐後就去買。」

「明白了。那我去換衣服吧。」

阿鐵從起居室的衣櫃裡取出長褲，準備脫下睡褲。他才剛伸出一隻腳，真廣就正好走進來，害他驚呼一聲，動作靈巧地單腳跳躍離開這個房間。

真廣一面吃早餐，一面發呆。她低頭啃著麵包，緩緩動著下巴，抬起臉來，望著敞開的窗外，微微嘆了口氣，接著又低頭啃著麵包。

「妳好像沒什麼精神呢。」

她毫不理會武澤的話。

「我看妳是討厭洗男人的內衣褲吧？」

阿鐵的話她也置若罔聞。

「她可真是陰晴不定呢。」

阿鐵將餐具收至流理台，悄聲說道：

「好在她父親當初沒將她取名為『真白』。」

「啊，沒錯。」

真廣這名字好像是她父親取的，昨晚她吃著調理包煮成的咖哩飯時透露了此事。

——一開始，我爸爸希望我當一個內心潔白無垢的人，所以替我取名為「真白」。也就是「潔白」的意思。

換句話說，之前阿鐵叫錯名字，也不是錯得毫無道理。

——為什麼妳父親後來又改成「真廣」？

——不知道。也許是覺得不好意思這樣叫吧？

阿鐵手中的啤酒罐停在嘴邊，不斷反覆唸著真白、真廣、真白、真廣。

——我不覺得怪啊。

——這我哪裡知道啊，我是從我媽那裡聽來的。聽說我本來要取名為「真白」。

用完餐後，阿鐵在起居室裡一面吃柿種米果，一面看電視。也許是久未喝啤酒，酒精發揮了功效，讓他開始打起盹來。不久，他躺向一旁，眼睛和嘴巴微開，陷入熟睡。於是武澤直接向真廣問道：

——可以問妳母親的事嗎？

真廣並未答話，但看起來沒有拒絕的意思，於是武澤接著問：

——妳母親為什麼自殺？

——因為欠債。

真廣望著電視，簡短地回答。

——這樣啊。為欠債所苦而自殺是吧。

——聽公寓的鄰居說，討債的人來到家裡出言威脅。我媽她可能是受夠了，想一死了之。

——嗯……

電視的聲音突然喧鬧起來。一名回答問題的女星難為情地蒙著臉，不知道說了些什麼。

——有時候會想，這種笑聲不知道跑哪兒去了。

——笑聲？

——不只是笑聲，全部都是。

武澤望著她的側臉，真廣面無表情地再度重複剛才那語焉不詳的話語。

——全部都跑哪兒去了呢。

說到這裡，她便不再說了。武澤默默聽著電視傳來的笑聲。

——若是妳日後遇見害妳母親自殺的那名男子，妳會怎麼做？

真廣側著頭，應了一句「不知道耶」。
——可能會殺了他吧。
電視機的聲音與阿鐵的鼾聲傳進武澤耳中。
——可是，這世上還真是形形色色的人都有呢。
真廣雙手撐在身後，柔聲說道：
——有人會威脅別人還錢，也有人願意出手幫助和自己沒有關係的小偷。
阿鐵在沉睡中打了個嗝。
——我這也許還是第一次受人幫助呢。
為了掩飾湧上心頭的情感，武澤拿起一顆柿種米果，丟向阿鐵。他並沒刻意瞄準，但剛好打中阿鐵胯下，阿鐵微微「哦」了一聲。真廣見狀笑了，第一次聽她笑。真廣自己似乎也發現了，立刻又安靜下來。
——我總是將我媽的遺物帶在身上。
她將擺在房內角落的手提包拉了過來，從裡頭取出一個半透明的小塑膠袋。往內一看，袋子裡有一張便條紙，以及一些零錢。
——那是她的遺物？
——沒錯，是她的遺物。
數百圓的零錢，是她母親割腕自殺那天擺在公寓桌上的錢。真廣說，那恐怕就是她當時所有的財產了。
——零錢底下有一張便條紙，用鉛筆寫了「對不起」三個字。
真廣隔著塑膠袋望著便條紙上的三個字。

——這是便條紙。很難相信，對吧？因為家裡沒有信紙。我當時難過得哭了。

真廣說，當她拿起桌上的便條紙時，零錢掉落發出的清脆響聲至今仍在她耳畔揮之不去。

6

就在那天晚上，出現一名闖入者。

三人打開電視，圍著和室桌吃著熱騰騰的烏龍麵時，阿鐵突然抬起頭來。他緊抿雙唇，視線集中於天花板上的一點。他的動作、表情都顯得很僵硬，所以武澤一時還以為他停止呼吸了。

「喂，阿鐵，你該不會是噎著了吧……」

「噓。」

阿鐵向武澤投以銳利的目光，豎起食指比在唇前。「怎麼了？」真廣也停下筷子。阿鐵維持靜止不動的姿勢長達數秒，接著他雙手撐在和室桌上，悄然站起。武澤正想開口，阿鐵又迅速豎指放在唇前。他的眼睛緩緩望向某個方向，是牆壁，不，那視線似乎投向了從這裡看不到的牆外的玄關。

一股不安令武澤全身僵直。

阿鐵開始移動腳步，躡腳前進，一步一步走出起居室。武澤與真廣互望了一眼，但旋即又將目光移回阿鐵身上。阿鐵消失在走廊前方，接著一聲細微的咔嚓聲傳來，看來阿鐵打開了玄關大門。沉默再度降臨。

武澤很擔心，正準備站起時，傳來阿鐵的叫聲，之後聽見東西倒地的聲響。

「阿鐵！」

武澤和真廣不約而同地站起，衝出起居室。他們看見阿鐵趴在玄關的水泥地上。頭面朝他們，雙膝跪地，似乎想說些什麼。這時，武澤的視線下方邊緣出現一個奇怪的東西，一個動作迅速的白色物體，他望向那物體前去的方向。眞廣叫道：「好可愛哦！」武澤也覺得牠的確很可愛。

那隻白色的小貓就站在廚房中央，端正的五官正望向他們。

「嚇……嚇了我一大跳。」

阿鐵就像腿軟似的，步履蹣跚地走來。

「我一打開玄關大門，這隻貓就突然……」

他說著莫名其妙的話，一屁股朝走廊坐下。

「你是從哪兒來的呢？小寶寶？」

眞廣趴在地上，把臉湊向那隻小貓。小貓似乎微微嚇了一跳，但牠沒逃，嘴巴張開成倒三角形，發出細微的叫聲。

「牠在回答耶，你們聽見了嗎？」

眞廣興奮地轉過頭來，旋即又轉身面向小貓，朝牠伸手。就像在撈水一樣，輕輕抱起小貓，小貓一時露出迷惑的神情，但還是乖乖讓眞廣抱在懷中，和剛才一樣又叫了一聲。

「牠才不是小寶寶，牠能跑呢。」

「是嗎？」

那是隻純白的小貓。雙眼烏黑，就像嵌進葡萄籽似的，鼻子呈現粉紅的色澤。

「我看看。」

武澤也試著把手伸向眞廣胸前，抱起小貓。入手無比輕盈，猶若無物。牠身上微微散發著一股奶香。

「我們養這隻貓吧。」

真廣任性地說道。武澤還沒開口回答，阿鐵倒是先喊道：「不可能、不可能！」

「這樣會多花不少伙食費，快點把牠趕出去吧。」

「貓食很便宜的。」

「但總不是免費的吧。」

「真的不能養嗎？」

真廣抱著懷中的小貓，抬頭望向武澤。那是「工作用」的聲音和態度。她覺得這是關鍵時刻，所以才刻意這麼做的吧？還是說，這早已成了她的習慣？總之，武澤能體會那些被真廣欺騙而上當受害的男人們是何種感受。

「貓食應該不貴吧。」

「等等，竹兄。」

「沒關係的，沒關係。」

武澤頻頻點頭，細看那隻小貓的臉。仔細一看，牠額頭上有一小綹毛顯得有些粗糙。

「這就像雞冠似的。」

「那就叫牠雞冠吧。」

武澤認為這名字不太好。他仔細端詳這隻小貓全身，看能不能想出其他名字。這時，牠兩隻後腳朝真廣的手臂一蹬，跳了起來。武澤發出一聲驚呼，笨拙地摔倒在地，毫無意義地張開雙手，但小貓已俐落地落地，朝起居室奔去。

「雞冠！」

真廣開心地叫著，隨後追向前去。小貓很開心地跑走了，牠本想躍上擺有三個碗的和室桌上，但沒有成功，反而一屁股跌在榻榻米上，再次被真廣抓住。
「你是男生吧？」
真廣將小貓翻面後，把臉湊近，說了一句「果然沒錯」。
「竹兄，這隻貓是男生哦。」
「這種剛長毛的小貓，哪裡分得出是男是女啊。」
「真的是啊。」
「我看……啊，真的耶。是個男子漢呢。」
「阿鐵，你也來看。」
「不用了。」
躺在真廣臂彎裡的雞冠似乎顯得有點難為情。
「我可不會照顧牠哦。」
阿鐵像在鬧彆扭似的，朝走廊上盤腿坐下。

7

「請問一下，你們這裡有海豚吃的食物嗎？」
武澤在一家中型規模的寵物店角落如此叫喚後，有個人轉頭，蹙緊眉頭瞪視著他。
「你在說什麼啊？」
「是這樣的，我是貨運公司的人，我在配送海豚的食物到池袋水族館的路上出了一點小狀況。」
「哦？」

「車上的冷凍裝置故障，冷凍食物全壞了。我發現是在行車時漏水……」

「所以呢？」

「水族館方面的食物已無庫存，再不快點送食物過去，海豚恐怕就撐不下去了。正當我不知如何是好的時候，正巧發現您這家寵物店，所以我才來問問看。不知道您這裡有沒有鰺或是沙丁魚做成的魚磚？」

「你別開玩笑了！」

「什麼？」

兩人交談的聲音，引來周圍五、六名客人以及櫃台的年輕男店員轉頭。

「你是看我長得像海豚，才故意說這種話，對吧？」

「我又不是這裡的店員，我是客人，看我的樣子就知道了。你是故意的吧？你在開我玩笑吧？」

「不，對不起，我還以為……」

櫃台的店員急忙前來，向武澤喚道：「您好……」

「我是這裡的店員。請問您要找什麼嗎？」

「哦，你是店員是吧。不知道你們這裡有沒有鰺或沙丁魚做成的魚磚……」

「鰺或沙丁魚是吧……」

年輕的男店員很客氣地回答武澤，說他很抱歉，店裡沒這樣的東西。這時，阿鐵悻悻然地踩著重重的腳步離開現場。周遭的客人全都很感興趣地望著他——尤其是他的臉。

「這樣啊……不好意思，給你們添麻煩了。」

武澤恭敬地行了一禮，步出店外，在人行道上走了一會兒，於商店街的街角轉彎，阿鐵與真廣早已等在那裡了。

「如何？」

武澤如此詢問，真廣打開沉甸甸的波士頓包，讓他看裡頭的東西。

「一袋五公斤裝的貓沙，兩袋三公斤裝的乾燥貓食，三種不同口味的貓罐頭各三罐。還有項圈，紅色的。」

「沒想到妳帶了這麼多出來。」

真廣的本事令武澤讚歎。

「果然有一套。」

阿鐵也雙臂環胸沉聲道。

真廣拉上波士頓包的拉鍊，側頭不解地問道：「可是，為什麼要刻意提到海豚的事？連我都差點笑出來呢。」

「假裝吵架、吸引大家的注意算是慣用手法了。事實上，有一半的人會看熱鬧，一半的人不感興趣，這並不是很好的方法。不過，若是像剛才那樣，大家不是都會將目光集中在阿鐵臉上嗎？」

「哦，原來如此。」

接著，三人踏上歸途。

「很重吧。」

三人走在商店街上，武澤伸出手，真廣就將波士頓包的另一側提把遞給他。武澤一時不懂她的意思，後來才明白，她是要兩人一起提。

「不用這麼麻煩啦。」

武澤從真廣手中搶過波士頓包，扛在肩上。真廣什麼話也沒說，但她的側臉似乎流露出一絲遺憾。真搞不懂這個女孩。

「我去逛一下電動遊樂場。」

真廣突然改變方向，朝傳出熱鬧聲音的自動門走去。

「像她這麼任性的人還真少見呢。」

「她還年輕嘛。」

不得已，武澤和阿鐵只好跟著她走。

走進自動門，真廣便從牛仔褲口袋裡取出錢包，朝店內東張西望，接著走向附近的夾娃娃機，把百圓硬幣投進投幣孔內，表情認真地按下按鈕。但那個大夾子只朝唐老鴨的屁股抓了一下，就又回到原位了。

「看來，妳不太會夾娃娃哦。」

真廣登時板起臉孔，離開現場，前往整排都是電動玩具的區域。接著跑來一名年輕男子，投入百圓硬幣，往玻璃內瞄了一眼，以熟練的動作操縱夾子，不費吹灰之力便抓到一隻小飛象。

「竹兄，這當中應該有什麼秘訣吧。」

「不知道。應該是靠經驗吧。」

「by rule of thumb是吧？」

「拜魯魯歐夫沙姆？」

武澤在腦中搜尋他貧乏的英語知識。

「沙姆是誰啊？」

「是大拇指，整句話是一個慣用語。意思是不靠理論，靠經驗。」
「那我們也來體驗一下吧，反正難得來嘛。」
「我從沒玩過耶。」
「我也是。」
武澤先投入百圓硬幣，緊張地展開挑戰。但他看準的太空人布偶，連頭也沒能抬起來。
「好難啊。」
「我試試。」
阿鐵刻意換個機台，投進百圓硬幣。他盤著雙臂，朝玻璃內觀察了半晌後，似乎已決定好目標了，下定決心按下按鈕。他看起來似乎不太擅長玩這個，但武澤看走眼了，阿鐵操縱的夾子漂亮地抓住一隻布偶，來到他面前的方形洞口上。夾子鬆開後，機台底下的取貨口掉出了一隻白色小貓布偶。
「哦，雞冠的朋友！竹兄你看，雞冠的朋友！」
阿鐵將布偶抱在胸前，高興得又蹦又跳。
之後阿鐵對夾娃娃機深感著迷，他玩了五個機台，短短二十分鐘已投了將近三千日圓的硬幣。但一開始的布偶似乎只是新手的好運氣，之後他只夾到一個連著骰子，看起來沒什麼設計感的鑰匙圈。
「啊，你夾到了。」
真廣回來了。
「真廣，妳看這個，是雞冠的朋友。」
阿鐵炫耀那隻小貓布偶，但真廣一副興趣缺缺的模樣，反而是看到那個附骰子的鑰匙圈後表情一變。
「那個好可愛。」
「會嗎?那就送妳吧。」
「掛在雞冠的項圈上可能不錯哦。」
正當三人準備離開電動遊樂場時,真廣的手機收到了郵件。她取出手機,朝螢幕注視了半晌。阿鐵朝武澤使眼色,表情就像在說「是誰寄來的呢」。武澤搖了搖頭,不發一語。不久後,真廣闔上手機說道:「請把袋子給我,我要先回去餵雞冠。」
儘管心裡納悶,武澤還是把波士頓包交給她了。真廣將兩個提把掛在肩上,背起波士頓包,留下武澤和阿鐵,自己先步出電動遊樂場了。
「怎麼啦?」
「不知道。」
武澤和阿鐵一頭霧水地走出自動門。真廣消失在商店街前方,而且還是一路奔跑。
「說到貓食,還缺雞冠的餐盤呢。」
「啊,真的沒有耶,可是又不能回剛才那家店買。」
兩人決定繞一下路,到商店街旁一家漂亮的雜貨店逛逛。走進店內,擺在展示架上的歐風白色杯子馬上吸引了他們的目光。
「用這個不就得了?」
「可是,這應該是湯杯吧。」
「和雞冠很搭呢。你把剛才那隻布偶拿出來比一下。」
「啊,這個啊。」

阿鐵將那隻小貓布偶湊向湯杯旁，擺出吃東西的姿勢。

「真的很搭呢。」

這個白色杯子相當淺，還附有一個像耳朵般的把手。武澤用自己的零用錢買下了。

穿過商店街的拱門後，眼前是油漆塗出來似的藍空，上頭掛著春意盎然的浮雲。那是會讓人看得入迷的天空。蒲公英紛紛從人行道旁探出頭來，綻放出猶如假花般的黃色花朵。

「咦，有歌聲耶……」

阿鐵走下石階，抵達家門前時抬頭望向二樓的窗戶。

敞開的窗內確實有歌聲傳出，難道真廣有收錄音機？那是一位女歌手的流行歌，曾在超商或是某個地方聽過。有另一個可愛的聲音正配合女歌手的歌聲吟唱。

「沒想到真廣除了工作的時候以外，也會發出這種聲音。」

「她幹嘛不關窗呢。」

兩人聆聽那隔著二樓紗窗傳來的歌聲。儘管旋律抓得很準，但歌詞卻唱得含糊不清。特別是英語的部分，明顯是亂唸一通。一曲唱罷後，馬上又開始另一首歌。

「唱得真起勁。」

武澤笑著走進玄關，似乎捨不得打斷她的歌聲，儘可能不發出聲音。但在他低頭望向玄關水泥地的瞬間，飄飄然的心情登時煙消霧散。

「這什麼啊……」

眼前有一雙從沒見過的男鞋，是黑色的短靴。

「竹兄，你快進去啊。」

阿鐵在背後催促。武澤將上身側向一旁，朝水泥地上的短靴使了個眼色，阿鐵吃了一驚，探頭觀看，然後表情僵硬地望向武澤。

「是誰啊？」

「我哪裡知道。」

兩人走進水泥地，悄悄關上門。他們各自脫好鞋，躡腳走上入門台階。將買回來給雞冠用的湯杯擺在地上後，靜靜豎耳細聽。二樓的歌聲仍未間斷。武澤背貼著牆壁，在走廊上行進，阿鐵也跟著他這麼做。兩人往起居室裡窺望，裡頭空無一人。接著他們往廚房探頭，一樣沒人。雞冠在流理台旁，背向著他們，正大快朵頤裝在茶碗裡的貓食。

「我去上面看看。阿鐵，你待在這裡。」

武澤沿著來時路折返，抬腳跨上通往二樓的樓梯。他聽見喇叭傳來的歌聲，以及跟著它唱和的可愛歌聲。拉門緊閉著，不，並非完全緊閉，有一道細縫。武澤跪在地上，緩緩把臉湊向那道細縫。傳向耳邊的聲音愈來愈大聲，空氣中參雜著菸味。武澤從拉門的細縫往內窺望。

他不敢相信自己的眼睛。

房內角落出現一個寬闊的男子背膀，穿著一件黑色T恤。那身影正急促地晃動著。地板上有一件黑色皮夾克，似乎是男子的。此外還有一個吉他箱、小台的ＣＤ音響。男子的背膀又開始晃動了。理著短髮的後腦，略微往下移動，移向他前方一對裸露的乳房。少女的歌聲微微顫抖，夾雜著輕笑。

「喂喂喂……」

武澤的低語被ＣＤ音響的歌聲掩蓋過去了。兩隻纖細白皙的手臂繞過男子腋下，環抱他雙肩，將男子拉了過去。男子和少女的身軀一同躺向地面，接著歌聲戛然而止。因為兩人就像要吃了彼此似的，雙唇互相吸吮，舌頭糾纏。

「你要快一點……因為他們就快回來了。」

那不是真廣工作時刻意發出的嬌柔聲音，也不是她平時那女中音般的真實嗓音，是武澤從沒聽過的聲音，明顯是成熟女人的聲音。男子恭敬地應了聲「好」，接著傳來急促的「咔嚓咔嚓」聲，是金屬配件的聲音，男子正要解開長褲的皮帶。武澤靜靜後退，兩人的身影從他眼中消失。

這是怎麼回事。武澤腦中傳出這無意義的低語，走下樓梯。CD音響的歌聲愈來愈小，最後就中斷了。那段空白的時間，傳來半帶笑聲的急促呼吸聲。接著又傳來下一首曲子。

這是工作嗎？是真廣的工作嗎？也許那名男子是她在某個地方找到的肥羊，她打算找機會搶走男子的錢包。武澤試著如此思忖，但他自己也知道這是不可能的事。世上沒有哪個小偷會讓肥羊踏進自己家門。

「怎樣？」

聽到這句悄聲低語，武澤這才猛然想起阿鐵的存在。他不發一語地搖了搖頭，催阿鐵到玄關外。

「沒事，那是真廣的靴子。」

「咦，但那是男鞋耶。」

「好像最近流行穿男鞋。」

「竹兄，你去哪裡？」

「吃午餐。到外面吃拉麵吧。」

「那真廣呢？」

「她說她在練習唱歌。不吃午飯了。」

「哦……」

阿鐵露出難以置信的表情，武澤帶著他走出玄關。

武澤心裡的焦急像沼氣般冒出黏稠的氣泡。那個男人是誰？在別人家做什麼？剛才應該衝進房內厲聲斥責嗎？但可悲的是，武澤根本沒有正當的理由這麼做。真廣又不是他女兒。不只如此，真廣還是因為武澤而走上悲慘人生之路的女孩。當初要不是武澤威脅她母親的話，要不是武澤幫地下錢莊的人辦事，真廣現在應該會過著更普通的生活才對。武澤沒資格指責她。

「竹兄，到底是怎麼了？」

「什麼事也沒有。」

「去上次那家馬馬亭吧？」

「去哪一家都好。」

看到的景象，該如何跟阿鐵說明才好呢？說真廣穿男人的靴子，這種謊言肯定很快就會穿幫。要邊吃拉麵，邊談這件事嗎？還是在拉麵端來之前先提呢？當武澤思索此事時，猛然發現一個可能性。

「該不會是……」

有另一個可能性可以解釋剛才他看到的那幕景象。

8

最後，武澤對自己在二樓目擊的事隻字未提，就和阿鐵兩人吃完拉麵，踏上歸途了。

當他們沿著滿是芳草氣味的石階往下走時，看到了真廣。她背倚著玄關外的圍牆，茫然而立。

「妳在這裡做什麼？」
真廣抬起臉來，露出一時無言以對的表情。
「……沒什麼。」
「妳不進屋嗎？」
「我要進屋，只是……」
真廣面向武澤，欲言又止，就在這時——
咔嚓一聲，玄關大門開啟了。武澤與阿鐵同時望向大門，真廣也跟著轉頭。
「不好意思。已經結束，可以進來了。」
是名女子。和真廣同樣的臉蛋，真的是長得一模一樣。
武澤低語一聲：「果然不出我所料。」
「啊，屋主已經回來啦？抱歉打擾了。」
武澤輕嘆一聲，真廣頻頻觀察武澤的表情。只有阿鐵看得目瞪口呆。
「妳……妳是誰？」
女子還沒回答阿鐵的問題，一名肥胖的男子就從她身後露臉了。他一見武澤和阿鐵，馬上低頭行了一禮。
「兩位好，打擾了。」
真廣這才向武澤和阿鐵開口：
「呃，我來介紹一下吧。這位是我的姊姊彌廣，這位是她的男友石屋先生。」
「彌廣？石屋？妳姊姊？」
阿鐵雙眼眨個不停，不斷來回張望。

「石屋⑪不是職業，是我的姓。」

男子如此說道，再度低頭鞠躬。

「附帶一提，我的名字是貫太郎。我並不是在開玩笑，不過有點年紀的人，都會以為我是在開玩笑⑫。」

他肥頭大耳，有張圓臉，連聲音都很圓潤。仔細一看，他身材並不高大，體型像是大胖子的縮小版，臉蛋像小學生似的，露出T恤外的兩隻手臂像極了嬰兒的手。整體來說，只能用難看來形容。

「咦，真廣有姊姊？她的姊姊和男朋友在這裡做什麼？咦？」

雖然武澤沒跟阿鐵提過，但他當然知道真廣的姊姊彌廣的存在。七年前，被他逼得自殺的那位母親，有兩個女兒。

當時姊姊彌廣已經高中畢業，不住家中。母親自殺後，她邀妹妹真廣到自己的公寓同住，兩人一起生活。

七年前，當武澤不再當一名普通的社會人時，對她們展開過調查。被她害死的那名母親有兩個女兒，武澤非常擔心她們的下落。他假裝是她們的親戚，打電話給那名母親以前打工的地方，問出那兩名女兒的事。後來得知她們住在足立區的公寓裡，也曾到公寓看她們兩人的情況。當時武澤相當驚訝。那對姊妹雖然有年紀的落差，但兩人卻長得如出一轍。從那之後，他就再也沒見過那位姊姊了。

之前在上野公園和真廣說話，並提議她搬來同住時，武澤當然滿心以為彌廣也會跟她一起來。因為她們兩人一起同住，所以真廣應該不會獨自前來才對。結果卻只有真廣一個人來。偏偏武澤又不能問她些什麼，只能默默在意她姊姊彌廣的事。他總以為彌廣日後也會來。要是她姊姊也來的話，他打算裝出驚訝的表情，然後一併收留她。

但萬萬沒想到，彌廣竟然有男友。

而且對方竟然如此肥胖，當真是意想不到。

「我啊，是彌廣的保鑣啦。」

貫太郎那宛如河豚般的嘴巴一張一闔，回答剛才阿鐵的問題。

「彌廣說她要和兩名男子同住，我擔心要是發生什麼事的話就糟了，所以特地前來。」

「咦，同住？誰啊？」

「我的意思是……」

貫太郎正準備回答時，真廣打斷了他的話。

「竹兄，阿鐵哥，之前我一直沒告訴你們，其實我原本和姊姊同住。」

她就像個挨罵的孩子般，低頭抬眼望著武澤他們。

「所以，我被趕出公寓，表示我姊姊也被趕了出來。我沒地方可去，我姊姊也一樣無處可去。」

「所以妳姊姊也要住這裡？」

「還有她的男友。」

貫太郎以肥胖的手指指著自己。阿鐵不予理會，繼續說道：「真廣，妳和姊姊同住的事，為什麼一開始不說呢？」

⓫日文的「石屋」有石材店的意思。

⓬於一九七四年播出的日劇「寺內貫太郎一家」的主角名叫寺內貫太郎，而且就是從事石材店工作。

「因為我要是一開始就說我不是自己一個人，你們可能就不會讓我一起同住了。你想想，一開始只有一個人的話，比較能接受，對吧？」

「話是這樣沒錯啦……」

阿鐵一臉惘然地望著武澤。武澤雙臂環胸，不發一語，望著地面故作沉思。阿鐵再次望向真廣問道：「妳是如何告訴他們這裡的地址？」

「用電子郵件。」

「妳告訴他們隨時都可以過來，是嗎？因為屋主不在，你們就趁這個時候進屋吧？」

不是這樣的——真廣急忙搖頭否認。

「其實我原本打算好好向你們解釋，請你們同意收留他們一陣子。不過，剛才去電動遊樂場時，我姊姊寄了封郵件來，說她已經來到家門前了，所以我才會趕著先回家。」

「哦，然後呢？」阿鐵難得會對真廣用這種嘲諷的口吻。

「所以我和姊姊在玄關前見面。我告訴她屋主竹兄和阿鐵哥就快回來了，要她先等一會兒，但我姊姊說她走得好累，想進屋內坐，所以我先幫她打開大門的鎖，結果她就自己跑進廚房喝起麥茶，吃起剩下的柿種米果，上二樓放起ＣＤ，還拜託我到屋外等十分鐘……」

真廣連珠炮似的說個沒完，阿鐵打斷她的話：「為什麼妳姊姊將妳趕了出去？」

「她就是這樣的人，一點常識也沒有。」

「是啊。」彌廣自己也一臉遺憾地說道。

真廣接著說：「我心想，要是你們回來的話就糟了，於是急忙沿原路回去找你們。眼下也只能先找個理由將你們擋一陣子。因為與其拜託我姊姊，不如這麼做還比較快。」

「妳姊姊真的這麼沒常識？」

「是的。」彌廣又一臉遺憾地應道。

「不過，我一直找不到竹兄和阿鐵哥，不得已，我只好回到家裡，結果發現玄關擺著一個像湯杯的東西。我猜你們兩人已經回過家了，一時間不知道該如何是好……」

「這樣我大致明白是怎麼回事了。」

阿鐵轉頭面向貫太郎。

「真廣的姊姊倒還另當別論，但我們根本不需要保鑣。我和竹兄是基於同業情誼才讓她住這裡，絕不會欺負她。但你就不行了，快離開我的屋子。」

「你們兩位是同志嗎？」

「才不是呢！總之你快走吧。看你一副很能吃的樣子，我們不可能和你同住。」

「我不要。」貫太郎搖著頭，一口拒絕。

阿鐵揚起下巴，低聲唸了一句：「你這傢伙。」

「說什麼保鑣嘛。仔細想想，為什麼你不幫幫自己的女朋友和她妹妹。只要讓她們住你家不就行了嗎？如果連你也投靠我們，那未免也太奇怪了吧？」

「我也一樣無家可歸。」貫太郎一臉認真地解釋道。

「我跟彌廣、真廣她們一樣，付不出房租，在一個月前被掃地出門。由於無處投靠，所以從上個月起便到她們的公寓借住。我之前上台表演的時候，多少還有些收入，但現在完全沒有工作上門，幾乎跟失業一樣。」

武澤想起擺在二樓地板上的吉他箱。看他那肥胖的手指和河豚似的嘴巴，到底是演奏什麼曲子？

「簡言之，你也沒地方住，對吧？」阿鐵壓低聲音，試探性地問道。

「沒錯。」貫太郎挺胸應道。

「我一定要和小貫同住才行。」彌廣任性地說。

「竹兄，你怎麼看？這樣實在太勉強了。一次增加兩個人的話會住得很擁擠，而且其中一個還是這位仁兄呢。」

說到「這位仁兄」時，阿鐵努了努下巴，一臉嫌棄。貫太郎見狀，單手朝自己肚子拍了一下當作是回應。

武澤開始思索了。他當然不能只收留真廣，趕走彌廣。不過，若是只收留彌廣、趕走貫太郎，彌廣又會反對。如果他是一般的屋主，大可向他們提出要求，有話直說。但武澤卻是個內疚的屋主，一個虧欠對方的屋主，而阿鐵不知道箇中緣由。

「這間房子確實不大……不過，倒也不是容納不了他們。」他隨口應道。

「這樣太勉強了。」

阿鐵極力反對，態度強硬，難得他會如此堅持己見。不得已，武澤只好搬出道理硬拗。

「什麼？」

「我說個原始人和陷阱的故事給你聽。」

「阿鐵，你聽好了。我希望你能想像接下來我所說的狀況。——連同你在內，有六名原始人奔跑在草原上，追逐小鹿。」

「這什麼啊？」

「你聽就是了。在原始人的編隊中，由你帶頭。」

「你說的原始人是一種變態遊戲嗎？」

「才不是呢。你們追逐的小鹿正奔向你們事先挖好的五個陷阱，但那隻小鹿很厲害，越過了那些陷阱。帶頭的你差點掉進第一個陷阱，但這時第二名原始人剛好超越你，掉進了那個陷阱裡。改變行進路線的你差點又掉進第二個陷阱，但這時第三名原始人碰巧掉進陷阱裡。你又改變路線，差點掉進第三個陷阱裡，這時第四名原始人又掉進陷阱裡。你再度改變路線，差點掉進第四個陷阱裡，這時第五名原始人掉進了陷阱裡。你改變路線，來到最後的第五個陷阱，身為第六名原始人的你掉進了陷阱裡。你看，結果六個人掉進了五個陷阱。」

「咦？……」

阿鐵手摀著嘴，一臉納悶地仰望大空，再次「咦？」了一聲，側頭不解。

「阿鐵，只要想進去的話，五個陷阱連六個人都容納得了。這間屋子就算住五個人加一隻貓，應該也沒問題才對吧？」

「不，竹兄，你只是嘴巴上說得好聽，可是……」

「所以囉，凡事都得經過思考。」

兩人又談論了好一會兒。由於在玄關前一直討論個沒完實在很奇怪，所以眾人一起走進了屋內。真廣忙著倒麥茶，雞冠在衣櫃旁時而探頭，時而躲藏，獼廣見了，嗲聲嗲氣地叫了一聲，貫太郎拿起抹布準備往臉上擦汗，阿鐵朝他大吼——所有人就這樣散發出「勉強湊和在一起也沒什麼不好吧」的氣氛。讓外行人來討論，最後終究會是這樣收場。

「雖然擠了點，但應該沒什麼問題。總之，這只是暫時性的。」

「反正他們也不可能一直在此長住。」

「這應該說是衣食足而知榮辱吧。」

「和這個沒什麼關係吧？」

就這樣，這間租來的小屋的住戶增加為五個人外加一隻貓了。

椋鳥

STARLING/stá:(r)liŋ

1

「咦，我記得昨天您也……」

棉被店的女店員露出深感稀奇的表情，但武澤不予理會，掏錢付帳。昨天他才來過這家店買了真廣的棉被，今天又前來買彌廣和貫太郎的棉被。

「需要幫您運送嗎？不過得另收四百日圓的運費。」

「我會自己搬，不必了。」

武澤豎起大拇指，比向身後的貫太郎。貫太郎一時露出百般不願的表情，但彌廣嬌聲對他說了一句「小貫，加油」，他才抬頭挺胸地走向架子前，將兩床棉被扛在背後，彷彿是打從一開始就有這個打算。

「小貫真厲害。」

「妳的男朋友是個笨蛋，對吧？」

「他個性單純，很可愛啊。」

「不要說我可愛嘛，彌廣。」

貫太郎一臉逢迎討好的表情，喜不自勝。

三人步出棉被店踏上歸途，而阿鐵與真廣現在應該正在超市採買三人份的午飯和五人份的晚飯。

武澤向走在他身旁的彌廣問道：「棉被是買了，不過，你們該不會打算一直住下去吧？」

「這就不知道了。」

貫太郎在身後頻頻發出吵人的鼻息。

「不過，有句話我得先說，妳可別在我們的屋子裡和貫太郎親熱哦。」
「我們才不會做那種事呢。」
「今天我就在二樓撞見了。」
「那根本就是偷窺嘛。」
彌廣以看待色狼般的眼神瞪武澤。
「我可沒看到最後哦。對了，喂，貫太郎。」
他轉頭望向貫太郎。
「你想找工作，對吧？」
「當然……我當然會找工作。」
貫太郎就像快被棉被給壓垮似的，滿臉汗如雨下。
「之前我告訴過你……我是因為……舞台表演的工作一直沒上門，才會這樣。」
「你的舞台表演，有人會付錢來看嗎？」
「小貫的舞台表演很酷耶。」
「哦，是嗎？不過，應該是那個吧？嘴巴上說是舞台表演，其實是躲在角落，或是藏身幕後吧？」
「不……是站在舞台中央的位置。」
「你會唱歌嗎？」
「我……我唱過。」
武澤略感意外。
「什麼樣的歌？唱首來聽吧。」

「♪國王……與皇后……在箱子上……」

宛如童謠般的曲調，聽起來有點莫名其妙。

回家後一看，阿鐵與真廣還沒回來。雞冠一直緊黏在腳邊喵喵叫，武澤拿出貓食讓牠安靜後，向貫太郎下令：「你的房間在二樓。你們兩人和真廣睡同一間房。」

「咦，不是單獨一個房間嗎？」

「那還用說，你搞清楚狀況好不好。」

「我們和真廣住同一間房是吧？可是，晚上我那個的話，真廣受得了嗎？我們之前住公寓時，她也是常對我發牢騷呢。」

「住在我的屋子裡，我就是不准。這點你一定要遵守，絕對不行。」

「咦，不可以嗎？」

貫太郎抬眼望著武澤。

「我是指打鼾耶。」

「臭小子……」

被要了一道。武澤上了他的當，但話說回來，貫太郎對今後要照顧自己的人擺出這種態度，真不知道在想些什麼。武澤是對真廣這對姊妹感到歉疚，他根本沒必要看貫太郎臉色。正當武澤準備開口狠狠訓斥他一番時，玄關大門開啟，阿鐵與真廣走了進來。

「竹兄，大新聞！大新聞哦！」

阿鐵雙手各拎著兩個超市塑膠袋。怎麼買這麼多東西？

「真廣其實是位料理高手呢！」

「我說過了，我不是高手。」

真廣板著張臭臉走進，單手拎著塑膠袋，另一隻手抱起剛吃完貓食的雞冠，與牠鼻子相互磨蹭。雞冠在空中晃動牠短小的身軀，高聲鳴叫。貓似乎也有表情，看起來比武澤他們回來時還要高興。紅色項圈的喉嚨處，掛著從鑰匙圈上拆下的骰子，不住搖晃。那是抓娃娃機抓中的鑰匙圈。那隻小貓布偶反而沒人想要，就連雞冠也顯得興趣缺缺，所以姑且就先讓它坐在廁所的窗框上。

真廣手上的塑膠袋，上頭印有百圓商品店的商標，裡頭塞了許多報紙。好像是買了盤子和茶碗。

「之前她在公寓和彌廣同住時好像都負責煮飯，所以各種料理都難不倒她。」

「我說過了，我只會日式料理。因為我姊姊什麼也不做，所以只好由我來做。就這樣學會了。」

「真廣煮的菜超好吃呢。」

彌廣以小指搔著眼角，如此說道。

「哦。」

武澤半信半疑地望向阿鐵手中的塑膠袋。他一隻手的袋子裡，裝著柴魚片、日本酒、三溫糖⓭、麴味噌、昆布、大蒜、薑，這是要幹嘛？煮昆布茶嗎？還有紅茶茶包、兩瓶寶特瓶裝的可口可樂。另一隻手的袋子裡則是裝了許多蔬菜、豬五花、木棉豆腐、兩條整隻完好的青背魚，裝魚的袋子上寫有：「三線磯鱸」。難道真廣要自己剖魚嗎？

「有醋吧？」

⓭黃砂糖的一種。

「有，因為阿鐵吃麵都會加醋。不過，這些東西花不少錢吧？」

「一開始只要把基本的東西買齊，再來就只要買食材就行了，所以這比買調理包還要划算。」

「可以這麼說。」

真廣突然像變了個人似的。

「咦？這也是日式料理要用到的嗎？」

武澤取出一個藏在三線磯鱸袋子後面的大罐頭。

「Whole Peeled Tomatoes……這是番茄，對吧？」

武澤問了個理所當然的問題，真廣一臉為難地望著阿鐵。

「阿鐵哥說他想吃義大利麵。我告訴過他，我沒煮過西式料理……」

「以後就會了。」

阿鐵一副喜孜孜的模樣，從武澤手中拿走熟番茄罐頭，放進流理台下。

真廣做的三人份午飯，有炒青菜和茄子味噌湯。武澤和阿鐵已在馬馬亭吃過拉麵，所以她只煮了三人份。

「真是高手。」

看到這種連他都會的簡單菜色，武澤有點大失所望，但他還是從貫太郎的盤子中夾了一把炒青菜來吃。

「嗯……」

「摻進一點昆布茶，就會有這種味道。一開始先以薑和蔥炒過，所以味道很香。最後再加入少許的三溫糖，口感就會變得很滑順。」
結果美味得不得了。武澤不理會貫太郎的抱怨，一併品嘗了味噌湯。也許是因為不值得特別下工夫吧，這道味噌湯相當普通，但它的「普通」已令武澤覺得宛如人間美味。明明剛剛才吃過拉麵，現在肚子又餓了。味噌湯還剩一些，武澤決定自己盛一碗，和他們一起在餐桌上吃。阿鐵也跟著做了。
「真廣、彌廣、真廣、彌廣。」
阿鐵如此低語，吃著味噌湯裡切片的小茄子，吸得嘖嘖有聲。
「有沒有人說過，這樣很容易搞混？」
這對姊妹不約而同地搖頭。
「我剛剛想到，彌廣該不會一開始叫做『彌白』吧？」
「咦，為什麼？」
「妳想想，妳們父親不是原本想替真廣取名為『真白』嗎？因為這個緣故，所以我猜彌廣可能也是這樣。」
「啊，也許是哦。阿鐵哥，你挺聰明的嘛。」
彌廣的態度與剛開始見面時判若兩人，看到她這樣不會覺得不習慣，也許是因為和真廣長得像的緣故。
「這麼說或許有點失禮，不過，阿鐵哥也許比外表看起來還要聰明呢。」
貫太郎這番話真的很失禮。好不容易阿鐵聊得正開心，這下馬上臉色一沉。但喝了口味噌湯後，他馬上又恢復平靜的表情，再度和彌廣聊了起來。
「彌廣，妳今年幾歲？」

「就快二十六了。」

阿鐵捧著碗，瞪大雙眼。

「妳年紀這麼大啦？我還以為妳只大真廣一歲呢。」

「彌廣是永遠的公主。」

貫太郎說著莫名其妙的話，溫柔地瞇起雙眼。

「彌廣也是那個嗎？像真廣一樣靠這個賺錢？」

阿鐵將食指彎成鉤形⓮。

「我姊姊什麼事也不做，不出門工作，不做家事，也不買東西。之前甚至連她和貫太郎用的避孕用品也都是我去買的。」

阿鐵就像漫畫一樣，誇張地噴出口中的味噌湯。

「我又沒叫妳去買，是叫妳去偷。因為我沒有妳那樣的技巧，所以只能靠妳了。是妳自己要掏錢買的。」

「那種東西我實在沒辦法下手偷。雖然我有把握不會失手，但萬一被店員發現，那可就羞死人了。」

「如果害羞的話，花錢買還不是一樣。」

「這是不一樣的。」

「好了好了。」

貫太郎以極其普通的方式安撫兩人，也許是他那溫和的長相發揮了作用，姊妹倆馬上轉為開朗的表情，各自吃自己碗裡的飯。貫太郎似乎對此頗為滿意，開心地嘴角上揚，還很多嘴地說她們這樣就像是在爭風吃醋。

「話說回來，那種東西應該你自己去買才對吧，你這個軟香腸。」

武澤如此說道，和室桌另一頭貫太郎聽了縮起脖子，朝一旁的彌廣低語：「他竟然說我是軟香腸。」彌廣拍打著貫太郎的下巴說：「小貫才不是軟香腸呢！」

「他才不是軟香腸，他只是不舉而已！」

阿鐵再次噴出口中的味噌湯，這次連武澤也跟著噴出來了。

「什麼跟什麼啊。你真的是嗎？」

武澤如此詢問後，貫太郎點點頭。

「沒錯。我是不舉，亦即所謂的性無能。國中時，我媽跟我說，你是不小心才有的，從那之後，我就再也無法勃起了。」

「應該是受到打擊吧。」

彌廣再次拍拍他的下巴。

「好像屁股哦，摸起來真舒服。」

「別再拍了啦。」

下巴像屁股，有什麼好高興的？

「可是，今天你們兩個在二樓……」

「我常那樣替他治療，治療小貫的老二。」

「治療……」

「沒錯，治療。讓他興奮勃起，但最後還是沒成功。」

⓮日本人以這個動作代表偷竊。

「別在別人家做那種事好不好。」

「那是走進這間屋子時，我突然想到的點子。換個不同的場景，也許小貫的興奮度會提高，順利勃起。所以我請真廣迴避一下，但最後還是失敗了。」

「既然他不舉，為什麼還叫妳妹妹去買保險套？」

「那也是我突然想到的點子。因為小貫聽到自己是不小心才有的，大受打擊，所以要是製造出就算不小心也不會有的情況，也許就會勃起了。這點子很棒吧？當我想到這個點子時連我自己也嚇了一大跳，可惜最後還是失敗了。」

「原來如此……」

武澤朝貫太郎瞄了一眼。貫太郎伸手摸著自己後腦勺，垂眼說道：「還是失敗了。」

「總之……別在我家治療。」

武澤再次喝起了味噌湯。

2

「英國作家亨利・詹姆斯（Henry James）說過，詐欺是gentlemanly crime，也就是『紳士的犯罪』。」

那天夜裡，貫太郎一面動手夾真廣準備的豪華晚餐，一面如此說道。

阿鐵舉筷伸向豆腐和風沙拉，不屑地哼了一聲。

「作家懂什麼啊，講得好像很了不起似的。很好，等那傢伙到日本來時，我再讓他明白這是否真是『紳士的犯罪』。」

「他已作古很久了。不過阿鐵哥，如果單就靠說謊來餬口這個層面來說，作家和詐欺犯不是一樣嗎？」

「這豆腐超軟的，好像屁股哦。」

彌廣若無其事地打斷別人的話。不過話說回來，她是真的喜歡屁股嗎？

「哪裡會一樣啊。」

「是嗎？總之，我還滿喜歡詐欺犯的。因為他們運用技術來騙人，這種行為很帥。就像變魔術一樣。說到魔術，各位，你們知道理想的詐欺與理想的魔術差別在哪裡嗎？」

他嘴裡的東西還沒完全嚥下，所以韭菜和湯汁隨著口沫飛濺。坐他對面的真廣，急忙以手護碗。

「理想的詐欺，是對手完全沒發現自己被騙了，這才是完美的詐欺。不過，同樣的情況是否可以套用在魔術上呢，其實不然，而且還是完全相反。魔術若不能讓對方覺得自己被騙，就沒有意義了。」

武澤覺得有點意思，但貫太郎說話時神氣的模樣教人看了很不順眼。

「有人說過你很愛講道理，對吧？」

「有，而且從很久以前就常有人對我說。」

「真可憐。我這裡有啞鈴，你不妨拿它運動去吧。總之，什麼也不懂的門外漢，根本沒資格得意揚揚地說什麼『理想的詐欺』。我們可是靠它吃飯呢。」

「說得一點都沒錯，我們可是專業的詐欺犯呢。」阿鐵也附和道。

這時貫太郎的回答令武澤心頭一震。

「我有說我是門外漢嗎？」

「什麼？」

「什麼？」

武澤與阿鐵不約而同地反問。

「小貫是專業的哦。」

彌廣一面喝湯，一面在一旁幫腔。

雞冠叫了聲「喵」，貫太郎跟著「啊」了一聲。

「我忘了。聽說屋裡有隻貓，所以我帶了禮物來。」

貫太郎突然站起身，走出起居室。快步走上樓梯。

「喂，那傢伙是幹什麼的？他是我們的同業嗎？」

彌廣正準備回答時，貫太郎就回來了，嘴裡還叫著「鏘鏘」。他只有上身穿著一件燕尾服。武澤看到他這副模樣之後，瞪大眼睛，為之一怔。阿鐵看得目瞪口呆。雞冠則是迅速轉身，做好隨時逃跑的準備。

貫太郎突然引吭高歌。

「♪某天……在一個小屋裡……吃著晚餐……」

是之前那曲調宛如童謠般的怪歌。貫太郎唱著毫無章法的歌詞，在和室桌前方坐下後，移開自己擺在桌上的茶碗和盤子，騰出一小塊空間。似乎打算要做些什麼。

「♪來了一隻蟑螂，朝豆腐沙拉靠近……」

「這什麼啊。」

武澤不自主地望向裝豆腐沙拉的盤子，但沒看到蟑螂。他將視線移回貫太郎身上，不知何時，他已在空出的桌上空間擺上一個正方形的木箱。

「♪國王與皇后，在箱子上……」

貫太郎就像車子的雨刷般，緩緩擺動他粗大的手臂。他的手臂多次從木箱上越過。正當武澤感到納悶時，木箱上突然擺出了兩張撲克牌。國王與皇后。兩張牌並排而放，就像要蓋住木箱一樣。

「♪這個那個之後～」

貫太郎的歌聲未曾停歇，像雨刷般的手臂也不曾停過。

「♪終於生出來了～」

貫太郎倏然抽走那兩張牌。理應空無一物的木箱中裝著某個東西，是罐頭嗎？武澤不禁伸長脖子。

「♪請看，送給雞冠的禮物。」

貫太郎從木箱中取出罐頭，是Mon Petit牌的，而且已經開好蓋子了。貫太郎將它擱在地上，雞冠一臉好奇地湊近，嗅聞了一會兒，開始大嚼了起來。

「貫太郎……你是怎麼辦到的？」

「所以我之前才會在舞台上表演啊。」

「舞台……你是魔術師？」

「我沒告訴你嗎？」

「我沒聽你說過。你不是玩音樂的嗎？」

「我有那樣說嗎？」

不，他沒說過。

「可是，你不是說你會唱歌？」

「我是唱過啊，就像剛才那樣。」

「小貫的舞台表演既特別又有趣。他會像剛才那樣，一面唱歌，一面表演。」

彌廣將三線磯鱸沾滿醬油，如此說道。

「竹兒，難道你是看了小貫的吉他箱，一時誤會？」

「沒錯。」

哦，那個啊——貫太郎解釋道。

「那個吉他箱是變魔術用的道具之一。還可順便充當道具收納箱，其他道具也全都裝在裡面。」

貫太郎似乎從小就常被叫做「胖子」，受盡欺凌。

「話說回來，我人胖也是事實。就算別人這樣說我那也是沒辦法的事。不過，把我的室內拖鞋藏起來、把麻婆豆腐倒進我的課桌內，這種行為實在很討厭。」

他還抱起像嬰兒般的肥胖雙臂，深有所感地抒發感想。

「我最不能理解的是鞭炮。我被人帶進公園，然後大家突然朝我丟鞭炮。鞭炮和胖子有什麼關聯？直到現在，我還是很怕看煙火。」

「所以小貫才學會變魔術。」

彌廣在一旁補註，貫太郎開心地接著說道：

「沒錯。因為我心想，要是我有什麼優點的話，也許就不會被人瞧不起了。不過，等我真正學習魔術後，已經不在乎是否會被人瞧不起。我雖然胖，但我會魔術。大家雖然都是瘦子，卻不會魔術。真要比的話，大家都一樣，可說是半斤八兩。現在這世上我真正贏不了的，就只有瘦魔術師了。其他人則和我一樣。」

這套理論好像說得通又好像說不通。

待桌上的菜已吃得差不多時，阿鐵就催貫太郎表演魔術。貫太郎擺架子擺了足足一分鐘，接著才以施恩的姿態說了一句「今天就破例一次吧」，喜孜孜地從二樓帶了那個吉他箱下來。接下來的這段時間裡，起居室裡傳來貫太郎那奇特的背景音樂，和室桌上的零錢時而增加，時而減少，撲克牌忽而立起，忽而飄浮，忽而行走。每次表演完一個項目，貫太郎便會露出自豪的表情。每個都相當精采，當中武澤最喜歡的，是將手帕鋪在榻榻米上，就像在撈貝殼般，以塑膠製的耙子輕輕一耙，一下子突然跑出蛤蜊來。

「♪怎麼會有這種事……蛤蜊和……榻榻米的關係~」

這時變出的是裡頭塞滿紙黏土的蛤蜊，但若是事先準備的話，似乎能變出真正的蛤蜊。

「這些道具是哪裡賣的？」

一聽武澤這樣詢問，貫太郎神氣地搖了搖頭。

「這些全部都是我自己做的。」

「真不簡單。可是貫太郎，你為什麼會找不到工作呀？我覺得你的表演很有趣啊。」

身穿燕尾服的貫太郎，雙臂環胸，一臉認真的表情。

「其實，我這種變魔術的方法有一個缺點。」

「什麼缺點？」

「就是觀眾無法參與。只能看我一面唱歌，一面變魔術。以觀眾的興奮和驚訝程度來看，還是自己也參與魔術表演感覺會比較強烈。所以我的魔術沒辦法做到這點，算是一項缺點。」

「那你偶爾也試著這麼做不就好了嗎？讓客人也一起參與魔術表演啊。」

貫太郎卻不假思索地應了一句「不要」。

「我喜歡讓觀眾欣賞我的歌曲和魔術。」

「要是拘泥於這種做法，而沒有工作上門，那就沒任何意義了。」

「就算沒工作上門，只要能像現在這樣在住處的起居室表演就夠了。不管會不會被趕出公寓，觀眾給不給錢，我都沒關係。」

這可大有關係呢。

「不管怎樣，你都得趕快找工作。難得你有一身變魔術的技藝，最好能找個可以靠魔術賺錢的工作。」

武澤若無其事地說道，但他萬萬沒想到，不久的將來自己竟會和他聯手從事那項「工作」。

「不過，被趕出那間公寓，也許反而好。」

彌廣如此說道，從KOOL牌的菸盒裡取出一根香菸，叼在嘴裡。貫太郎馬上遞上打火機，替她點火。

「為什麼說被趕出公寓反而好？」

「因為從前一陣子開始，一直有奇怪的男子在公寓附近徘徊，躲在暗處，每當我或真廣外出時，便頻頻偷瞄我們，很噁心，對吧？」

「嗯，真的很噁心。」

「奇怪的男子？」

「是啊。本想叫小貫把對方趕走，但小貫怕得要死，派不上用場。」

「因為對方很高大啊。我一定打不贏的，我討厭暴力。」

「喂。」武澤打斷他的話。

「是什麼樣的人？長怎樣？」

「沒看到臉。因為我一望向他，他就馬上把臉轉開。再加上我視力不好。」

「會是誰呢？」

「我就說我不知道啊。」

武澤望向阿鐵，阿鐵也望向他。

——有名身材高大的可疑男子，到我店裡來……

豚豚亭的老闆曾這麼說過。

——問了許多關於他的事。

有名男子在打聽武澤的消息。

此外還有一件事。

——有好幾通可疑電話打到我家。對方說話時，一直發出「嘶——嘶——」的聲音，叫我說出你人在哪裡。

——對對對，打電話來的男子，是姓樋口沒錯。

兩者會有關係嗎？難道這當中有所牽連？不，不可能。樋口調查武澤的原因不難理解，但他出現在真廣和彌廣的公寓附近就難以解釋了。她們兩人的母親是武澤以前在樋口底下工作時，被「抽筋拔骨」逼得自殺的那名女子。樋口沒道理在她們兩人住處附近徘徊。

緩緩做了個深呼吸後，武澤小心不讓自己的緊張顯露在聲音中，如此問道：

「那麼，你們來這裡時……沒被那名男子看見吧？沒被跟蹤吧？」

彌廣與真廣互望了一眼，接著兩人的目光紛紛投向貫太郎。三人先後不一地點頭。

「應該是沒有。」

彌廣回答。

「因為覺得很噁心，所以我們都是先確認過四周後才出門。」

「這樣啊。」

儘管陷在模糊不明的疑惑中，但武澤還是暫且感到放心了。不過，他也不明白自己為何放心。

阿鐵神經質地用手指在和室桌上敲個不停。

3

接著，武澤、阿鐵、彌廣三人喝起了真廣買回來做菜用的日本酒，真廣沖泡茶包，貫太郎則將可口可樂倒進杯裡。武澤問他是否不會喝酒，貫太郎端起可口可樂的寶特瓶，一臉得意地說「我愛喝這個」。阿鐵並未使用他那怪博士與機器娃娃的杯子，所以武澤悄悄向他詢問原因，答道：「因為他們會覺得我很噁心。」的確，如果是他們幾個，真不知道會說出什麼話來。

「不過話說回來，我們這個樣子，好像一家人呢。」

也許糖份也會醉人吧，貫太郎單手拿著杯子傻笑。武澤對這番話嗤之以鼻，但他說得沒錯，這世上多的是像外人一樣的一家人，所以要是有外人能夠像一家人一樣住在一起，或許也不壞。

不久，真廣和彌廣向貫太郎借來撲克牌，開始在榻榻米上玩起二十一點。貫太郎面向和室桌，再次舉筷夾起剩菜。阿鐵之前像在沉思般一臉嚴肅，但現在已躺在地上，張著嘴，雙眼微睜，活像屍體。吃完貓罐頭的雞冠，兩眼瞇成一道細線，躺在阿鐵肚子上。阿鐵似乎不是很喜歡動物，起初也很反對飼養雞冠，但不知為何雞冠總愛找他。真廣不時從撲克牌中抬眼，以一副很無趣的表情，望著舒服地睡在阿鐵肚皮上的雞冠。

那是深夜眾人上床睡覺後發生的事。

在關燈的起居室裡，武澤望著昏暗的天花板，耳邊傳來身旁的阿鐵發出的鼾聲，這時，他聽見一聲低語。

「你還沒睡嗎？」

真廣穿著T恤、短褲，站在起居室門前。

「妳幹嘛？上廁所嗎？」

「不是啦。貫太郎的鼾聲太吵了，所以我到這裡避難。」

真廣手指插進髮中一陣亂搔，打了個大哈欠。

「可是已經沒其他地方可睡了。」

「沒關係，我就睡這裡。」

武澤一時不知如何對真廣採取的行動做出反應。因為她的動作是如此自然，彷彿很理所當然似的。

「喂……」

他往後退，望著鑽進自己被窩裡的真廣。

「什麼事？」

「還問呢。妳這是幹嘛？」

「不能在這裡睡嗎？」

「這不是能不能的問題吧。妳在想什麼啊？」

真廣沒答話，枕著自己的手，就闔上了眼。

「就算妳睡這裡，阿鐵的鼾聲一樣很吵。」

「比起二樓好多了。」

她頭髮的甘甜氣味傳入鼻端。武澤不知該如何是好，全身僵硬，呆了半晌。

過沒多久，真廣的呼吸變得緩慢又有規律。似乎是睡著了。武澤小心翼翼地挪動手腳，慢慢鑽出被窩，然後輕輕抬起真廣的頭，將枕頭放進她腦後。真廣並未醒來。

武澤在昏暗的起居室盤腿而坐，雙臂環胸，坐了約五分鐘後，他鑽進阿鐵的被窩，閉上眼睛。由於沒有枕頭，他再度起身，嘆了口氣，將放在房內角落的那支重達五公斤的啞鈴放在墊被下。

4

「喂，妳妹妹是怎麼回事啊？」

吃完早餐後，武澤看準真廣到更衣處洗衣服的空檔，悄聲對彌廣說道。廚房傳來阿鐵指導貫太郎如何清洗餐具的聲音。

「怎麼啦？」盤腿坐在和室桌前，正在喝飯後咖啡的彌廣，一臉納悶地挑起她那還沒畫眉線的雙眉。

「昨晚她突然鑽進我被窩裡耶。」

昨晚武澤近距離聽阿鐵打鼾，所以幾乎整晚沒睡。今天一早，真廣便離開隔壁的被窩上樓而去，武澤才回到自己被窩小睡了一會兒。他飛快地解釋了一遍後，彌廣「哦」了一聲，一副心領神會的神情。

「難怪半夜沒看到她人。我半夜醒來過一次，往旁邊一看，沒看到她人，正覺得奇怪呢。原來是跑到竹兄你那裡去了。」

「話不該是這樣說吧？就算貫太郎的鼾聲再吵，她這樣鑽進我的被窩也未免太奇怪了吧？」

武澤說完後，彌廣神色自若地應道：「那孩子有戀父情節。」

戀父情節？武澤口中如此低語，彌廣接著又複誦了一次「沒錯，戀父情節」。

「而且很嚴重。就連連續劇，她也專挑以中年人當主角的戲看，像是懸疑劇之類的。連CD也專挑中年歌手的歌聽。」

彌廣具體地舉出幾名「中年人」的名字。當中有穩重的演員，也有帥氣的歌手，相當多樣性，但都有個共通點，那就是年紀。

「她偷錢的對象也都是中年大叔。可能是想被那些大叔罵，或是獲得他們的原諒吧，因為她從來沒有體驗過。她昨晚也只是想和你一起睡而已，不是嗎？她並不是想對你怎樣……」

「那還用說。」

彌廣將馬克杯湊向唇邊，以含糊的聲音說道：「她好像把你當爸爸看呢。」

「妳們的父親是個什麼樣的人？」

「我已完全不記得他的長相，不過，好像身材很高大。我還記得，他話很少……」

「如果是這樣，跟我一點都不像啊。我既不高，又常講話。」

「這我哪裡知道啊，可能是感覺吧。關於爸爸的事，她知道的比我更少。我爸爸離家出走時，她還只是個小寶寶。」

彌廣將馬克杯移開唇邊，低頭望著騰騰熱氣，語調陡然改變。

「竹兒，你比我們的爸爸要強多了。」

「這話什麼意思？」

彌廣咚的一聲，將馬克杯擱在桌上。

「我到現在仍舊不能原諒我爸。因為他離家出走，我媽才會受那麼多苦，最後被前來催款的人逼死。」

「哦……這件事我聽說過。」

武澤不禁低下頭。

「我們和媽媽也處得不太好。因為家裡沒錢，家中沒半點歡笑，我們眼中所看到的，是個為生活忙碌、一臉焦躁、終日嘆息、身形枯瘦的女人。那種感覺實在不像自己的媽媽。」

彌廣莞爾一笑，武澤把臉轉開，雙臂環胸。春天的朝陽從窗口射進來，照向和室桌的桌腳。

「我從小學低年級起就很少和我媽說話。當時我常想，為什麼只有我家是這個德行？為什麼我沒爸爸，媽媽的眼神為何那麼可怕？我想破頭，還是想不出答案，所以我只好選擇沉默。從放學回家，一直到上床睡覺這段時間，始終保持沉默……」

「妳和妳妹妹都是這樣嗎？」

彌廣想了一會兒，搖了搖頭。

「真廣不一樣。她常笑，也常和媽媽聊天。她很開朗。」

「妳妹妹和母親處得比較好吧？」

大七歲的姊姊感覺出家中的異常，深感無能為力，因而萬念俱灰，選擇沉默。妹妹因為什麼都不懂，所以不會去思考太複雜的事，得以展現開朗的一面。是這樣嗎？

武澤心裡這麼想，但他錯了。

「完全相反。」

彌廣說話時沒看武澤的臉。

「真廣是在演戲。她每天都在演戲中度過，假裝自己是個開朗的孩子，身在一個開朗的家庭。不，這與演戲又有點不同。總之，她是自己在構築自己的世界。我能體會，但我不能說。我要是說出來，她就太可憐了。」

彌廣眨了眨眼，轉頭面向武澤。

「她的那項工作一定是她的天職。在最後她動手偷錢的那一刻之前，她一定都不覺得自己在說謊或演戲。是她自己營造出一個像故事般的場景，置身其中，所以一般人絕對無法看穿。」

的確，在山田巡警那件事當中，在武澤目睹她從對方上衣偷走錢包之前，完全沒看出她的目的。

「竹兄，你最好也小心一點，別被她給騙了哦。」

正當武澤不知如何回答時，彌廣又笑著說：

「現在提醒你，可能已經晚了。你早已被她騙了。」

「我被她騙了？」

彌廣點點頭，喝完剩下的咖啡。

「別看小貫那樣，他根本不會打鼾。」

5

「父親與母親，果然還是兩者都有才好。好燙……」

「不論有什麼樣的父母，也都應該這樣才對。好燙……」

在勉強可以稱之為外廊的狹窄木板地上，武澤與阿鐵像一對老夫妻似的，並肩坐著喝茶。圍牆前的瑞香之葉隨春風飄搖。

當時武澤正向阿鐵描述彌廣她們小時候的事。

「竹兄，你的手借我看一下好嗎？」

阿鐵把茶碗擱一旁，突然提出這個要求。

「你跟貫太郎學魔術，是嗎？」

「你照我的話做就對了。啊，一隻手就行了。這是以前我聽人家說的。」

雖然覺得莫名其妙，但武澤還是依言伸出右手。

「竹兄，你知道每一根手指怎麼稱呼嗎？」

「我又不是笨蛋。大拇指、食指、中指……」

「不對，是另一種稱呼。就是小時候的那種叫法啊。」

「哦——」

武澤將右手手掌抬至面前，逐一動起每一根手指。

「父指、母指、兄指、姊指、寶寶指，是嗎？」

「沒錯，就是這個。」

沙代在上小學前，也曾這樣稱呼自己的手指。

「父指和母指可以合在一起嗎？」

聽阿鐵如此問道，武澤便試著把父指和母指合在一起。

「這很簡單啊。」

「那麼，父指和兄指呢？」
「也可以合在一起，你看。」
「父指也都可以和姊指、寶寶指合在一起，對吧？」
「可以啊。」
武澤實際嘗試，易如反掌。
「那麼，這次請改用母指。做同樣的動作。」
「我看看……」
武澤試著分別將食指與中指、無名指、小指合在一起。
他不禁咦了一聲。只有小指與食指難以貼合，雖然勉強可以碰在一塊，但指頭傾斜的角度太過勉強，肌肉都快抽筋了。
「母親與孩子很難順利靠在一起，對吧？」
「嗯，很困難。」
「那麼，你讓父指與母指合在一起，再試一次。」
武澤將大拇指靠向食指旁。
「啊，靠在一起了。」
食指借助大拇指的力量，輕鬆靠向小指。
「我想，一定就是這麼回事。」
阿鐵端起茶碗，輕啜一口，發出輕細的聲音，接著就像輪胎洩氣般，長長吁了口氣。
「父母都在，才是最好的結果。」
武澤也啜了口茶，靜靜低頭望著自己的手掌，再次讓父親與母親合力靠向孩子。鬆開，合上，鬆開。他在反覆做這個動作時，覺得手指似乎逐漸浮現出臉孔。大拇指是武澤，食指是雪繪，小指是沙代。同一時間，大拇指變成身分不明的無臉男，食指成了之前站在玄關仰望武澤的那名母親，小指是真廣，無名指是彌廣。

武澤用自己的手指扮演兩個家庭。大拇指與食指合在一起，靠向小指。這是武澤以前的家庭，三根手指的其中一根是已死的雪繪。武澤讓這根食指離開這一家人。大拇指與小指仍緊黏在一起。接著，沙代被殺害了。武澤將小指移開大拇指，僅剩的一根手指是武澤。擺在膝蓋上的那根大拇指雖然很粗大，但看起來很不可靠。——他又試了一次。讓大拇指、食指、無名指、小指合在一起，構成一家四口。這次他一開始先讓大拇指離開，剩下的三根指頭中間形成些許空隙。接著他移開食指，只留下小指與無名指。也就是真廣與彌廣。這兩根手指，現在與剛才還留著的大拇指一起生活。

他抬頭往上望，青苔密佈的圍牆外是微帶浮雲的無垠天空。

「啊，對了，竹兄，現在住在這間屋子裡的人正好就像手指，一共五個人。從小指算起，依序是真廣、彌廣、貫太郎、竹兄……」

「那你不就是……」

「沒錯。」

「我才不要當母指呢，我又不是人妖。」

「竹兄，你是食指。」

「我不要當人妖。」

阿鐵笑道：

「別那麼認真嘛。」

阿鐵笑得雙肩晃動，低頭俯看自己的手掌。
「因為我們只是在談手指。」
武澤也跟著望向自己的手掌。
「只是在談手指是吧。」
兩人交談的聲音傳向了圍牆上朦朧的天空。

那天用完晚餐後，武澤發著牢騷，說他開始對目前的生活費有點擔心，阿鐵聞言就從衣櫃抽屜裡取出他的工具箱。
「我去附近賺點錢。」
阿鐵從工具箱裡亮出開鎖道具。
「你要闖空門嗎？」
「我偶爾也該單獨行動。竹兒，你就悠哉地在家喝茶吧。」
「可是……」
武澤不太喜歡「竊盜」的行為，但目前賦閒在家的同居人愈來愈多，在這種情況下實在不好說些什麼。再怎麼說，詐欺也算是一種竊盜。貫太郎說它是「紳士的犯罪」，但如果說闖空門是鼻屎的話，那詐欺就像是眼屎。
「咦，阿鐵哥，你要出去嗎？」
正在洗碗的貫太郎轉頭問道。
「我有件事想拜託你。可以等我一下嗎？」
「有事想拜託我？喂，貫太郎，啊，可惡，地板又弄濕了。」

阿鐵從流理台下取出抹布，一面抱怨，一面擦拭貫太郎走過的痕跡。貫太郎不以為意，快步走向二樓，很快又回來了，尚未乾的手中拿著一個像面紙盒般大小的堅固鐵盒。一個沒任何圖案，方方正正的黑色盒子，前方那一面的正中央有個鑰匙孔。阿鐵問那是什麼，貫太郎回答說那是魔術道具。

「我希望你幫我打開它，我把鑰匙弄丟了。」

「用你的魔術把它打開啊。」

「我辦不到。」

阿鐵心不甘情不願地從工具箱裡拿出開鎖道具，盤腿坐在地板上，開始朝鐵盒的鑰匙孔裡不住攪動。這段時間，雞冠朝他走近，露出像是兒子在看父親修理電風扇般的眼神，靜靜在一旁觀察。但可能是因為和門把的構造不同吧，貫太郎的盒子最後還是無法打開。

「這不是普通的鎖，沒辦法。你放棄吧。」

「噢——」貫太郎毫不掩飾地發出遺憾的叫聲。阿鐵把鐵盒塞往貫太郎胸前，朝雞冠揮手說「去去去」，然後就帶著工具箱走出大門了。

「裡頭裝了什麼？」

武澤如此問道，貫太郎那豐厚雙唇的嘴角上揚，微微冷笑。

「這是秘密。」

這傢伙還是一樣讓人猜不透。

一個小時後，阿鐵帶著十二萬日圓的現金回來了。武澤、貫太郎、真廣，彌廣，都拍手迎接阿鐵和現金，阿鐵略感難為情，但還是不忘抬頭挺胸。看起來不太中用，但其實相當可靠——阿鐵就是這樣的一個人。

6

「竹兄，可以和你談談嗎？」

阿鐵表情嚴肅地湊向人在起居室看問答節目的武澤，那是隔天傍晚時的事。真廣與彌廣在二樓聽音樂，貫太郎帶著填字遊戲雜誌進浴室，在裡頭已待了將近一個小時之久。武澤很想對他說一句「與其買那種東西，不如買就業情報雜誌」，但他目前仍極力忍耐。

「是關於真廣與彌廣的事。」

阿鐵壓低聲音，以食指指著天花板。另一隻手拎著東京指定使用的垃圾袋。

「我剛才有個驚人的發現。」

「驚人的發現？」

「因為明天就是垃圾回收日，所以我上二樓收垃圾。結果她們的房間拉門沒關好，從房內傳出音樂，兩人說話的聲音參雜在音樂中。」

阿鐵將手掌湊向耳邊，做出豎耳細聽的動作。

「我好像從她們的談話中聽到『錢』這個字。兩人竊竊私語，令我覺得很在意。然後，就像我剛才跟你說的，因為拉門沒關好，所以我……」

「偷看，是嗎？」

「我只是把臉湊過去，就不小心看到了。」

「那不就是偷看嗎？」

「總之……」阿鐵趨身向前，單手搭在武澤肩上低語道。

「我從門縫往內望，竟然看到一大筆錢。」

武澤不禁湊向前注視阿鐵的雙眼。阿鐵手搭在武澤肩上，同樣以認真的表情回望他。正當兩人四目對望時，一旁傳來「啊」的一聲。泡完澡的貫太郎，一手拿著填字遊戲雜誌，穿著T恤的雙肩仍冒著熱氣，站在起居室門口。他悄聲說了一句「果然沒錯」，就轉身準備離去了，武澤連忙喚住他。

「你可別想歪哦。」

「不，我沒想歪。我只是覺得自己不該打擾你們。」

「這樣不就是想歪嗎！」

貫太郎上身不動，只轉動他那張圓臉。

「那麼，我也可以和你們一起待在起居室嗎？」

「當然可以啊……不過，可以的話，你還是別在這裡比較好。」

「你看，我就說吧。」

貫太郎走進廚房，腳踩得啪噠作響，拿起流理台邊的一個杯子，打開冰箱。雞冠從他身旁橫越，準備往這裡走來時，他突然單手抱起牠，不讓牠過去。貫太郎好像在雞冠耳邊悄聲說了一句「不可以去那邊哦」。武澤懶得理會他，轉身面向阿鐵。

「然後呢？她們有一大筆錢？」

「沒錯，真的有呢。」

阿鐵控制音量不讓人在廚房的貫太郎聽見，接著說：「裝在真廣帶來的那個波士頓包內，就這樣隨便地裝在裡頭。全部都是一萬圓日鈔。少說也有兩、三百萬，搞不好更多呢。」

「不懂說話禮儀的鳥，指的是什麼？」

貫太郎又從廚房走來，將那本因水蒸氣而變軟的填字遊戲雜誌擱在榻榻米上。當中有一半的格子已填上宛如印刷字般工整的手寫字。

「這裡，縱向第十二格的關鍵字，我想不出來。『這種鳥突然飛來一陣呱呱亂叫後，接著又飛走，所以江戶人稱不懂說話禮儀的人為□□。』」

阿鐵暗罵一聲。

「那不就是你嗎？」

「如果是貫太郎的話，字數不對。而且我又不是鳥。」

「是starling。快點出去啦。」

「請講日語好不好。我只會裝裝樣子而已，其實我的英語爛透了。」

「我們現在在談一件很重要的事，你別過來。」

阿鐵不悅地說道，貫太郎見狀，縮起脖子嘀咕了一句「好可怕」，把雜誌和鉛筆擱在榻榻米上，無精打采地走出起居室。

武澤再次面向阿鐵。

「是你看錯了吧？她們怎麼可能有這麼一大筆錢？」

「她們真的有啊。」

阿鐵說話的聲音雖小，但鏗鏘有力。

「而且她們兩人把錢擺在中央，面對面說著什麼『丟掉』、『不需要』這類的話。」

「不可能把錢丟掉吧？」

「別露出那麼可怕的表情嘛。她們兩人真的是這樣說，我也沒辦法啊。竹兄，你猜這是怎麼一回事？她們兩人明明沒錢，卻要把錢丟掉，是嗎？我本來想多聽她們聊一會兒，但後來真廣發現我在偷看……不，是發現我在看她們，馬上板起臉孔，把拉門關上，所以我只聽到這裡。」

「這當中是不是有什麼誤會？」

阿鐵見武澤不太相信，似乎有點生氣，用他那凸出的嘴巴不滿地哼了一聲，單手拎著垃圾袋站起來。

「就算會被捲入什麼奇怪的風波，我也不管了。她們兩人一定在隱瞞些什麼。竹兄，我可是警告過你了哦。這已經和我沒關係了。如果被捲入什麼風波，請你自己承擔。」

阿鐵就像鬧彆扭的孩子般，說完話就走出了起居室。但他旋即又折返，將房間垃圾箱裡的東西裝進袋子後才離開。

武澤仰身躺在榻榻米上，之前一直壓抑的沉重情感濃稠地流進胸中。

「要丟掉是吧……」

果然和我想的一樣——這是武澤由衷的感想。

武澤知道真廣那波士頓包裡的現金是從哪裡來的。

是他過去寄送的，七年來給她們兩人的金錢總額。之前武澤每次一有現金得手，便從中扣除自己的生活費，把剩下的錢寄去她們的公寓。

包錢的信封並未署名。不過，他在第一封信中曾附上一封告白信，說明自己害死她們母親的事。因為他認為要是不把話說清楚，她們一定覺得很可怕，就不敢用那筆錢了。所以她們應該很清楚，這七年來不斷寄來的錢是什麼來路。

她們似乎一直沒動用武澤寄來的這筆錢。即使為錢所困，最後甚至被趕出公寓……武澤原本就料到她們可能會這麼做，但真的知道後，還是難免心情沉重。他覺得自己這種情緒不過是他狡猾面的另一種呈現，這令他心情更加沉重。

武澤把臉轉向一旁，發現雞冠前腳併攏，正一臉納悶地望著他。

雞冠比起當初闖進這裡時又長大了些，鬍鬚和尾巴也愈來愈有貓的樣子。小孩總是長得特別快。

武澤頭貼著榻榻米，靜靜望著牠，這時，雞冠突然轉身背對他，朝窗戶走去。牠側著身子，以前腳朝窗框不住搔抓。是想到外頭去嗎？

「外頭很危險哦。」

榻榻米上擺著貫太郎隨手擱置的填字遊戲雜誌和鉛筆。武澤將它拿過來，在縱向第十二格處填入「椋鳥」。

以前他住的地方有一種小樹，每到夏天就會結許多紅色果實，不知道叫什麼樹。就像現在這座房子所種的瑞香一樣，就長在起居室與圍牆中間的空地上。還記得每次結果，就一定會有椋鳥從某處飛來，發出吵鬧的叫聲，拚命啄食果實。雪繪過世的隔年，在夏季的某個星期天，武澤與沙代兩人躺在起居室裡，望著椋鳥發呆。窗戶玻璃上還留有年底大掃除時，雪繪擦窗戶留下的灰塵線條。

——牠們最後都會帶一顆走耶。

沙代突然叫道。

每隻椋鳥在樹上吃了一會兒果實後，最後一定會叼著一顆果實飛走。

那一定是要帶回給巢裡嗷嗷待哺的孩子吃的。椋鳥的孩子們想必正用牠們還不太靈活的鳥喙鳴叫，開心地吃著母鳥帶回來的紅色果實吧。接著母鳥又離巢而去，找尋新的食物。

要是某天母鳥被散發血腥味的猛禽襲擊，而那隻猛禽的爪子還緊抓著母鳥的屍體，嘴裡叼著紅色果實出現在鳥巢上，幼鳥們會吃那些果實嗎？

一定不會吃。

不管怎麼想，幼鳥們都不可能從那隻殺害母鳥的可恨猛禽口中接受餵食的。

向晚時分，新聞節目結束後，真廣來到廚房開始準備晚餐。彌廣在起居室裡悠閒地抽著香菸，貫太郎在她旁邊等候吩咐，或是替她重新點菸。

武澤上完廁所，正準備回起居室時，發現阿鐵在走廊前方朝他招手。武澤納悶地向前探頭，阿鐵仍在向他招手，不發一語。

「……什麼事啊？」

武澤來到阿鐵身旁。阿鐵豎起食指，指向上方。

「關於剛才我跟你談到的那筆錢。如果你認為是我看錯的話，請你自己去確認一下。現在應該看得到，因為大家都在下面。」

武澤一時不知如何回答。看自己寄送的錢，只會讓他感到更加空虛罷了。

「可是，我不能偷看別人房間啊。而且還是年輕女孩的房間。」

「貫太郎也住裡面啊。再說了，他們三個都只算是食客。這是我和你租的房子。」

「話是這樣沒錯啦……」

要是再繼續打馬虎眼，阿鐵也許會起疑。

他轉頭瞄了身後一眼，看到真廣正面向流理台。他接著往起居室探頭，看到彌廣和貫太郎兩人正緊挨著彼此，哈哈大笑，似乎電視上正播出什麼有趣的節目。

阿鐵朝樓梯上方努了努下巴。

「又不是叫你看日記或信件，沒關係啦。」

「嗯，那我去看看……」

不得已，武澤只好慢吞吞走上樓梯，阿鐵緊跟在後。不知何時，雞冠竟然也跟在後頭了，阿鐵轉頭發出「哈」的一聲氣音嚇唬牠。雞冠嚇了一跳，笨拙地衝下樓梯。

房間的拉門敞開著。

「那個放有一大筆錢的波士頓包就放在牆邊。」

這六張榻榻米大的房間，似乎分成左右兩邊，一邊是真廣的空間，另一邊是彌廣與貫太郎的空間，左側擺著真廣的物品，右側則是彌廣的物品和衣服，零亂地散落一地。貫太郎的吉他箱就埋在衣服堆裡。

「嗯……」武澤眉毛上挑。某處傳來一個熟悉的氣味，這是什麼氣味？略帶人工的酸甜氣味。

「啊……」

擺在屋內左邊角落的垃圾箱裡，有個被丟棄的口香糖包裝紙。揉成一團的銀紙，與細長的紫紅色紙。是梅子口香糖，沙代最愛吃的。是真廣吃的嗎？紅紫色的紙上所畫的圖案，幾乎與以前一模一樣。武澤不自主地跪向垃圾箱，伸手探向那張包裝紙。

「竹兄……」

武澤聽到叫喚轉過頭去，發現阿鐵站在房外，以難以置信的表情望著他。武澤急忙縮手。

「不，我不是對垃圾感興趣。因為這裡頭有丟棄的口香糖……」

阿鐵的表情更顯驚訝，雙目圓睜。武澤嫌麻煩，索性不說話，重新面對原本來這裡的目的。

「這個嗎？」

他將真廣的波士頓包一把拉了過來。他不再猶豫，拉開了拉鍊，發現在眾多物品的最上頭，有個綁住封口的超商塑膠袋。

「就是那個，就裝在袋子裡面。」

「我看看。」武澤故意如此說道，打開塑膠袋的袋口。裡頭確實裝有大量現金，也果真如阿鐵所言，擺得很隨便。

「你看，沒騙你吧？應該有兩、三百萬圓吧？」

「嗯，應該有。」

「應該有？竹兄，你不覺得驚訝嗎？」

武澤感到愈來愈難堪。望著自己這筆沒被花用的錢，感到悲從中來。他之前演的戲此刻顯得既空虛，又愚蠢。他輕嘆一聲，再次將塑膠袋放了回去，當他正準備拉上拉鍊時——

他打住了。

波士頓包裡放著那個塑膠袋，一個裝有便條紙和零錢的袋子。是武澤逼死的那名母親用來裝遺書和所有財產的袋子。透過那略顯骯髒的半透明塑膠袋，他看到了便條用紙上的文字，鉛筆寫下的「對不起」三個字。宛如一針刺進胸口的痛楚，令他痛得闔眼。當他再次睜開眼睛時，發現波士頓包裡還有另一個相同的塑膠袋。裡頭有什麼呢？有一張摺得細細長長的信紙。武澤猛然一驚。難道那也是遺書？真廣說過，她母親的遺書只有一張便條紙，也許她說的不是事實，或許另外有一份寫滿字的遺書。塑膠袋口只是隨意揉成一團，並未封好。武澤無意識地打開袋口，取出裡頭的信。那是一張直書的信紙，往相同方向摺了兩次。

「竹兄，你幹什麼？」

武澤打開信紙。原子筆寫成的字跡頗具特色，構成的長句短句填滿了整張信紙。

「這……」

這不是遺書。

瑠璃江：

工作的事，我一再對妳說謊，我很抱歉。

我並不打算一直瞞下去。老早以前，我也想過要找其他工作。

如果妳還是堅持這個決定，我也沒辦法。信封裡的離婚申請書我已經蓋好章，就由妳遞交市公所吧。

我很想看彌廣的學校表演，聽真廣開口說話。

給妳添麻煩了。

光輝

武澤一再反覆看那封信，彷彿像在擦窗戶那樣仔細。瑠璃江是真廣她母親的名字，他不可能忘記。是他害死的那名女子。這麼說來，這位名叫光輝的人是……

「是她們的父親嗎？」

「父親？」

阿鐵也望向那封信。他看完信後沉吟一聲，臉色凝重。

「應該是離家後所寫，感覺有點哀傷。」

這封信，真廣看得和母親遺留的零錢和便條紙一樣重要，是嗎？對她來說，這或許就像遺物一樣。她們的父母都一樣，都離開她們身邊了。

此時沒辦法細看，武澤馬上將便條紙摺好放回塑膠袋內。但收到一半突然停手了，目光再次落向那原子筆字跡。

「怎麼了？」

「不……」

腦中的某個角落出現了一種奇怪的感覺，不太對勁。就像牆上圖釘造成的小洞、襯衫衣領上的汗漬，相當微細，但一旦覺得在意，就很難無視於它的存在。但這種感覺究竟是怎麼回事，他一時也摸不著頭緒。——不，等等，有了。

「我看過這個筆跡。」

武澤終於想到他心中的感覺是怎麼回事了。他覺得自己似乎曾在某處看過這個筆跡，是在哪裡？什麼時候？

「應該是你多心了。這可是她們的父親寫的信耶。」

「嗯……是嗎？」

也許真的是自己多心了。不，真的是我多心嗎？

武澤再次將信紙摺好，收進塑膠袋裡。

「竹兄，打從我認識你到現在，就屬這件事最令我吃驚……啊，抱歉。」

「因為我一直找不到機會跟你說……對不起。」

武澤與阿鐵直接坐在昏暗的廚房地板上，朝彼此的碗裡互倒日本酒。家中的電燈沒開，從窗戶的毛玻璃射進的月光讓擺在兩人中間的酒瓶浮現在銀色光芒中。

待那三名食客上二樓熟睡後，武澤藉著些許酒意道出那件秘密。在偶遇下和他們同居的那對姊妹，其實是被他逼死的那名女子的女兒。

「這麼說來，剛才那封信裡提到的『瑠璃江』，就是……」

武澤點點頭。阿鐵長長吁了口氣，表情生硬地笑道：「你之所以讓他們三人在此同住，原來是這麼回事啊。不過話說回來……貫太郎算是額外附贈的。」

「嗯。說起來，我這算是要你陪著我一起贖罪。不過……貫太郎真的是額外附贈的。」

「真廣她們包包裡的現金，是你以前給的吧？」

阿鐵望著捧在手中的酒杯，沉默不語。

月影隱隱浮現在地板上。

阿鐵作何感受呢？武澤和害死阿鐵妻子的那幫人算是同類。如今雖然他已悔過，但犯過的罪永難磨滅。武澤該為自己的過去贖罪，卻拖阿鐵下水。在月光的照射下，阿鐵那張憨傻的臉完全沒有透露他的心思。武澤默默喝光杯裡的酒，但吞進肚裡的酒彷彿在抵達胃部之前就不知跑到哪兒去了。

微微聽見屋外傳來車輛引擎聲。接著是開門聲，以及一名男子的悄聲低語。武澤有些在意，正準備起身查看時，關門聲傳來了，車輛引擎聲就此遠去。

7

「這房間怎麼回事啊。酒味好重。」

硬撐開沉重的眼皮，只見彌廣蹙著眉頭站在起居室門口。隔著薄薄的窗簾射進的陽光模糊地照耀著混濁的空氣，更衣處傳來洗衣機運轉的聲音。

「因為昨晚我和阿鐵喝得很晚。」

一旁的阿鐵正鼾聲大作。

武澤朝模糊的天花板凝望了半晌後，起床摺被。也許是塵埃飛揚的緣故，阿鐵的鼻子抽動，打了個噴嚏，然後就睜開了眼睛。簡短地道聲早安後，他也慢慢摺起棉被。

將棉被塞進壁櫥，把原本立著靠牆的和室桌移回榻榻米上後，貫太郎哼著歌，端來一個裝有吐司的盤子。他那向兩旁撐開的粉紅色T恤上印有「We♥People」這種莫名其妙的logo。

「♪老奶奶……雖然上了年紀……對男人……」

接著真廣端來托盆，上面擺有四個杯子、一個玻璃杯、一個牛奶瓶。當中只有貫太郎不喝沖泡咖啡，每天早上必喝牛奶。

「竹兄、阿鐵哥，你們最好也喝牛奶。乳糖會減少壞菌，維護腸道健康，所以對喝酒過量很有幫助。對了，你們兩位喝那種牛奶可能不錯哦。就是那個啊，ＨＯＭＯ牛奶（全脂牛奶）。呵呵呵。」

真廣咬了一口吐司。她今天早上特別沉默，難道是因為房內滿是酒味？

不過，她沉默的原因並非因為房內的空氣。

「我想，我差不多該離開這裡了。」

真廣突然道出驚人之語。武澤、阿鐵，還有彌廣和貫太郎，都不約而同望向她。

「覺得對竹兄和阿鐵哥有點抱歉。」

「哪有什麼好抱歉的。」

「我一點都不覺得啊。」

阿鐵也幫腔道。

「妳搬離這裡的話，我和小貫怎麼辦？」

「就是說啊。這樣就沒人煮飯給我們吃了。」

「等我找到落腳的地方，再三個人一起同住不就行了。」

「上哪兒找啊？」彌廣噘起嘴望著妹妹。

真廣側頭道：「目前還不知道。不過總不能一直住這裡叨擾吧？我們三個再一起好好努力工作，靠自己力量生活吧。」

「妳說的工作，是這個嗎？」

武澤食指彎成鉤形，真廣點點頭。

這時，窗外傳來車輛的引擎聲。經這麼一提才想到，昨晚武澤和阿鐵在廚房時，好像有輛車停在屋子附近。

「要不要離開這裡，待會兒再慢慢談吧。」武澤起身向真廣說道。

他站向窗邊，視線望向圍牆外。馬路對面停了一輛白色的豐田轎車，車身很低，車窗貼有黑色隔熱紙。駕駛座上似乎坐著一名男子，但看不清長相。不，看到長相了，男子已降下車窗。他年約四十多歲，雖然坐在車內，但還是看得出他矮小的身材。他把手機貼在耳邊，正與人交談，目光不時望向這邊。那是一雙不帶半點情感，宛如烏賊般的眼睛。男子似乎還沒發現武澤正從家中觀察他，兩人的目光不曾交會。

「怎麼回事啊，竹兒？」

阿鐵從背後探頭。

「有個奇怪的人……」

他話說到一半，開那輛轎車的男子已拉起車窗。他的臉再次隱藏在黑色車窗後，車子旋即揚長而去。

武澤覺得不對勁，轉身面向阿鐵。

「詳情我不是很清楚，不過剛才有名個頭矮小、目光犀利的男子看著我們這間屋子，和人講電話。」

阿鐵沒應話，視線緊盯那輛車駛離的前方。他就像腦中在盤算什麼似的，雙目炯炯。

「喂，阿鐵……」

阿鐵沒答話。雙眼始終直視道路前方。

那名男子到底是什麼人？他看著這間屋子，和什麼人講電話？

武澤望著躺在榻榻米上看漫畫雜誌的真廣，以及用盤子打桌球的彌廣和貫太郎，獨自回想兩星期前的情景。黑煙直冒的公寓玄關、消防車。

——那是一起縱火案。中村先生，你該不會是做了什麼不好的事吧？

——警察說，好像是有人將燈油之類的東西倒進房門放報紙的孔內，然後點火。

——聽說失火前，有個可疑男子在公寓附近徘徊。

——有好幾通可疑電話打到我家。對方說話時，一直發出「嘶——嘶——」的聲音，叫我說出你人在哪裡。

——對對對，打電話來的男子，是姓樋口沒錯。

乒乓球打中了他的腦袋。

「對不起，竹兄。因為小貫打了一記全壘打。」

「不要在和室桌上打桌球。太沒常識了吧。」

他將乒乓球投回給彌廣，嘆了口氣，望向阿鐵。阿鐵也一直若有所思。武澤想跟他說說心中揮之不去的不安，但偏偏又不能讓其他三人聽見，而且若真的說出心中的不安，似乎只會讓自己更加無法平靜，所以他還是暫時保持沉默。

雞冠正在搔抓窗框。

不過話說回來，阿鐵現在在想些什麼呢？難道他也和武澤一樣，擔心這間房子被樋口發現嗎？可是，之前阿鐵一直都很樂觀，還一臉悠哉地說他們絕不可能找到這裡。但現在他卻表情凝重，一直低頭望著自己的雙膝，似乎正在思考什麼具體的對策。

那是向晚時分發生的事。

最先發現的人是貫太郎。

「你覺不覺得變亮了？」

貫太郎站在走廊上，望向無人的廚房。

「變亮？」

武澤在起居室如此反問，但貫太郎只是噘起他那雙厚唇，點了點頭，並沒多說什麼，一臉納悶。武澤順著他的視線望去，覺得確實變得明亮許多。廚房流理台上的小窗特別明亮，難道是有車燈從屋外照射嗎？不，那一側應該沒有馬路才對。窗外的亮光搖曳，亮度愈來愈強。

武澤感到腳底發冷。

阿鐵驚呼一聲，站了起來。這時，武澤已往地上一蹬，衝向玄關。他直接穿著襪子衝出門，沿著圍牆內側繞往後院，將茂密的雜草踢飛，一路飛奔，肩膀不斷撞向壁面和圍牆。

「可惡！」

地面燃起一道烈焰，火舌沿著屋子牆壁而上。

「水！阿鐵，快拿水來！」

他轉頭大叫。馬上趕來他身邊的阿鐵，抓著圍牆的上緣停住步伐，轉身往回跑。武澤站在向前綿延的火焰外圍，以穿著襪子的雙腳不斷踩踏地面。火一時間熄了，但接著又像湧出般，燃起紅色火焰。一股像燈油般的濃濃臭味撲鼻而來。屋子牆壁底下已是一片焦黑，排雨管因受熱而歪斜。

「竹兄，讓開！」

武澤聞聲後旋即讓開，手拿塑膠桶的阿鐵馬上站上他原本的位置，站在烈焰前潑水。「滋」的一聲傳來，火舌略微往回縮了。

「真廣，接著潑！彌廣也是！」

真廣和彌廣也分別用鍋子和臉盆裝水趕來。將水潑向火焰後，火舌又縮短了些許。兩人馬上又捧著鍋子和臉盆往回衝。武澤跟在她們身後，但這時突然有黑色和白色的東西從頭頂飛過，是之前買來存放的可口可樂和牛奶。貫太郎將寶特瓶和紙盒紛紛丟進烈焰中。

「你在幹什麼啊，笨蛋！」

武澤忍不住大聲叫道，但貫太郎還是繼續將夾在腋下的另一罐可口可樂丟進火中。只聽見啪嚓一聲，最早丟下的寶特瓶破了個洞，漏出的液體逐漸熄去周圍的火焰。接著牛奶紙盒也隨之迸裂，白色的牛奶也熄滅了周遭的火焰。

「我夠機智吧！」

得意揚揚的貫太郎，突然脫去身上的T恤，將它揉成一團，按向被水淋濕的地面。接著他走向前，用T恤拍打地上的餘火。火焰就此慢慢熄滅。最後只剩下像柴火般的規模。

「小貫，你讓開！」

抱著臉盆衝回來的彌廣開始潑水。其中有一部分沒對準，直接潑向脫去T恤的貫太郎背部，害他叫出聲來，但剩下的水倒是成功撲滅了餘火。

抬著水桶跑來的阿鐵見狀，深深吁了口氣，放掉了全身的力氣。

「撲滅了……太好了。」

水桶就此脫手，滾落地面。太陽已下山，四周一片黑暗。雞母蟲那宛如發條般的聲音微微傳來，當中參雜著五人的呼吸聲。現場每個人都張口喘息。

遠處傳來「啪」的一聲。

武澤迅速抬頭，望向阿鐵，阿鐵也瞪大眼睛望著武澤。兩人幾乎同一時間往外衝去。剛才那確實是關車門的聲音。兩人沿著圍牆繞至玄關外，衝向巷弄裡。空無一人。轉頭望向右手邊，是那輛轎車。白色轎車在沒熄火的狀態下停靠，男子從駕駛座探出頭來，正上方的路燈照出他那流露冷笑的表情。

「這麼多火災，真是辛苦啊。」

矮小男子那對烏賊般的雙眼陡然一亮，如此說道：「……武澤先生。」

男子的臉消失於駕駛座上。一陣引擎的呼嘯聲響起，轎車轉眼便已遠去。四周再次歸於寂靜。

「阿鐵，他就是……早上那名男子。」

武澤勉強張開他僵硬的下巴，努力擠出這句話來。

「他……知道我的名字。」

阿鐵站在武澤身旁，同樣全身僵硬。他略微伸長脖子，望向轎車駛離的方向，似乎在口中重複同樣的話。

「是……」

阿鐵隨著呼吸節奏，一再反覆說著語意不明的話語。

「是……」

其他三人也不安地從玄關大門朝他們走近。突然間，阿鐵的喃喃自語清楚傳進武澤耳中了。

「是那個人。」

阿鐵這番話，乍聽之下並不會覺得有何不自然之處。武澤以為阿鐵和他一樣，是在說「他就是早上那個人」，但事情有點古怪。今天早上阿鐵並沒看到男子的臉，當他湊向窗邊時，男子應該已拉起貼有黑色隔熱紙的車窗了。

「喂，阿鐵……」

「我知道那個人。」

在開口詢問前，阿鐵已轉頭面向武澤。

「你知道？」

「今天早上，我聽你提到對方是個目光犀利、個頭矮小的人時，就一直惦記著。」

「是你的朋友嗎？」

阿鐵搖了搖頭。

「不是，才不是我的朋友呢。」

「那他是誰？」

「那張臉我忘不了，永遠也忘不了，就算死也絕不會忘記。就是他騙了我，騙了我和我太太。」

阿鐵像喘息般如此說道，目光再次望向漆黑的道路前方。
「他是那時候的債務整合業者。」

8

在安靜的起居室裡，五個人圍著和室桌而坐。
「竹兒，怎麼辦？」阿鐵望著桌上，如此低語。
「只有逃走了。趁今晚打包行李，明天一早就走。」武澤回答時，同樣也沒看對方。
阿鐵沉默不語。還沒搞清楚狀況的其他三人，一會兒望向武澤，一會兒望向阿鐵，一會兒互望彼此，納悶不解。不過，就連武澤自己也沒弄明白是怎麼回事。總之，他現在只知道……
「我們有共同的仇人，對吧？」
簡言之，就是這麼回事。以前設計陷害阿鐵他們夫婦，最後逼死他妻子的債務整合業者，和樋口是同一個組織的人。因為它是個大規模的組織，所以仔細想想，確實有這個可能。不過從剛才的情況看來，對方似乎已不記得阿鐵。那名烏賊眼的男人剛才應該也看到了阿鐵，卻沒半點反應。
「他們瘋了。難道他們打算一直追蹤你，朝你的住處縱火，直到把你活活燒死為止嗎？」
「我哪裡知道啊。」武澤悄聲說道，聲音小到連他自己也聽不清楚。
「我說，先暫停一下好嗎？」彌廣以不耐煩的語氣插嘴道。
「什麼是載物整盒？是他們放的火嗎？你們說的仇人指的又是哪件事啊？」
武澤與阿鐵互望了一眼。這件事不能坦白告訴他們。阿鐵的事另當別論，但武澤與組織間的關係，絕不能向她們姊妹倆透露。因為這樣就如同坦承武澤就是逼死她們母親的人。就算隱瞞那一部分，只讓她們得知武澤以前在地下錢莊的組織裡從事過討債的工作，她們還是會大受打擊。

「我和阿鐵……以前都曾上過同一個地下錢莊的當。」

儘管武澤對自己奸巧的行徑感到反感，但還是選擇含混帶過。

「當時我竊取組織裡的機密文件，交給警方。那個組織因此瓦解了，所以他們對我充滿恨意。所謂的債務整合，就是欺騙阿鐵的詐欺犯。他們似乎都是同一個組織裡的人。」

「原來是這樣啊。」彌廣吃驚地朝武澤與阿鐵來回打量。

「你剛才說……那個組織已經瓦解。」真廣提出問題。

「難道是七年前的事？」

武澤不禁背後為之一僵。

「妳為什麼會這麼想？」

真廣沒答話，轉頭望向彌廣。兩人互望了半晌。看來，她們正想著同一件事。

「如果是七年前，那應該就是逼死我媽的那一幫人。」真廣開口道。

「七年前，我媽死後，我到姊姊的公寓和她同住，後來警方來找我們。問了許多關於地下錢莊的事。我媽什麼也沒跟我提，不過，附近鄰居曾經告訴我『她是被討債集團給逼死的』，所以我也不知道該怎麼回答才好。當時警察對我說，那個組織已經瓦解，現在正在對受害者展開調查。當時我還只是個小學生，所以警察是向我姊姊說明，不過我站在一旁聆聽，記得很清楚。」

真廣像在確認似的，望了姊姊一眼。彌廣面無表情地點點頭。

「警方確實提過組織瓦解的事。如果正好都是七年前的事，那應該不是巧合。」

「咦，換句話說，是這麼一回事囉？」

貫太郎像在整理腦中思緒般，朝天花板仰望半晌後，開口問道：

「竹兄、阿鐵哥，與彌廣和真廣她們的仇人，都是同一個組織，是嗎？」

武澤一時答不出話來。其他三人姑且不談，他自己並非單純只是受害人，同時也是加害人。他不光有仇恨，自己也是別人憎恨的對象。然而……

「好像是這麼回事。」

武澤如此應道。他眼前這對姊妹的眼中，旋即浮現同仇敵愾之色。這種眼神令武澤感到心痛。他緊抿雙唇，承受著自己的情感，以及兩姊妹向他投射的情感，靜默不語。眼下他只能這麼做。

「竹兄，我很不甘心……若是繼續這樣容忍下去，實在教人嚥不下這口氣。」

武澤很能體會阿鐵的心情。因為之前欺騙他們，害他妻子自殺的那名男子剛才再次出現在他面前了，懊惱、忿恨的情緒，想必此刻正在他心中形成巨大的漩渦。此刻武澤要是再次親眼看到樋口，一定也會想到沙代，產生同樣的情緒。

不過，一旦出現這樣的情緒，就什麼事也做不成了。

「阿鐵，別想那些危險的事。對方可不好惹，你會沒命的。」

「沒關係，就算會沒命，我也不在乎。因為我早已當自己有一半已經死了。」

「別說這種話。」

「我就是要說，因為我是說真的。他們不只殺死我老婆，還殺死了我。所謂的殺人，就像這樣。就算沒用菜刀砍人，或是開槍射殺，但結果全都一樣。要是殺了某人，或是逼人自殺，結果一定會害死對方身旁的某人。因為人在這世上並非孤零零地活著，只殺一人是不可能的事。」

「阿鐵……」

武澤打斷他的話，卻無法接話，只能低頭不語。阿鐵第一次在武澤面前說這種話，之前他一定是都忍著不說出自己的想法。因為顧慮到武澤以前幹過「抽筋拔骨」的勾當，還曾逼死過一人。但其實這樣的想法和感受，一直存在阿鐵心中。

「殺人？咦，阿鐵哥的太太是被人殺害的嗎？」

彌廣朝阿鐵臉上不住打量。真廣與貫太郎雙目圓睜，不發一語。阿鐵先是點了點頭，接著又低頭望著地面，微微搖了搖頭。他們三人似乎將阿鐵那曖昧不明的動作視為肯定的回答，沒再繼續多問。

「總之，我很不甘心。」

阿鐵低著頭說道：「我真的很不甘心。你們也是吧？真廣、彌廣，妳們應該也很不甘心吧？難道不會嗎？」

阿鐵聲中帶有淚水與激情。感覺得出真廣與彌廣兩人心中，也有一股強烈的情感急速膨脹。武澤彷彿能清楚看見那情感的形體，這令他感到畏怯。

「我說……大家先來吃晚飯吧？」

貫太郎以極不自然的溫吞口吻說道，這還是第一次見識貫太郎露出虛假的笑臉。

「我去煮泡麵吧。」

現場眾人的視線向四處分散，武澤也一樣。最後他們各自帶著曖昧的表情點了點頭。

貫太郎煮的泡麵難吃極了。水的份量明顯過多，麵湯的味道過淡，再加上他似乎在麵煮軟之前便先攪拌過，所以麵條變得很短，麵條又煮得過爛。雖然他加進雞肉當佐料，但只是以炸雞塊用的帶骨雞塊一起煮，因此又硬又難吃。

「哎呀，這下我終於明白真廣有多厲害了。料理這門學問，果然是需要手藝和技術的。就和我一樣。」

他的俏皮話被現場的沉默吞沒。

正當五人默默吃著碗裡的泡麵時，真廣突然抬頭。

「我忘了。我得餵雞冠吃晚飯才行。」

「對哦，都忘了餵呢。」

真廣擱下筷子站起身，一面叫喚雞冠，一面朝廚房走去。她持續叫喚了一陣子，高低起伏的聲音中，逐漸夾帶著疑惑。聲音往樓梯上去了，不久後，只傳來走下樓梯的腳步聲，真廣一個人回到起居室。

「沒看到。」

「可能是窩在某個地方睡大覺吧？會不會在壁櫥裡？」

「壁櫥全部是關著的。」

「那會不會在浴室呢？」

「我找過了，沒有。」

武澤啊了一聲，猛然想起。

「對了，牠今天一直想要開窗呢。」

「咦，難道是跑到外頭去了？可是牠那麼小，不可能打得開窗啊。」

這時，阿鐵擱下筷子。

「喂，發生火災時，大家不是敞開玄關大門，匆忙地進進出出嗎？難道牠是趁那個時候……」

「跑出去了？」

「到附近找找看吧。」

武澤一聲令下，眾人紛紛站起。走出大門外，往左右兩旁的巷弄觀望，始終不見雞冠的身影。阿鐵朝左手邊的石階走去。

「我去斜坡的草叢那一帶找找看。」

「那麼，我去前面的馬路那裡看看。」

五人分別散向各處巷弄找尋。「雞冠、雞冠、雞冠」的叫喚聲，彷彿不安的鳥鳴聲，在深夜中迴盪。

最後還是沒能找到雞冠。

事後再次看到雞冠時，牠已不再是武澤熟知的模樣了。

武澤一等人連夜打包行李，將錢包、衣服，以及其他最需要的物品分別裝進手提包裡，集中放在廚房，打算等天一亮就離開這裡，搭電車遠走高飛。是要全體一起搭車，還是各自行動，目前還沒有結論。真廣一直叨唸著「雞冠到底是怎麼了」，但眾人都只是面面相覷，默然無語。

要是那幫人今晚對我們動手的話，只要我出面讓他們抓走就行了。這也許是最好的做法。

——其實武澤心裡如此盤算著。那幫人的目的就只有我，只要我別再四處逃竄，乖乖束手就擒，其他人就不必擔心了。

他將鬧鐘設在一早，為了能盡早出門，他直接穿著西裝進被窩，但始終輾轉難眠。儘管眼睛閉著，卻沒半點睡意。阿鐵的被窩傳來的也不是鼾聲，而是深深的嘆息。儘管來吧，抓住我，好好折磨我吧。這樣的想法，與另一種截然不同的想法，在他心中交雜。遠處傳來狗吠聲。不久，一旁傳來一陣窸窣聲，阿鐵弓背起身了。

「睡不著，對吧？」

他一出聲，阿鐵旋即驚訝地轉頭望向他。

「原來你也沒睡啊。」

阿鐵在黑暗中俯看著武澤，沉默了片刻後，這才緩緩站起。

「我去喝杯麥茶。」

但當阿鐵打開拉門，來到走廊時，突然「咦」了一聲，停下腳步。

「妳一直在這裡嗎？」

「我在想，雞冠也許會回來……」

是真廣的聲音。

武澤也起身來到走廊。身穿運動服搭牛仔褲的真廣就坐在幽暗玄關的入門台階處，阿鐵一臉擔心地朝她走近。

「我明白妳替雞冠擔心，但妳去睡個覺比較好。要是雞冠回來了，我們會叫妳的。」

真廣不發一語地搖搖頭。阿鐵不再多說，只是微微點頭，朝廚房走去，打開冰箱門，裡頭的燈光照耀了他疲憊的容顏。

「不好意思，害妳捲進這場風波中。」

武澤朝真廣身旁坐下，雙肘擱在膝上。

「還好啦。畢竟你幫過我。」

就是因為想幫她，才會變成現在這個局面。武澤反覆回想真廣剛才說的話，心中感到無比空虛。

背後傳來廁所的關門聲。

「沒想到竹兄和阿鐵哥也和我們有一樣的遭遇，我都不知道呢。」

被同樣的組織、同樣的人，給攪亂了人生，這應該是她想說的吧。武澤無言以對。也許是不知該如何面對武澤的沉默吧，真廣朝他瞄了一眼，露出歉疚的神情。接著語調一轉。

「雞冠會變成野貓嗎？」

武澤側著頭說了一句「不知道」。

「要是今晚能回來就好了。」

片刻的沉默過後，背後的廁所門開啟了。阿鐵蹙著眉頭走出廁所，兩手緊按運動服的腹部一帶。

「都是貫太郎煮的麵害的。」

他朝坐在玄關前的武澤他們硬擠出笑容後，就返回起居室，關上了拉門。拉門關上後，似乎更突顯出玄關的沉默，武澤刻意打了個大哈欠。

門外微微傳來引擎聲。武澤不禁身子一僵，但似乎只是剛好路過。車子漸漸遠去，什麼事也沒發生。

「看來得在此道別了。」

武澤還是第一次聽真廣發出如此落寞的嗓音。他想不出該如何回答，只好假裝會錯意。

「雞冠是嗎？也許半夜牠就回來了。到時候再找一家可以養寵物的公寓就行了。」

真廣並未反駁什麼。

接著外頭又傳來了幾次引擎聲。每次武澤都會緊盯大門，但似乎都只是路過。不久，他也逐漸對引擎聲感到不在乎了。武澤不再將注意力集中於雙耳，隱隱感覺到坐在身旁的真廣所發出的氣息。——但他錯了。

過沒多久，傳來咚的一聲後，車子的引擎聲遠去。

「什麼東西？」

真廣抬起頭來。武澤豎起食指噓了一聲，屏息注視著大門。什麼也聽不見。他靜候了半晌，什麼事也沒發生。剛才的聲音是從門外傳來的，是某個東西掉落地面的聲音。武澤挺直他弓著的背脊，站起身，赤腳在水泥地上踏出一步，解下掛在門上的門鏈。他握住門把，不鏽鋼的觸感令他全身發冷。緩緩推開門，眼前出現一條縱長形的黑暗。那條黑暗逐漸變寬、變廣……

有東西卡住了，防礙門的開啟。武澤先朝他背後的真廣望了一眼，然後再次轉頭望向正面。他手按門把，上身擠進門縫內。昏暗的水泥地上，有個阻礙門開啟的東西。一個塑膠袋，紅白兩色的袋子。不，這袋子是透明的，是裡頭的東西呈現出這種顏色。

這到底是什麼東西，武澤一時間沒意會過來。一個奇怪的東西，活像是白色毛皮、番茄、雞肉胡亂摻合在一起。袋子角落有個圓形的黑色物體。與蠶豆一般大。上頭有四個像紅豆般大小的東西。武澤蹲下身碰觸那袋子，觸感溫熱。有個紅色的細長之物，上面還繫著一顆方形的骰子。

「雞冠……」

話才剛說出口，他便暗叫不妙。這時真廣已散發出開心的氣息，上半身從武澤身體與門間的空隙鑽了進來，往外探頭。她側臉的笑意未消，呼吸卻停住了。武澤從她與自己碰觸的身體細微動作中感覺出這點。接著真廣吁出的氣息又長又激烈，同時伴隨一聲尖叫。叫喊來到半途突然變得含糊不清，因為她以顫抖的雙手摀住了嘴，就像全身虛脫痙攣般，當場雙膝跪地。

背後傳來一陣急促的腳步聲。從起居室疾奔而至的阿鐵一雙眼睛張得老大，來回望著武澤與真廣。接著一陣沉重的腳步聲與輕盈的腳步聲也相繼走下樓梯。貫太郎和彌廣也和阿鐵一樣，一下看看武澤，一下又看看真廣。武澤一語不發，視線望向真廣，然後越過她的肩膀，落向那個塑膠袋。

真廣跪在水泥地上，雙手覆住下半邊臉，一再叫喚雞冠。但袋子裡的東西沒任何回應，這是當然的。武澤的雙眼逐漸習慣黑暗，看出透明塑膠袋裡雪白毛皮的腹部有好大一道傷口，裡頭露出桃紅色的鮮肉。

「竹兄，這到底是怎麼回事？咦，真廣，到底是怎麼了？」

武澤默默移開身體，空出位子來。阿鐵擠進門縫內，來到屋外低頭一看，身體頓時僵住，口中發出沉聲低吟了。

「竹兄，這……」

武澤靜默不語，下顎緊收。阿鐵就像謹慎地將心中的感情往外放似的，緩緩吁了口氣，面無表情，再次低頭而望。接著他蹲下身，伸手搭在真廣肩上。真廣彷彿渾然未覺，口中仍不斷唸著雞冠的名字。從貫太郎和彌廣的表情來看，他們似乎已猜到發生何事了。兩人穿過門縫，低頭望向地面，都沒出聲。

過了很長的時間。也許實際上只過了一分鐘左右，但武澤卻覺得很漫長。宛如握緊拳頭般的情感，在咽喉內顫抖，幾欲衝出體外。武澤緊咬牙關，全力壓抑。

「那幫人……正以此為樂呢。」

阿鐵以沒任何起伏的音調如此說道，靜靜將雙手伸向塑膠袋下。真廣的肩頭為之一震。

「故意如此挑釁，以此為樂。竹兄，我說得沒錯吧？他們正在享受這種樂趣呢。說什麼為了組織被瓦解而報仇，根本不是這麼沉重的事。他們只是在玩樂。」

阿鐵的聲音很低沉，但在那低沉的聲音底下，感覺得出愈來愈強的激動情緒。他以撈水般的姿勢，用雙手撐起那個塑膠袋。

「傍晚時的那場火災也是。他們在屋子後院空無一物的地方縱火，故意挑選一處不會向外延燒的地方。之前公寓那場火災也是。雖然住的房間整個被燒毀，但卻是發生在竹兄你外出的時候。」

阿鐵揚起他那黑暗的雙眼。

「我們被耍著玩。」

9

「你打算怎麼做，竹兄？」

這問題在數小時前就問過了，地點也同樣是在這間起居室。阿鐵此時又向武澤問了一遍。

「看來……也只有逃了。」

天花板的電燈還沒點亮。昏暗房間的地上鋪了兩床被，五個人坐在一起，圍成一個圓。

「說起來，我算是被你所救。沒資格說些什麼。」

阿鐵疲憊地仰望天花板，如此說道：「我會遵從你的決定。」

黑暗中微微傳來一個微弱的聲音，緊追在阿鐵那空洞的聲音之後。是從低著頭的真廣喉中流洩而出的。那是極力壓抑胸中激動情緒時，才會發出的悲慼之聲。

「只要繼續忍耐……就行了嗎？」

看不見的真廣，低聲提出這個問題。武澤不知該如何回答，下巴僵硬，靜默無語。真廣緩緩抬起頭來，眼神無比堅毅，即便置身黑暗中仍舊感覺得出來。她右手緊握雞冠的項圈。那是阿鐵將雞冠埋在瑞香花底下之前，從塑膠袋中取出，以自來水洗淨後，交給真廣的。

——貫太郎，你有一根耙子，對吧？

那時阿鐵在幽暗的玄關前如此說道。貫太郎似乎明白阿鐵想說什麼，他微微點頭，取來先前從榻榻米上掘出蛤蜊的塑膠耙子。阿鐵雙手捧著塑膠袋站起身，以表情徵詢真廣的同意。真廣先是沉默了一會兒，接著微微點了點頭。

貫太郎在纖細的瑞香花旁挖洞。阿鐵輕輕將塑膠袋放入洞中，接著打開袋口，從裡頭取出雞冠的項圈。項圈已被切斷了，變得像是附有金屬零件的一條紅色繩子。繩子的中央有個搖晃的骰子。

真廣從廚房取來裝貓食用的湯杯，放進洞中。

最後朝上面覆土的人是真廣，她始終不發一語。

「珍惜的事物一一被奪走……只要一直忍耐下去就行了嗎？我們要一直忍耐……直到忘掉這一切……」

真廣一再反覆說著「忍耐」這句話。這時武澤又再次明白了一件事：她一直在忍耐，忍下母親被殺害的憤怒、沒有父母的寂寞。不只是真廣，彌廣也是。她們兩人過去一直在忍耐。

「要是只會忍耐的話……」

真廣先是雙唇緊抿，接著用強硬的語調說道：

「永遠也無法跳脫出這樣的生活。」

彌廣也以慵懶的聲音接著說道：「我也不想再忍耐了。我想還以顏色，一吐胸中的怨氣，過普通人的生活。遊手好閒的我，還有當扒手的妹妹，我已經都厭倦了。別看我這樣，在我媽過世之前，我原本一直都過著很正經的生活。雖然是靠打工度日，但我自己養活自己，偶爾還會買點心給真廣。」
彌廣無力地微微一笑。
「不過，當我得知那件毫無道理的事之後，我便失去認真面對人生的動力。我媽只想過普通人的生活，卻受盡威脅、逼迫，最後只留下少許的零錢，走上絕路。」
彌廣轉頭面向妹妹。武澤第一次見識她擺出姊姊的樣子，流露出擔心的神情，心頭為之一震。
「可是……眼下也只能忍耐啊。」
武澤勉強擠出這句話來。這並不表示他怕地下錢莊組織或是樋口，只是覺得這兩姊妹的想法過於危險。
「就算還以顏色，也一點幫助也沒有。我們只能選擇忍耐……先逃再說。」
「竹兄，逃也沒用。」阿鐵說。
武澤當然也隱約明白這點。不論逃到天涯海角，那幫人還是會找上門。對方會緊追不放，再次玩弄他們。最重要的是，武澤已經受夠了。他不想再逃。每次身邊只要有什麼異狀，他腦中便會浮現樋口的臉龐，他早已受夠了。每當他想將樋口的臉從腦中抹除，最後便會浮現沙代的臉龐，他痛恨這樣，可是……
「那我們該怎麼做？上門去和他們大打一場嗎？有能夠還以顏色的方法嗎？」
沒人答話，這也難怪。對黑道還以顏色是只有電影或小說裡才有的故事，在現實世界裡不可能想出什麼管用的具體辦法。正當武澤如此暗忖時──
「我想到一個好點子。」
貫太郎雙手一拍。

子。

他站起身，快步走向廚房。他在整理好的行李中掏找了一會兒，旋即拿著某個東西走了回來。仔細一看，是那個像面紙盒大小的黑色鐵盒。就是之前他說遺失了鑰匙，無法開啟的那個盒子。

「解除封印。」

他說出這句誇張的台詞，同時將盒子擱在榻榻米上，接著突然全身躍向空中，朝盒子使出一記肘擊。眾人見狀，不禁都微微站起身，這時，傳來「咚」、「啪嚓」的聲響，鐵盒在貫太郎的右臂下整個被壓垮。貫太郎把手伸進蓋子與盒子中間，取出一個黑色的東西。

「就用它吧。」

「貫太郎，你……」

貫太郎握在手中的，是一把泛著黑光的手槍。

「竹兄，你不必那麼驚訝。這是我以前一位混黑道的朋友送我的，我一次也沒用過。」

貫太郎在手中把玩那把手槍。中間一度槍口對準武澤，武澤不禁縮起脖子，向後退開。

「不過，我那位朋友好像曾用這把槍殺過人。他不知該如何處置這把槍，所以就送給了我。完全free，也就是免費的意思。這你應該知道吧，哈哈。」

武澤驚訝地望著貫太郎那肥嘟嘟的笑臉，阿鐵也是，但真廣和彌廣卻未有半點驚詫之色。這是怎麼回事？——答案再清楚不過了，她們早知道此事。

「我來試射看看。」

貫太郎一說完便雙手持槍，對準房間拉門扣引扳機。

「喂！」

阿鐵破音喊道，同一時間，拉門已被轟出一個小洞，軟弱無力的一聲「啪」隨之傳來。

「你這臭小子……」
腿軟的武澤瞪視著貫太郎。貫太郎那河豚似的嘴巴，朝槍口輕輕一吹，轉過頭來，嘴角輕揚。
「嚇了一跳吧？」
「你在開什麼玩笑啊！」
阿鐵火冒三丈，破口大罵。貫太郎右手托著那把空氣槍，讓它在掌上不住彈動。
「不過你看，很像真的吧？真的做得很像呢。」
「就算做得再像也沒意義啊，你是笨蛋啊！」
貫太郎露出意外的表情。
「為什麼？拿假貨充當真貨，擺對方一道，這不正是竹兄與阿鐵哥的拿手絕活嗎？」
「不，那是……」
阿鐵一時語塞，轉頭面向武澤，武澤也回望阿鐵。兩人四目對望了半晌後，同時將視線移回貫太郎臉上。
「以暴制暴對我們太不利了，因為對方就是此道的專家。在這種情況下，應該施展拿手絕技來攻擊才對。用的不是武器或蠻力，而是頭腦。我們的目標不是對手的性命，而是錢財。說起來，你們兩位算是這方面的行家。沒什麼好怕的。因為對手除了暴力和恐嚇以外，根本沒半點專業技能。我們有十足的勝算。甚至應該說，對方小看我們，對他們非常不利。」
大家沉默了良久，沒人開口。
最後武澤終於打破沉默問道：「……那該怎麼做？」

信天翁

ALBATROSS/ǽlbatras

1

作戰首日。

「還沒打電話來嗎？」阿鐵手摸肚子從廁所回來後低聲問道。

武澤低頭看著握在右手中的手機，搖了搖頭，沒有答話。

「因為時間還早。」

阿鐵朝對面的椅子坐下。

「你肚子的狀況怎樣？」

「不太好……蹲了好幾回，還是不見好轉。貫太郎那小子，難道是在泡麵裡加了什麼？」

現在時間為上午十一點。他們穿越足立區，來到一家小咖啡廳，店門面向連接埼玉方面與東京都中心的國道四號線。武澤與阿鐵各自淺啜杯裡的咖啡等貫太郎打電話來，已足足等了三個小時。

「竹兄，你自己還好吧？」

昨天，五個人整晚沒睡召開了一場作戰會議，所以此刻雖然很緊張，腦中卻昏昏沉沉的，就像腦袋被熱毛巾包住般，迷濛的感覺始終揮之不去，喝了冰水和咖啡也還是無法清醒。

「你要不要坐著閉上眼睛休息一會兒？」

面對阿鐵的體貼，武澤搖手表示他沒問題，視線移向一旁的窗戶。這裡交通流量大。往東京都中心的車道，有許多空車的計程車行駛，當貫太郎打電話來時馬上就能攔到車。

「可是，計程車駕駛會願意替我們展開跟蹤嗎？」

「會的。要是司機露出不願意的表情，就多給些錢吧。近來經濟不景氣，一定不會拒絕。」

「是這樣嗎？」

「正是這樣。」

武澤微微點頭，視線望向手中的手機。

貫太郎還沒打電話來。

這時，貫太郎正蹲在斜坡處。他藏身在高大的雜草中，不時嚼著彌廣讓他帶在身上的金牛角，注視底下的巷弄已有三小時之久。為了方便隨時打電話給武澤，他一隻手緊握著手機。

然而，從三十分鐘前開始，貫太郎便面臨一個重大的問題。在昨晚的作戰會議中，誰都沒料到的嚴重事態，此刻就讓他給遇上了。

那就是便意。

貫太郎此刻正深受強烈的便意所苦。

他把手伸進金牛角的包裝盒裡，抓了一把塞進嘴裡。或許有人會認為，把新的食物往肚裡塞對忍耐便意的人來說等同是自殺的行為，但貫太郎認為這是錯誤的想法。人又不是空氣槍，沒道理上面塞東西進來，下面就排東西出去。兩者毫無物理上的關聯，而且藉由食物的攝取反而還能舒緩便意呢，因為沒人會在吃東西時排便。就原理來說，嘴巴嚼食物時，吞嚥食物的刺激會引發條件反射，讓大腦將現在感覺到的便意視為「錯誤訊息」，所以當想要消除便意時，就得刻意吃東西，這是緩和便意最迅速有效的方法——不過呢，上面這些只是貫太郎自己的想像。事實上，金牛角吃得愈多，貫太郎的下腹部愈是告急，他發出無聲的叫喊，額頭冷汗涔涔，手腳漸感麻痺。只要稍一鬆懈就會差點失去意識，每次他都得用力甩頭，默默鞭斥他快虛脫無力的肛門括約肌。

我絕不能離開這裡，一定要完成我被指派的任務。為了真廣和彌廣，為了雞冠，還有，為了竹兄和阿鐵哥，雖然他們總是對無處棲身的我發牢騷，但還是讓我同住呀——然而，便意不懂得什麼叫停。貫太郎覺得自己彷彿聽見屁股發出「已經到極限了」的叫喊，已經到極限了！已經到極限了！已經到極限了！這聲音配合心跳，一再反覆，愈來愈響亮。貫太郎又將一把金牛角塞進嘴裡，張口猛嚼，一口嚥下。已經到極限了！已經到極限了！已經到極限了！

就拉了吧。

貫太郎帶著宛如求道者下定決心般的心情暗忖，只要拉了就可以解脫。我的任務是在這裡等候對手，只要一見對手出現，就馬上聯絡武澤，告知他現場狀況。這並不是什麼艱鉅的工作，不受人的尊嚴或臭氣所影響，就拉了吧，就拉了吧——拉吧！

在這種近乎悟道的感覺下，貫太郎就像受人操控般挪動單手，將金牛角的紙盒擺在草地上，伸手搭向褲子的皮帶，然而……

這時傳來一陣低沉的引擎聲。貫太郎嚇了一跳，突然停手，定睛注視斜坡底下。在茂密雜草的草尖上，緩緩浮現出一輛白色車體。

來了——貫太郎在心中大叫，終於來了。武澤和阿鐵的猜測沒錯，那幫人果然來了。再次來到了這間屋子。

一面確認周遭動靜，一面從駕駛座走出的是那名整合男。在昨晚徹夜未眠的作戰會議中，昨天來過的那名男子不知何時被取了個「整合男」的綽號。貫太郎迅速操控手中的手機，叫出武澤的電話，正準備按下撥出鈕時……

「咦……」

他不禁微微叫出聲。從轎車走出的並非只有那名整合男，還有另外一人。打開前座車門，弓著上半身走出的，是名長相和體型都活像大猩猩的大漢。他右手拎著個長長的東西，那是什麼？鐵管嗎？不。貫太郎手中的手機抬至一半，瞇起他的細眼，他明白那名大猩猩手中的東西為何時大為震驚。

那是高爾夫球桿。貫太郎對高爾夫雖然了解不多，但他知道那是鐵桿。桿頭的部分採斜向的金屬構造，所以稱之為鐵桿。主要用途是在球場上把高爾夫球打飛。在重視控球更勝於飛行距離時，大多會使用鐵桿。不過，有時在高爾夫球場外也會利用到，例如流氓或混混在痛毆敵人的時候。

那名個頭矮小、有一對烏賊眼的整合男離開車子，朝屋子的玄關走近，毫不遲疑地按下裝在大門旁的門鈴。宛如小型緊急呼叫鈴般的聲音微微傳進貫太郎耳中。整合男靜靜等候人應門，但沒人應聲。這是當然的，那屋子裡已空無一人。手持鐵桿的大猩猩站在整合男身旁，就像在敲肩膀似的，以球桿握把在他寬闊的肩膀上下敲動。兩人交談了一會兒，但聽不見。整合男那破鑼嗓子的朗聲大笑接著傳來，那聲音就像南洋的某種鳥叫聲。整合男一面笑，一面後退，來到圍牆外。他確認過左右兩旁後，朝大猩猩叫喚一聲。下個瞬間，大猩猩突然舉起扛在肩上的那把鐵桿，毫不遲疑地往大門疾揮而下。接著又是一擊，再一擊。不知揮了幾下，聲響突然變了。那扇以合板和美耐板做成的廉價木門似乎已被鐵桿貫穿，大猩猩單手伸進他打穿的洞內。不久後，整合男再次走近，伸手搭在門把上，門鎖已被大猩猩拆除的大門輕輕鬆鬆就開啟了。兩人面向屋子，你一言我一語地說了些話，走進屋內。

「咦……咦……」

昨晚武澤說的根本就和現況截然不同。當他吩咐貫太郎躲在這處斜坡，監視他們會有什麼行動時，是這樣說的：萬一你被他們發現，也不必擔心。因為他們在有人的地方，絕對不敢直接使用暴力。他們很清楚這條底線。因此，就算你被他們發現，只要放聲大叫，快點逃跑就行了。

根本不是武澤想的那回事。

不管怎麼看，這兩個人都是直接動用暴力了嘛。

屋內傳來破壞硬物的聲音，貫太郎屏住呼吸。不可能，不可能，這項作戰計畫不可能成功。我想得太天真了，明明不了解對手的斤兩還鼓吹武澤、阿鐵、真廣、彌廣他們這麼做。

不過，現在貫太郎唯一能做的，就只有執行他被指派的任務。他重新握好手機，撥打武澤的電話號碼，武澤馬上就接起來了。

「您只住一晚嗎？」

櫃台小姐如此詢問，真廣一時不知該如何回答。她朝一旁的彌廣瞄了一眼後，彌廣向櫃台小姐豎起兩根手指。

「先住兩個禮拜吧。」

對方一時露出驚訝之色，但旋即又恢復制式化的笑容，敲打著手上的鍵盤，望向液晶螢幕的畫面。

「那麼，一共五位，為期兩個星期，對吧？這樣我們了解了。有行李嗎？」

「在外面。」

彌廣以大拇指比向背後。五人份的行李在玻璃自動門外零亂地堆放一地，先前是塞進計程車座位以及後車廂一路運來的。

這裡是離上野車站不遠的一家商務旅館的櫃台。從今天起，這家旅館的某個房間將成為他們的作戰總部。

櫃台小姐告知她們住宿費用。

「原則上，我們是採事先付費制，這樣可以嗎？」

櫃台小姐來回望著她們兩人，如此問道。她的視線最後停在較為年長的彌廣臉上。彌廣點點頭，轉頭面向真廣。

「應該可以用了吧？」

真廣躊躇了數秒，不過，最後她還是沒改變昨晚思考一整夜所下的結論。

「現在想那麼多也沒用。」

眼下就是使用的時機了，這一定是從一開始就注定好的事。

真廣打開掛在肩上的波士頓包拉鍊，解開裡頭的白色塑膠袋，取出足以支付這筆金額的萬圓鈔票。在櫃台小姐收下錢，走進裡頭一間有收銀機的辦公室之前，真廣一直緊盯著那數十張萬圓鈔票。七年來，她第一次使用那可恨的仇人持續寄來的錢。

昨晚作戰會議討論到半途，她們向武澤吐露了這筆錢的事。因為武澤談到這次的計畫需要不少錢，不知這筆錢該怎麼張羅。武澤和阿鐵盤著雙臂，沉聲低吟，真廣坐在一旁，望向姊姊。姊姊正好也望著她的眼睛。真廣旋即明白，兩人此刻正想著同一件事。

率先提到的人是真廣：由我們來出。

彌廣接著說道：對不起，有件事一直瞞著各位。其實我們身上有一大筆現金。

可能是為了儘可能不讓對方太過驚訝，彌廣擺出做作的態度，必恭必敬地低頭行了一禮。

武澤與阿鐵先是呆了一會兒，接著互望一眼，同時發出一聲驚呼。

——真廣、彌廣，妳們有一大筆現金？

阿鐵雙目圓睜，似乎相當驚訝，模樣顯得有些刻意。

——怎麼會有這種事呢？

武澤說話時，感覺就像在口中喃喃低語般。

——我現在就說明緣由。

彌廣像是在說書般說了下去。

——我們身上這筆現金，與接下來我們要還以顏色的那個地下錢莊組織有關，這件事大約是開始於七年前。

彌廣接著毫不隱瞞地道出一切，說明兩人身上的現金是從何而來的。

「那麼，我帶兩位到妳們的房間去。」

一名頭髮固定有型的年輕行李員走來，單手指向電梯。看來只要是貴客，即使住商務旅館也會有人帶路。真廣和彌廣走進電梯內。

「兩位的行李，我們的負責人員會送進房間。」

「對了，小貫的吉他箱請小心一點，因為裡頭裝有很多東西。」

「我明白了。」

行李員露出客氣的微笑，點了點頭，按下電梯的關門鈕。這時，彌廣突然握住他的手。行李員訝異地望向彌廣。彌廣迅速伸出另一隻手，停住即將關上的電梯門。

「你嘴裡說明白卻還是關上電梯門，這樣有什麼意義？要跟負責的人交代清楚啊。叫他們要小心處理小貫的吉他箱。」

「啊，是……」
行李員急忙走出電梯，向附近一名年紀相仿的工作人員說明行李的事之後，返回電梯。
「真的很抱歉。」
「因為裡頭裝有小貫的重要物品，要小心一點。」
彌廣瞪視著行李員。
姊姊是真的打從心底喜歡貫太郎的。
真廣透過運動鞋的鞋底感受著電梯上升的震動，悄悄把手伸進波士頓包的開口裡。裡頭有母親裝在塑膠袋裡的零錢和便條紙，現在還裝著雞冠的紅色項圈。她確認零錢與方形骰子的不同觸感，隔著塑膠袋握緊這些遺物。

「看來是我們錯估了。他們好像不打算一直玩下去。」
結束與貫太郎的通話後，武澤把剛才的通話內容轉述給桌子對面的阿鐵聽。
「他們破壞玄關大門，登堂入室。而且不只是整合男，還有一名身材高大、活像大猩猩的男子陪同。」
阿鐵的表情馬上為之一僵。
「怎麼辦，竹兄……要中止計畫嗎？」
不。武澤搖了搖頭，從椅子上站起。
「按照計畫進行。接下來要不要繼續得找時間再討論，但現在沒那個時間。」
在櫃台結完帳後，武澤步出店外，阿鐵也緊跟在後。前方是車流量頗高的國道四號線。武澤朝右手邊望了一眼，等候空車的計程車駛近。

「來了，阿鐵，我們上車吧。」

坐進計程車後，武澤先給車上那名頭髮花白、看起來忠厚老實的司機一張萬圓鈔票，請他先在這裡等一會兒。那名司機並未露出困惑之色，神色平靜地收下鈔票，收進口袋裡。武澤轉動上半身，注視著後車窗外。他在等候剛剛才從他們住處離開的整合男和大猩猩所搭乘的白色轎車。

「會經過這裡嗎，竹兄？」

「如果沒經過這裡那就沒辦法了，只能算作戰失敗。不過應該是沒問題才對。雖然不知道現在他們事務所位在何處，但如果離開我們那間屋子後，不先經過這條國道四號線，哪裡都去不成。」

白色轎車一定會經過這裡，理應會從這輛計程車旁超越才對。

「先生，請問還要等多久……」

武澤打斷司機的話，告訴他再等一會兒就好。

「再等一會兒，不好意思。」

「在這裡等我是無所謂啦。不過要是在路肩停太久會阻礙其他車輛通行，被車子撞上可就麻煩了。」

「來了！」

阿鐵叫道。

「司機先生，請追上那輛白色轎車！就是車身很低、黑色車窗那輛。」

「咦，要追那輛車嗎？」

司機表情陡然一變，因為看外觀就知道從計程車旁駛過的轎車是某個道上人開的車。

「拜託你，動作快。」

「可是……」

「快點！」

司機心不甘情不願地放下手煞車，打方向燈，駛進車道內。那輛轎車已開得老遠了。武澤把臉湊向車窗，確認對方的位置。所幸對方沒有一再變更車道，一直順著車流筆直行駛。

「再靠近一點，駕駛先生，貼緊它。」

司機沒有回覆武澤的命令，他不安的眼神透過後照鏡望著武澤。顯然，他正感到猶豫。這時阿鐵以沉穩的聲音說道：「竹兄，我看，就把我們的真實身分告訴司機先生吧。只要叫他保密就行了。」

「真實身分？」

「我們正在進行秘密搜查，請你別向人透露此事。我們可以向你保證，絕對不會給你添麻煩。」

阿鐵迅速說完後，從上衣口袋裡取出一本黑色記事本，在司機的肩膀上晃了一下。司機面朝前方，只用眼睛瞄了一眼。

「啊，你們是警察……」

「拜託你，請跟好那輛車。」

阿鐵迅速收好記事本，以制式化的口吻如此說道後，司機就像下定決心似的定住雙肩，重新握好方向盤。

「我明白了。」

他打方向燈，踩下油門。進入隔壁車道後加快速度，一見剛才的車道有空隙，就又擠進原本的車道中。計程車反覆變換車道，慢慢接近那輛轎車。阿鐵朝武澤微微一笑。不過話說回來，阿鐵什麼時候準備了警察手冊？他們在以前的工作中從沒假扮過警察。武澤朝他投以疑問的目光，阿鐵這才悄悄從口袋中取出剛才那個記事本，讓武澤看它的封面。那只是一本普通的黑色記事本。阿鐵張開他的手掌，上頭有個金色的星星，反射出車窗射進的陽光。是阿鐵從先前那場公寓大火中搶救出的聖誕樹星星。

「你還留著那個東西啊。」

武澤悄聲道，阿鐵聞言後，噘起他那凸出的嘴巴，難為情地伸長脖子。

不過話說回來，好在司機不熟悉這種事。現在真正的警察手冊封面印的是櫻花紋章。

「刑警之間，真的都是用綽號互相稱呼，對吧？」

也許是因為跟蹤而感到亢奮，司機的說話語氣顯得很興奮。

「像是竹兄、阿鐵之類的。」

「大致是這樣沒錯啦。」

阿鐵隨口應道。

「那有沒有像『牛仔褲』、『蘇格蘭⑮』這類的綽號？以前電視裡不是這樣演嗎？」

「我們裡頭倒是有個人叫『肥肉』。」

「叫『肥肉』也太慘了吧。」

「還有位殉職的同伴，叫『雞冠』。」

前方的白色轎車在右邊車道直行，計程車緊跟在左邊車道後方。那兩個人到底會到哪兒去呢？會直接這樣開回事務所嗎？這時，在一處大十字路口前，轎車突然打出右方向燈，轉進了右轉車道。計程車司機驚呼一聲，急忙想變換車道，但一旁有其他車擋著，只能繼續前進。

「很抱歉，刑警先生。對方突然打方向燈……」

「這下糟了，阿鐵，怎麼辦？也許是對方發現我們在後面跟蹤。」

「不，應該不會。因為我們並不是緊貼在後面。」

「他們從那裡右轉，是前往哪個方向？」

「司機先生，你先暫停一下吧。」

在阿鐵的指示下，司機將計程車停靠在路肩。

「轉往那邊，應該是去文京區和豐島區的方向。我們現在的位置是台東區。」

司機似乎將跟蹤失敗的事認定為自己的疏失，比手畫腳地說個不停。

「文京區，豐島區……」

那幫人的事務所在那一帶嗎？還是說，他們要去那裡辦事？武澤與阿鐵四目對望。

「怎麼辦？」

「嗯……」

一、兩分鐘過去了，兩人還是做不出結論。不久，阿鐵的手機響起。阿鐵看了手機螢幕後，暗啐一聲。

「是貫太郎打來的。這時候打來幹嘛啊……喂？」阿鐵把手機貼在耳邊，粗魯地應道。

「咦，什麼？我不是叫你跟真廣她們聯絡，到旅館跟她們會合嗎？我應該告訴過你了吧。剛才那輛轎車……不，我們跟丟了，因為它突然轉彎。沒錯，現在我們先把計程車停在路旁了。

⑮早期的知名警匪連續劇「向太陽怒吼」（太陽にほえろ！）中的角色名稱。

「……貫太郎，你應該沒被他們發現吧？不，我們應該也沒被發現才對。」

阿鐵講了好一會兒，突然以奇怪的語調喊道：「嗯……啊？……啊！」

他突然大叫，武澤和司機紛紛盯著他的臉看。

「怎麼了？阿鐵，發生什麼事了？」

「在那邊，在那邊！那邊啊！」

阿鐵直直伸長食指，指向窗外。他的手指前方正指向那輛白色轎車，它已回到國道四號線了。看來，剛才它只是因為臨時有事才轉彎的。

「司機先生，繼續跟蹤，動作快！」

武澤說完話，司機開心地踩下油門，轉動方向盤，似乎認為這是將功贖罪的大好機會。他沒打方向燈就直接駛進車流中。

「幹得好，『肥肉』！多虧你打這通電話來，我們又發現敵人了！」

阿鐵開心地說道，掛斷電話。計程車再次開始展開跟蹤。雖然多少帶點風險，但這次他們命司機緊跟在正後方。之後轎車始終在四號線上一路前行，來到秋葉原附近，再度轉進右轉車道，計程車也跟著右轉。武澤和阿鐵在車內把頭壓低。

「再過去就是新宿了。」

一聽司機這麼說，兩人互望了一眼。

「他們又在新宿設立事務所？」

看來真是如此。轎車之後又在幾處十字路口轉彎，駛離大路，停在新宿小巷裡的一棟老舊大樓底下。計程車從旁駛過，保持一段距離後停車。

武澤和阿鐵隔著後車窗望著那輛轎車。貫太郎在手機裡提過的高大男子慢吞吞地從前座走出，進了昏暗的大樓大門，他的確長得很像大猩猩。整合男沒下車，直接駕著轎車駛向一旁的停車塔。他朝入口處的驗票機插進一張卡片後，眼前的鐵門就朝左右開啟了。轎車就像被吸進去似的，消失於門內，不久後，整合男弓著背走出，一隻手把玩著車鑰匙。他按下驗票機旁的操作面板按鈕，鐵門就關閉了。整合男走回大樓，進入門內。

仔細數過窗戶的數目後，他們得知這棟大樓共有十層樓，看來各樓都有四個房間。入口的大門有個水泥拱廊，上頭以做作的英文草寫體刻著：「Maison de Shinjuku」。

「邁森新宿是什麼意思啊？」

「是新宿之家。Maison是家的意思。」

「雖然名字取得這麼講究，但外觀卻很老舊呢。」

「他們的工作不需要漂亮的事務所。」

經這麼一提才想到，七年前武澤以自己的個人居住證明和他們簽合約時，也是在這種老舊大樓的房間裡進行的。

武澤和阿鐵付完車錢下車後，司機遞出一張萬圓鈔票。

「既然你們是刑警，剛才這筆錢我不能收，這怎麼好意思呢？」

「沒關係的。」

「我不能收。」

武澤說這是我們自己私人的錢，最後又將鈔票推回給司機，兩人就離開往大樓走去了。在採光不佳的入口左側只有一座電梯，不想看電梯顯示的燈號就會知道他們那間事務所的所在樓層，但整合男走出電梯後似乎有別人坐過電梯，電梯燈正往下走。阿鐵悄聲抱怨道：「那個司機害我們浪費了一些時間。」

要。

「這也是沒辦法的事。喂，來囉。」

電梯來到一樓了，武澤和阿鐵迅速躲在擺設信箱的空間後方。電梯門開啟，走出一名像是從事特種行業的年輕女子。身材苗條，鼻梁高挺，算是長得相當標致，但此刻這種事一點都不重要。

「要怎麼查出他們的房間號碼？」

「從信箱……應該是查不出來才對。」

一整排的信箱上並沒有可以瞧出端倪的名字。也許是住戶嫌麻煩，幾乎每個房間都沒在名牌上寫字。

武澤和阿鐵步出大樓，走向剛才整合男駛入的停車塔。驗票機旁有個像簡易廁所般大小的組合屋，開啟的窗戶內，有個臉像是被垂直壓皺的老人正在吞雲吐霧，似乎是停車塔管理員。

「可以向您請教一件事嗎？」

武澤向前搭話，老人嚇了一跳，將香菸收進從窗外看不見的地方。白煙順著他的工作服裊裊而升。

「剛才有輛白色轎車駛進這裡，對吧？車主是隔壁大樓的住戶，是嗎？」

老人應了聲「是」。他先清了清卡在喉嚨的濃痰，才又接著道：「是那裡的住戶沒錯……」

「您知道對方是幾號房的人嗎？」

這時，老人突然轉為嚴肅的表情，抿緊雙唇，朝他剛才藏起的香菸吸了一口，接著一面吐煙，一面說道：「我是知道，不過我是這裡的管理員。最近不是很講究什麼個人隱私啊，什麼保護法之類的嗎？我不能隨便告訴你們。」

老人打開手上的某個文件夾，翻閱裡頭的紙張。也許上頭寫有簽訂合約的車主住址。

「我們是受害人。」

「受害人？」

「我們的車子被撞了。」

老人迅速轉為庸俗的表情，伸長了脖子。也許是平時閒得發慌，這名老人的表情變化頗大。

「可是，剛才我說過，有什麼個人隱私這種東西的限制。還有啊，那輛轎車的車主，看起來不像是正經人呢。」

「咦，是嗎？」

武澤先露出驚訝的表情，那名老人見狀，身子誇張地往後仰。

「這種事看車子和車主的模樣就知道了啊。告訴你吧，那個人是流氓，所以他也許會比較那個哦。」

「流氓會比較那個是吧，的確。」

武澤和阿鐵一起沉聲低吟。

「……不過，為了謹慎起見，還是請您告訴我們對方是幾號房吧。」

「不行啦，因為有很多限制。」

「請您幫幫忙吧。」

「哎呀，真的不行啦。」

老人闔上手中的文件夾，發出吽的一聲。

「拜託您，管理員先生。其實之前我也曾自己調查過，但後來不小心忘了。我記得好像是位在那棟大樓的二樓，但幾號房我卻給忘了。」

「二樓？」

老人露出詫異的神情，再度翻開手中的文件夾。接著他從某處取出老花眼鏡，頻頻往紙上查看。

「不是二樓哦……」

「咦？寫在那裡的數字，難道我看錯了？」

武澤此刻的動作，就像正在看某處的告示板似的。

「上面寫的數字，我記得看起來像是『2』啊。阿拉伯數字的『2』。」

老人露出像在解謎般的表情，右手的食指緩緩在自己的左手寫字。「2」……「10」……「2」……「10」……確認過老人的動作後，武澤又「啊」了一聲。

「我弄錯了，不是二樓，是十樓。」

老人抬起頭來，表情就像在說：「這樣才對嘛。」

「我想起來了，是十樓的二號房。一〇二。」

老人的臉頰微微上揚。

「不對，會是四號房嗎？」

老人的表情不變。

「不對不對，我終於想起來了。是三號房，一〇三。」

老人的表情還是不變。

「管理員先生，不麻煩您了，因為我已經想起來了。謝謝您了。」

老人一副有話想說的樣子，但武澤催促阿鐵趕緊離開。

「是十樓的一號房，對吧。」

「好像是，一〇〇一。」

和武澤一起走進商務旅館的房間後，阿鐵不禁咦了一聲，眉毛上挑。

「這房間挺好的嘛，竹兄，你說是不是？」

「好得有點浪費。」

五張床，外加兩張書桌。設在牆上的那扇門，裡面應該是浴室。在一個小邊櫃上設有電動燒水壺，一旁備有綠茶、紅茶的茶包，以及即溶咖啡隨身包。

坐在床邊的真廣抬頭說了一句「你們回來啦」，正打開窗抽菸的彌廣也轉過頭來。

「情況怎樣？」

彌廣的聲音透露出半是不安、半是有趣的心情。

「相當成功……不，應該算還可以啦。」

「我已經聽小貫說了，聽說他們衝進屋裡亂砸，是嗎？」

「好像是，還帶著高爾夫球桿。」

說完後阿鐵才想到不能讓她們兩人感到不安，於是又補充：「不過不必擔心。就算我們當時在家裡，他們一定也只敢用高爾夫球桿敲打地板或牆壁而已。」

「真的嗎？」

彌廣叼著菸，望向妹妹。真廣坐在床上，雙手撐在後頭，一直注視著自己的膝蓋。

「咦，貫太郎呢？」

彌廣朝牆上那扇門努了努下巴。

「一直待在廁所裡。他一直喃喃自語，說什麼自己的理論是錯的。」

「什麼跟什麼啊？」

「不知道。」

沖馬桶的聲音響起，貫太郎嘆息一聲，走出門外。

「啊，你們回來啦……跟蹤的結果怎樣？」

「貫太郎，你是不是瘦了？」

「因為我一直硬撐，結果肚子變得怪怪的……情況怎樣？找到他們的車了嗎？」

「有，順利找到他們的巢穴了。」阿鐵得意揚揚地說道。

「是嗎……太好了。」

話才剛說完，貫太郎像在強忍什麼似的，眉頭一蹙，又躲進了浴室裡。

「我去櫃台拿藥。」

彌廣朝菸灰缸捻熄香菸，走出房間。阿鐵將一旁書桌的椅子拉來，一屁股坐下。

「竹兄，先坐下來歇會兒吧。」

「也好。來擬定接下來的作戰計畫吧，連細節也得安排清楚才行。」

武澤也癱坐在另一張椅子上。

這次行動的過程中，多少有些意想不到的情況發生，但截至目前為止計畫還算順利。不過真正棘手的事接下來才正要開始，得假想好各種場面，確認各個細節。

「竹兄，信天翁作戰計畫，就快要正式啟動了，對吧？」

「這什麼啊？」

「咦，我沒跟你說過嗎？」

阿鐵告訴武澤，他替這次的作戰計畫取了這個名字。

「信天翁有什麼涵義？」

「它又叫笨鳥。意思是要騙過那幫人，讓他們傻眼，就像笨鳥一樣。」

2

隔天正午過後。

武澤走在阿美橫丁後方的巷弄裡，幾名無精打采的外國人頻頻朝他打量。武澤從中認出那名曾經見過的戽斗男，主動朝他走近。

「手機，手機。」

他做出把手機貼向耳朵的動作後，男子的濃眉上挑，點了點頭，從口袋裡取出印有手機相片的紙張。

「這是新品。五千日圓，可以用九十天。」

「能不能算便宜一點？我一次要買很多支。」

「很多支？到底幾支？」

「十一支。」

男子臉色微變，從口袋裡取出另一張紙。看過照片後發現，這和武澤前些日子買的手機一樣，上面都印有S公司的商標。

「這還能收發郵件，七千日圓。如果一次多買幾支，算六千圓就行了。」

「這次真的不需要收發郵件的功能。」

「可是，收發郵件是一定要的。」

「我說不需要。剛才那支五千圓的就行了。一次買十一支，算四萬圓，如何？」

男子從緊身T恤露出的那雙粗大臂膀環抱在胸前，誇張地往後仰身，露出納悶的神情。

「一支五千圓，買十一支，那應該是五萬五千圓才對啊。」

「所以我不是叫你打個折扣嗎？」

兩人又交涉了好一會兒，最後以一支四千六百圓的價格成交。武澤付了五萬零六百圓後，男子朝武澤努了努他的戽斗下巴，請他到最裡頭的巷弄去。和上次一樣，有幾名和那位戽斗男看起來像是同一國人的男子在談天說笑，其中一名揹著背包的男子，給了武澤十一支手機。武澤將手機塞進事先備好的皮包裡，就離開上野了。

他坐上山手線列車，前往新宿。步出車站後，依照昨晚在電話中聽來的行進路線，往巷弄走去，最後抵達一處外觀非常老舊，但名字卻相當講究的兩層樓公寓。不知為何，入口處有個狗屋。他不安地從那低吼聲前面走過，搭乘發出嘈雜聲響的電梯來到二樓，發現從旁邊數過來第二扇門，上頭貼著他要找尋的偵探社門牌。

這家專門從事竊聽工作的偵探社是阿鐵找到的。昨晚，阿鐵和武澤兩人不斷翻找工商電話簿，找尋會在手機中加裝竊聽器的業者。他們問過幾家偵探社，但每一家都說，這就技術上來說無法辦到。唯獨阿鐵最後打電話詢問的這家偵探社同意承接，條件是要阿鐵他們承諾，萬一發生什麼問題絕不能提到這家偵探社的名字。詢問對方安裝竊聽器所需的天數後，對方的答案遠比想像中來得短。

——希望能給我們兩整天的時間。

雖然價格不菲，而且又得事先付清，但找不到其他人肯承接也沒辦法了。

按下門鈴後，門內微微傳來一陣應門聲，請武澤入內。昨晚通電話的那名負責人似乎不在，但一名坐在辦公桌前、臉色蒼白的事務員似乎知道他委託的工作內容。先前購買的十一支手機中，只有一支用於特別用途，所以武澤將其他十支手機交給他們，並結清費用。

「處理好的手機，要寄去哪裡呢？」

「請寄來這裡。」

武澤在便條紙上寫下商務旅館的地址，交給事務員。

離開偵探社後，武澤打電話給阿鐵。

「我這邊辦好了。查出那棟大樓的空房了嗎？」

「我已經從房屋仲介公司那裡問出了。他們那家事務所的一〇〇一號房斜下方的九〇二號房，目前是空著的。」

「那地方正適合用來竊聽。傳單和名片處理好了嗎？」

「真廣和彌廣替傳單想了一個很棒的設計，很吸引人哦。名片方面，我也準備了一個煞有介事的公司名稱和個人姓名，再來只要請印刷廠印製就行了。對了，可以告訴我印製在傳單上的電話號碼嗎？」

武澤將剛才留下的那支手機號碼告訴了阿鐵。

「那麼，我就把這個號碼印在傳單上囉。」

「你說你知道上哪兒找印刷廠，對吧？」

「是的。以前我當鎖匠時，常去一家印刷廠請他們印傳單。」

「就是那個用接著劑坑人的騙人傳單嗎？」

「別這麼說嘛。總之，那家店動作很快，接下來我會自己去委託他們處理。附帶一提，我會順道去那棟大樓一趟，先把九〇二號房的門鎖打開。」
「要小心哦。貫太郎那邊呢？」
「他買了許多東西，照你說的那樣在進行準備。」
這時，阿鐵略微改變語調。
「說到貫太郎，他有點怪怪的。」
阿鐵的聲音變得有點含糊不清，似乎以手遮住手機。
「怪怪的？」
「他最近話變得很少，而且總是東張西望。」
「會不會是昨天肚子痛還沒好？」
「我也是這麼想，還問過他，但好像不是。彌廣替他擔心，問他怎麼了，他一樣什麼也不說，就只是搖頭。」
「也許……是因為那個吧。他昨天親眼目睹那幫人闖進屋裡的情況。」
「害怕是嗎？」
「也許是。」
就算真是這樣，那也是沒辦法的事。仔細想想，此次武澤他們想做的事和貫太郎沒有任何直接關係。雖然貫太郎贊成執行這項作戰計畫，但他並不是為了自己而這麼做。真要說的話，他是因為情勢所逼，非配合不可。他自己當然會覺得「這麼做是為了他所愛的彌廣，以及她妹妹」，但為自己而行動和為他人而行動時能生出的幹勁明顯不同，身心都長滿贅肉的貫太郎會害怕也是在所難免的。
「竹兄，讓他繼續參與這項計畫好嗎？準備的事姑且不提，連前往對方事務所時也帶他一起去恐怕不妥哦。」

阿鐵似乎也在想同樣的問題，語氣中滿是擔憂。

「今晚再跟他本人確認一次吧。」

結束通話後，武澤微微嘆了口氣。

武澤現在根本無暇擔心他人，他們要做的事相當可怕。這七年多來，他一直過著隱姓埋名的生活，一來當然是因為對正常的人生已不抱任何期望，但最重要的原因是害怕那被迫瓦解的組織會向他尋仇。然而，現在他要大膽向那個組織展開詐騙。

問題不只如此。除了阿鐵以外的其他三人，真廣、彌廣、貫太郎，都把武澤當作是受過那個組織迫害的被害人。姑且不談貫太郎，要是那對姊妹知道武澤的過去會有什麼後果？和她們一起生活，認真擬定作戰計畫，持續進行準備工作的武澤，其實是逼死她們母親的劊子手，要是她們知道這件事的話……如果知道武澤才是她們真正該復仇的對象……我要一直這樣隱瞞下去嗎？有辦法做到嗎？玩火柴棒謎題時只要挪動一根火柴，圖案就會整個顛倒，同樣的，一個小小的起因或許就會導致最糟的結果，武澤有這樣的預感。他與阿鐵密談後，認定必須在樋口或整合男這些認得武澤的人不在場時，才能進行這次的作戰。但他無法保證這項計畫一定能成功。在執行計畫的過程中，難保對方不會識破武澤的身分。若真是那樣，武澤的過去將全部曝光，到時候他該怎麼辦才好呢？

兩天後的上午，新宿的偵探社寄包裹到旅館來了。阿鐵委託印刷廠印製的傳單和名片也該送達了，卻遲遲沒收到，所以武澤打電話前去催促。結果送貨員馬上將商品送達旅館櫃台。

「啊，挺不錯的嘛。真好看。」

彌廣解開包裹，打量剛印好的傳單和名片，一陣歡呼。

「『要買要快！數量不多！預付卡手機，清倉特賣超低價，一支一千圓！有意者請打以下電話與我們聯絡。』——這句『清倉特賣』是我想的哦。如果沒有特別的理由就把東西賣得很便宜會讓人覺得奇怪。竹兄，我的腦筋不錯吧？」

「是啊。」

武澤隨口應道，將名片裝進不同的名片盒內。每個名片盒最少都裝了五十張名片，但真正會用到的，也許只有一、兩張。

「不只要記住自己的名字，也要牢記每個人的名字。」

接著，他們打開偵探社寄來的箱子。裡頭有原先寄放的十支預付卡手機，以及一台外型像無線對講機的無線電接收機。阿鐵拿起那台接收機。

「用這台接收機就能接聽每一支手機，對吧？十支都沒問題嗎？」

「我是這樣委託他辦的。手機通話就不用提了，應該連周遭的聲音也收得到。」

武澤將隨附的一張Ａ４大小的說明書大致看過一遍了。可能的接收距離約五十公尺；因為體積小，所以不會發出強力電波，接收範圍比較狹小。基於同樣的原因，它的電池壽命也不長，但是當手機接上充電器時，竊聽器同時也會進行充電，這就是它的構造。就算手機關機，只要電池還有電竊聽器就還是能發揮功能。說明書的空白欄有一排髒髒的手寫字，上頭寫道——遵照客戶所委託，竊聽器向接收機傳送聲音時的周波數，採個別設定。

他們討論過如何在作戰的第二階段對那幫人的事務所進行竊聽，最後想出了這個方法。向對方兜售那裝有竊聽器的十支預付卡手機。這些手機當中有幾支可能會被轉往其他據點，但總會有幾支留在大樓的事務所內。只要有一支留在那間事務所內，到時候配合竊聽器的周波數調整接收機的頻道，就能竊聽事務所內的聲音。他們是這麼盤算的。
「先來試試看吧。貫太郎，你拿著它到門外去。我要進行竊聽。」
阿鐵將一支手機遞給貫太郎，貫太郎卻盤腿坐在地上，無精打采地望著那個裝手機的箱子，沒有答話。
「貫太郎？」
「啊？」
他這才抬頭。看來，他對阿鐵的叫喚渾然未覺。
「抱歉，什麼事？」
「我叫你拿著手機到外頭去。」
阿鐵遞出手機，貫太郎面無表情地點點頭，慢吞吞站起身，默默走出門外。武澤與阿鐵互看一眼，接著望向真廣與彌廣。她們兩人也一臉擔憂地望著貫太郎走出的那扇房門。
「小貫他不要緊吧……」
兩天前的夜裡，五個人一起合吃用電動燒水壺的熱水泡好的杯麵時，武澤若無其事地對貫太郎說道：
——你如果覺得不安，可以不必參與。
貫太郎含在口中的免洗筷停住了，他抬眼望向武澤。
——因為你和這件事一點關係也沒有，不必勉強自己。
貫太郎重新面向杯麵，將麵條吸入口中，一口嚥下。接著又吸了一口，然後低頭說道：
——我不退出。
——可是你……

——竹兄、阿鐵哥，你們以為我害怕，對吧？

武澤與阿鐵面面相覷，兩人都不知該如何回答。

——我要參加，因為這並非和我一點關係也沒有。我要參加，為了彌廣、真廣，還有雞冠，我要參加。

話雖如此，武澤看貫太郎的模樣還是很擔心。當然了，現場的每一個人都對這次的事感到不安，不過貫太郎的模樣尤為特別。雖然不知道該怎麼形容，但他並不是對此次的作戰計畫感到不安或恐懼，而是對某個更具體的特定事物感到害怕——武澤不禁有這種感覺。武澤無法當作是自己想多了，就把這件事拋在腦後，偏偏又不能向他問個清楚，仿如骨鯁在喉，心中總是掛念著貫太郎的事。

「♪國王……」

阿鐵手上傳來貫太郎的聲音，是來自接收機的喇叭。

「♪與皇后……阿鐵哥，聽得到嗎？」

「聽見了，很清楚。」

阿鐵把嘴巴湊向接收機，對貫太郎回答，但它只是外型像無線對講機，並非真的是對講機，所以這麼做毫無意義。

「我現在來到走廊邊了。還是聽得見嗎？」

貫太郎的聲音愈來愈遠。

「我把手機放在地上，稍微與它保持距離。現在距離約五公尺遠……十公尺遠……這樣約有十五公尺遠……這樣……公尺……」

聲音愈來愈遠了，但在十五公尺內是可以清楚聽見貫太郎說話聲的。

「竹兄，效果出奇地好呢。」

阿鐵臉上浮現興奮之色。

3

當天向晚，武澤一行人在房內圍坐。五人圍成的圓圈中央擺著之前在上野買的十一支手機當中，唯一沒裝設竊聽器的那一支，手機蓋開著沒關。

「……沒打來。」

阿鐵從剛才就一直很注意時間，他盤腿而坐的腳尖，頻頻神經質地抖動著。

「應該不會馬上打電話來，也許還沒看到傳單。」

收到手機後不久，阿鐵便前往新宿之家，將傳單塞進一〇一號房的信箱裡。

「要是沒看到的話怎麼辦？」

「就繼續投遞傳單。因為只要一千日圓就能買到一支預付卡手機，對他們來說應該是相當划算。要不了多久，他們一定會想跟我們聯絡。」

「阿鐵哥，你的腳趾別再動了好不好？連我都跟著緊張了起來。」

在彌廣的提醒下，阿鐵才停止腳尖的抖動，但似乎隨時都會再次開始。彌廣呼著沉重的鼻息，點了根菸，抽菸的動作顯得相當急促；真廣從剛才就一直吃「嚼不停昆布」。現在仍舊一刻不離嘴。

貫太郎則相當安靜。他穩穩地坐在彌廣身旁，手擺在盤腿的雙膝上，像佛像般靜默不動，實屬難得。已有好久沒聽到貫太郎的聲音了。當彌廣叼菸時，他似乎也忘了要向前遞上打火機。

天氣並不熱，卻有豆大的汗珠緩緩從他那微微低頭的側臉滑落。武澤的目光緊跟著汗珠移動，從他的肥耳上頭出發，行經鬢角，再流過那宛如河豚般的臉頰……

這時，所有人不約而同地望向手機。它響了，螢幕上顯示「未知來電」四個字。阿鐵以生硬的表情朝武澤使了個眼色。武澤接起手機，按下通話鍵。

「喂……」

對方不理會武澤的應答，劈頭就問道：

「你是賣手機的吧？」

武澤朝其他四人瞄了一眼，下巴微微往內收。眾人紛紛顯露緊張之色。

「您是要問……預付卡手機的事嗎？」

「我看到傳單了，真的一千圓就買得到嗎？」

「不過數量有限。」

「你們手上有幾支？」

對方態度強勢，而且略帶嘲諷的口吻，武澤覺得耳熟。一定是那個整合男，不會有錯。

「有幾支是吧？請您稍等，我去確認一下。」

他以手掌遮住手機，等了幾秒。手機喇叭傳來整合男跟其他男人說話，對方以夾雜笑聲的低沉嗓音回答的聲音。

「喂，讓您久等了。」

「共有幾支？」

「呃……一共十支。正好還剩十支，我們目前正好就這個數目。從剛才起就一直有人打電話來詢問，已賣出不少支，如果您要購買的話動作要快……」

「我全買了，十支全寄過來。」

肋骨內側的心臟用力跳動了一下。

「啊，您一次要買十支？」

聽到武澤這句話，其他四人身子微微動了一下。

「沒錯。不過，十支共一萬圓，不必再另外付其他費用了吧？」

「是的，因為是清倉特賣。不過我們的手機功能齊全。請問要送往哪個地址呢？」

「呃……你等我一下。」

整合男似乎把嘴移開手機了，聲音頓時變遠。武澤把耳朵貼向手機喇叭。

「……這裡……好嗎？」

他似乎正向某人確認手機的寄送地點。對方出聲回答了，他應該是位在離整合男很遠的地方，但也許是聲音低沉的緣故，說的話清楚傳進武澤耳中。

「……最好問一下……要是擅自……」

在聽到下一句話的瞬間，武澤全身僵硬。

「……也許樋口先生又會……」

手機與他右耳間滲出黏汗——對方遲遲沒回覆，持續交談著。但兩人的音量遠比剛才還小，聽不清楚談話的內容。

「不好意思，讓你久等了。」

過了好一會兒，才又傳來整合男的聲音。

「我現在告訴你地址，你就送到這裡來。怎麼付款？」

「我會另外寄一份寫有匯款帳戶的表單給您。」

「那我告訴你地址。」

整合男給的新宿區地址，正是前幾天武澤他們查出的那棟大樓地址。

「那裡的一〇〇一號房。」

「一〇〇一號是吧。請問您的大名是？包裹上的收件人要寫誰呢？」

「收件人寫什麼都好，你自己決定吧。」

「這樣啊。那我就自己取個收件人姓名……」

武澤望向其他四人，真廣面無表情地指著自己的T恤，悄聲說了一句「三木忠太郎」。

「那就寫三木忠太郎先生，可以嗎？」

「哦，好啊。」

接著對方旋即掛斷電話。真廣的T恤胸前，是一隻開口微笑的米老鼠⑯。也許現場這一行人當中，最處變不驚的人就是她。

4

翌日。

新宿之家的九〇二號房已事先被解鎖了。走進裡頭一看，室內是兩房一廳的隔局，完全沒放家具，所以看起來相當寬敞。武澤在塵埃密佈的地板鋪上休閒蓆，阿鐵在沒裝窗簾的窗上，以膠帶黏上報紙。

「先來泡杯咖啡吧。我從旅館帶了即溶咖啡隨身包，還有紙杯。」

彌廣悠哉地說道。

「這裡的電、瓦斯、自來水，全都不能用。我以為妳知道，所以才沒特別對妳說的。」

一聽武澤這麼說，彌廣的細眉上挑，驚呼：「什麼？」

「那晚上怎麼辦？」

「我帶了手電筒。」

「那洗澡呢？」

「真那麼想洗的話，就去附近的澡堂或三溫暖。旅館還是繼續租用，所以妳也可以回旅館去。」

「想上廁所的話怎麼辦？」

「那就去上啊，就在那裡。」

「可是沒水不能沖啊。」

「水箱裡應該有足以沖一次的水量吧？如果不夠，就用帶來的寶特瓶將它裝滿。」

「小貫，晚上要是會冷的話，你要貼緊我哦。」

「咦……好。」

貫太郎心不在焉。他跪在地上，恍惚地將買來的食物和飲料擺在地上。

「貫太郎，你排那種東西沒意義吧？」

阿鐵困惑地指正他，他於是微微點頭，開始將擺好的東西放回塑膠袋裡。武澤見狀，不禁又再次老話重提。

「喂，貫太郎，你真的要參加這次的……」

「我不是說過了嗎？我沒問題，我要參加。」

貫太郎露出前所未見的銳利眼神。他自己似乎也發現了，旋即垂落雙肩，低頭悄聲道歉。

⑯「三木」的日文為MIKI，與米奇同音。

「不，沒關係。」

武澤從袋子裡取出接收機，打開電源，轉動旋鈕，分別調整到和那十個不同的竊聽器對應的周波數，但只傳來噪音。因為竊聽器還沒送到對方的事務所裡，所以這也是理所當然的事。

「指定宅配上午送達，最快幾點會到？」

「最快也要八點半吧。」

真廣如此說道，朝高飛的卡通錶望了一眼。

「還得再三十分鐘才會到。」

武澤調到其中一個竊聽器的周波數後，將接收機擱在地上。

一直到了上午十一點多，才傳來第一個聲音。之前一直持續的噪音突然顯得紊亂，之後噪音愈來愈小聲，起初他們還以為是接收機的電池沒電了，但其實不然。接收機傳來某個聲音，取代原本的噪音。那是快速且規律的「沙、沙、沙」聲。

「這什麼啊，好怪的聲音。」

武澤以手指比在唇前，噓了一聲，要彌廣安靜，然後把耳朵湊向接收機。沙、沙、沙……聲音消失了。接著一直安靜無聲，然後又發出沙、沙、沙……的聲音。

「有人抱著箱子在跑步。」

真廣飛快地說道。沒錯，確實是這樣。是竊聽器在箱子裡搖晃的聲音。

「宅配送貨員好像已經到了。」

五個人紛紛把頭湊向接收機旁。沙、沙、沙、沙……

「有您的包裹！」

開門聲傳來了，還有送貨員要求蓋章的聲音。接著手機在箱內又是一陣搖晃，然後是被粗魯擱置的聲音。緊接著，斷斷續續傳來箱子的膠帶被撕斷的聲響。

「野上兄，東西來囉。」是整合男的聲音。

「先確認狀況怎樣。」另一位似乎姓野上的男子應聲了。

那粗獷低沉的聲音，正是昨天傍晚隔著手機聽見的。雖然光靠聲音無法判斷，但也許他就是之前和整合男一起坐那輛轎車的大猩猩。

「真廣，錄音。」

在阿鐵的指示下，真廣將備好的錄音機湊向接收機旁，按下錄音鈕。九十分鐘的錄音帶開始轉動。

他們豎耳聆聽一〇一號房裡的聲音。事務所內相當嘈雜，充滿各種聲音。從聲音的數目來判斷，事務所內除了整合男外，少說還有四、五個人。當中有年輕人的聲音，也有中年人的聲音，也有聽起來像老頭子的聲音。

「我說，這筆錢是你借的吧？」

「你不是說明天給嗎？昨天的明天就是今天啊。」

「你在耍我是吧？」

「借錢不還，是詐欺的行為耶。」

時而出言威脅，時而裝腔作勢，忽遠忽近，同時夾雜各種雜音傳來的這些聲音，讓武澤被迫想起七年前那段歲月。當時幾乎每天都會接到這種電話。自從供組織差遣後，他也曾多次前往打這種電話的現場辦事。在煙霧彌漫的房間裡，那些人單手拿著手機，不斷逼迫債務人的嘴臉清楚浮現眼前。

武澤將接收機的頻道調至其他竊聽器，傳來的聲音幾乎沒任何變化。他又調往下一個竊聽器，情況也是一樣。十個竊聽器都確認過後，似乎每一個都運作正常。他在聽最後一個竊盜器傳來的聲音時，突然聽到一陣來電答鈴聲，Do・Mi・Sol・Do的旋律。

「現在時刻，上午十一點零九分。」

似乎是有人（可能是整合男）為了確認手機的狀況，而撥手機聽取報時。用的剛好是武澤調整周波數對上的那支手機，所以武澤也聽到了手機傳出的聲音。過了一會兒，又傳來整合男的聲音。

「好像沒什麼問題。」

「就先拿當中幾支來用吧。對付那些不接聽電話的人，就換支手機撥打。」

武澤一聽馬上明白野上下的指示是什麼意思。若是每天反覆被討債的電話騷擾，債務人很快就會拒接那支電話號碼打來的電話，或是顯示「未知來電」的電話。武澤至今還記得。那不是故意裝不知道，而是太過害怕，所以沒勇氣按下手機的通話鍵。這時候，若是有其他號碼的電話打來，害怕是討債電話的恐懼當然還是會盤據心頭，但心裡另一方面又會有個毫無根據的期待，認為或許是什麼好消息，就接起電話。

接收機傳來撥打按鈕的聲音，接著則是一陣響亮的來電答鈴聲。對方似乎用武澤正在監聽的電話撥打，不久後，一個柔弱的女性聲音不安地接聽了手機。

「喂……」

「能接電話嘛。」

女子似乎為之一驚。

「為什麼剛才一直不接電話啊，喂！」

「啊，不，我剛剛……」
「喂！」
武澤再也無法忍受了，所以將接收機切換至另一個頻道。
武澤他們想要的資訊之一，是對方用來收取債款的銀行帳戶。知道的數目愈多愈好。
武澤他們坐在地上，默默聽取竊聽的內容。每隔九十分鐘，真廣就會迅速更換錄音帶。這段時間令人心情沉重。因為考量到會肚子餓而特地買來的食物，沒人想碰。大家都沒那個心思。沒人吃東西，也就沒人跑廁所。大家都只是靜靜聽著接收機傳出的聲音，那幫人當中不時有人會提到匯款帳戶，這時，他們五人便記錄在備好的筆記本上。五個人都做同樣的事，所以會有五份同樣的筆記，這是為了避免聽錯帳戶號碼，同時也是為了因應事務所內同時有兩個人以上在同一時間提到匯款帳戶。在這種情況下，武澤會迅速悄聲指派分工，儘可能毫無遺漏地加以記下。
匯款帳戶比想像中來得多，但當然也不是多到數不清，所以他們在記錄時，不時會發現某些帳戶號碼曾經聽過。核對工作是之後的事，現在武澤他們五人只是一再地記下匯款帳戶。那幫人的工作態度出奇地認真，催款和威脅的電話一直沒停過。有時武澤監聽的手機正好有人使用，他就會馬上切換至其他手機的頻道。因為講電話的聲音太大了，會讓他無法聽清楚周遭的聲音。但有時切換後的手機正好也在講電話，所以在更改周波數的途中會突然聽見一陣咆哮聲。
到了下午，那幫人也許是出外討債去了，事務所內傳來的聲音數量時而減少，時而恢復。
過了下午三點，武澤他們終於開始覺得肚子餓了。真廣率先從塑膠袋裡拿出飯糰，張口便嚼。這就像是某個訊號般，讓武澤他們也不發一語地把手伸進袋子中，開始進食。不過，他們的注意力還是未曾從接收機發出的聲音上頭移開。每當對方有人提到匯款帳戶，他們就會同時停止用餐的動作，提筆記錄。

從接收機傳來的聲音之後一直沒多大變化。既沒有什麼重要的對話，樋口也沒來到事務所。他們眼下的第一個目的——掌握組織手上的匯款帳戶，已大致完成。那幫人提到的匯款帳戶，此刻已全部記錄完畢。

不久，已來到日落時分，貼在窗上的報紙逐漸變暗。室內很快便陷入一片漆黑之中。雖然備有手電筒，但沒必要特別亮燈，所以五人就這樣在黑暗中打發時間。現有的光線就只有接收機的指示燈，以及不時抽菸的彌廣，菸頭發出的微弱光芒。接收機傳來的聲音又減少了一、兩個，不久後，已完全聽不到催款與威脅的聲音了。時間是下午七點三十三分。

「他們的工作算是忙完了吧？」

面對阿鐵的詢問，武澤搖了搖頭。

「現在是債務人下班回家的時間，他們應該是直接前往施壓了。」

七年前，武澤從公司下班回家時，多次看到家門旁停著陌生的車輛，他總是轉身往回走。

「野上兄……今晚有何打算啊？」

傳來整合男的聲音。

「今天沒收到什麼特別的指示，就去歌舞伎町吧。」

「你要去啊？可是，最好先跟樋口先生聯絡一聲比較好吧。」

「那就打電話吧。」

現場沉默了一會兒。看來，整合男正打電話給樋口。

「沒接耶。」

「待會兒再打吧。」

「對了，野上兄，那件事怎麼辦？關於那個叫武澤的傢伙……」

眾人皆全身為之一僵。

「那也得等候樋口先生的指示。昨天我問過他，他只對我說了一句『我再想想』。」

「可是，他不是逃走了嗎？那間屋子已人去樓空。樋口先生還打算繼續找他嗎？」

「不知道。也許是打算叫我們去找人。」

「這次又要當偵探啦？」

「縱火、殺貓、當偵探……真是什麼工作都有。」

真廣張口想說話，彌廣迅速一把抓住她的手。

「雖然他叫我們去找人，但我又不認得他們的長相。」

「我也只認得武澤。而且還是先前朝他家後院縱火，他衝出屋外時，就見過那麼一眼。對了，當時還看到另外一個人。一個個頭矮小、長相怪異的傢伙。我總覺得好像在哪裡見過那傢伙……是在哪兒呢？」

整合男思忖了半晌，努力想要想起阿鐵，但最後還是徒勞無功。

「應該還有其他人和他一起行動吧？」野上問。

「好像是，不過不知道他們是什麼樣的關係。」

「不管是要找人，還是要讓對方好看，真希望樋口先生都可以自己來。他有點太依賴下屬了。」

「下次你不妨當面這樣告訴他。」

「等我寫好遺書後再說吧。」

兩人口中傳出一陣低笑聲，當中夾帶著一股看破的意味。接著傳來腳步聲和開門聲，之後便什麼也聽不見了。

5

在阿鐵的提議下，武澤、貫太郎、真廣、彌廣四人先回飯店休息了。看來，在天亮之前，這間事務所是不會再有事發生了，而且這房間沒電、沒瓦斯，也沒自來水，所有人要留在這裡過夜實在有困難，所以才想改採輪班制。

「我負責留在這裡監聽。」

回到旅館後，他們依序洗澡，武澤收回五人一起抄寫的匯款帳戶，連同阿鐵託他帶回的那一份，請其他三人幫忙比較彼此抄寫的內容，一面訂正像是聽錯的部分，一面歸納整理在一張報表上。不久後，完成了一張約有十五個帳戶的一覽表。

完成這項工作後，疲憊和睏意一口氣湧現了，儘管沒做什麼勞動的工作。其他三人似乎也一樣，雖然對熬夜的阿鐵有點過意不去，但他們決定先睡再說，就熄燈各自上床就寢了。一躺上床，馬上就進入了夢鄉。然而……

數分鐘後，武澤在黑暗中驚訝地睜開雙眼。

電話鈴響，是武澤擺在枕邊的手機。他按下通話鈕，將手機貼向耳畔時，傳來一陣急促的呼吸。

「是樋口。」

阿鐵的聲音相當激動。武澤馬上坐起身，以手摀住通話口，悄聲說：「他來到事務所了嗎？」

「是的，剛才和整合男、野上一起回來。現在又三個人一起出去了。」

阿鐵的呼吸聲就像在喘息般。真廣、彌廣、貫太郎，也紛紛從床上坐起，望著武澤。

「那對話呢？」
「錄下了，我就是為了這個才留下來的。他們三人一回到事務所，我就開始錄音。竹兄，你準備好了嗎？我播給你聽。」
手機發出一陣摩擦聲，可能是阿鐵將錄音機的喇叭抵向自己的手機了。遠處傳來阿鐵一句「要放囉」，接著傳來錄音帶的聲音。
「……不是玩樂的時候。我正在籌備新的據點，你們還有空去歌舞伎町鬼混？」
這句話當中夾雜了許多齒擦音，礙耳的齒擦音。七年前，在電器行的電視畫面中，樋口的蒼白面孔浮現在媒體閃光燈下。當時那對薄唇透過電視畫面，不知朝武澤說了什麼的。
傳來整合男與野上道歉的聲音。從對話內容聽來，似乎是他們兩人在歌舞伎町遊蕩時，正巧被樋口撞見，或是樋口打電話給他們兩人，將他們帶回事務所。
樋口與整合男仍繼續對話著。
「你說你們買了新的手機是吧？
「啊，是的，就是這個。一共買了十支。一支一千圓，不過功能全都正常。」
「一千圓？……」
「聽說是清倉特賣，而且數量有限。對方只剩十支，所以我全買下了。因為我想，可以拿到新據點那裡使用。手機不是不夠用嗎？」
「東池袋的據點還需要五支。你明天一早送過去，其他的就先擺這裡。」
看來，武澤他們送去的十支手機，其中有五支會留在這個事務所內。
「樋口先生……請問一下，今後會在這裡常駐嗎？您之前說過，要以這個事務所做為組織的大本營，對吧？」

「因為我整天都忙著到各個據點巡視，要忙到這麼晚才能露面，而且得持續一陣子。對了……等日後一切都穩定下來之後，再買個桌子擺這裡吧。」

樋口說著說著，笑了幾聲。

「另外再準備一個印有『社長』的桌上名牌吧，就是擺在桌上的那種。」

樋口發出「嗯」的一聲鼻息，感覺似乎相當得意。也許樋口最近成了組織裡的龍頭，從他們的對話內容可以想像。

「不過，我恐怕是沒空悠哉地坐在位子上。聽說最近這一帶的保護費要調高了。我們要賺錢，得多加把勁才行。」

保護費是支付給流氓的一筆監視費，等同於流氓向業者收取的准許營業費，讓他們可以在自己地盤內做生意。聽說後來因為政府施行「暴力團對策法」，流氓向一般業者索取保護費的情形減少了，但似乎對非法業者還是會繼續收取。

「擴大組織與武澤那件事，就像是遺言一樣。要全力以赴，不可以偷懶。」

遺言？……

野上低沉的嗓音插話道：

「對了，樋口先生，關於武澤那件事要怎麼辦？」

使勁拍打桌面的聲音傳來，野上的聲音因而中斷。現場鴉雀無聲，持續了數秒之久，彷彿連空氣也為之緊繃，接著才又傳來樋口的聲音。

「我昨天不是叫你們要想辦法嗎？」

「是，您確實吩咐過。」

「同樣的事別問第二遍。」

接下來沒再聽到任何聲音。不是竊聽器中途斷訊，而是三人停止交談了。錄音帶停止播放的咔嚓聲傳來，阿鐵朝通話口說話。

「接下來，他們就一直沒說話了。在我打電話給你之前，他們三個人已離開事務所。竹兄，樋口最後講到『遺言』，對吧？指的是哪件事啊？」

「我才想問你呢……」

黑暗中，六顆眼睛不安地望著武澤。

6

翌晨，武澤連早餐也沒吃便開始思索該如何寫這封信。他將自己潦草寫下的內容交給貫太郎，請他重新謄過，貫太郎在信紙上寫下如同印刷字般工整的文字。

鈞啟

冒昧來信，敬請見諒。在下任職於東京都的某公家機構，因有事想與您聯絡，特地提筆寫信給您。

您或許也已知道，本機構前些日子為了撲滅東京的違法信貸業者，動員了不少人力。如同附件中所列，本機構已掌握閣下所用的匯款帳戶，目前正透過警視廳與各銀行接洽，準備凍結閣下的帳戶。

不過，本機構的資訊管理體制並不完善，現在還有辦法刪除閣下的匯款帳戶資料。這件事，只要是本機構的人都可以辦到，當然也包括在下。

關於此事，請恕我無禮一問，是否需要我刪除閣下的匯款帳戶資料呢？手續費只要一百萬左右即可。關於付費方式，事成之後，在下會再與您聯絡。

敬頌　崇祺

武澤將這封信與昨晚的匯款帳戶一覽表一同放進信封內後，四個人整裝完畢，步出商務旅館。在超商買了早餐，一面吃，一面搭計程車前往新宿之家。他們在玄關大廳確認過四下無人後，悄悄將帶來的信封塞進一〇〇一號房的信箱內，接著一行人迅速坐進電梯。按下九樓與十樓的按鈕後，武澤、彌廣、貫太郎三人於九樓走出電梯。

「看妳的了。」

真廣一人坐上十樓。

走進九〇二號房後，只見阿鐵像個胎兒般雙手抱膝睡在空蕩蕩的起居室中央，眼睛和嘴巴微張。

「阿鐵，我們買早餐來了。」

甫一出聲叫喚，阿鐵便發出一聲怪叫，不知他是用了哪邊的肌肉，竟維持躺著抱膝的姿勢，從地上浮起約數公分高。

「嚇……嚇我一大跳。」

「你沒有棉被應該很冷吧？」

彌廣將身上的白色夾克披在阿鐵身上，阿鐵雙手按著胸口，像要揪緊心肝似的，重重吁了口氣。

「啊……我不小心睡著了。我還以為只睡著一下子呢。」

武澤將超商塑膠袋遞給阿鐵。

「我買來了飯糰、三明治，還有咖啡。吃完後，你先回旅館睡覺吧。因為你整晚熬夜。」
「不，我沒關係。只要在這裡小睡一會兒就好了。」
「後來他們有什麼動作嗎？」
「沒有，好像還沒有人到事務所來。」
武澤他們朝地面坐下，維持和昨天同樣的姿勢。阿鐵睡眼惺忪地吃著早餐，然後又抱膝躺下，以彌廣的夾克當棉被，闔眼睡去。其他三人則豎耳細聽接收機喇叭傳來的聲音，不發一語。

真廣在十樓走出電梯，來到走廊。走廊左手邊是一整排油漆剝落的柵欄。明明是十層樓高的大樓，但柵欄高度卻只到真廣胸口。
她不喜歡站在高處。
國中時，真廣一度想過要自殺。她逃學來到附近一棟大樓的頂樓，朝底下渺小的行人凝望良久。那棟大樓的前方有一座公園，小孩和母親玩的嬉鬧聲不時傳向真廣所在的頂樓上。她在那裡一直待到晚上，但最後還是提不起勇氣，打消了自殺的念頭。回公寓後，她抱著姊姊痛哭。從那之後，她便覺得高處是離幸福最遙遠的地方，因而心生反感。
她單手扶著柵欄，悄悄往下窺望。大樓旁邊有一座兩層高的樓房，屋頂是正方形的，那像是拳擊賽現場轉播時，攝影機從上方俯瞰擂台所看到的景象。有個像鍋爐般的方形機器，以及粗大的鐵管，平時似乎沒有人會爬上那裡。一件漢堡圖案的T恤和塑膠袋不知從哪兒飛來，落在頂樓的水泥地上。
真廣離開柵欄，走在外廊上。一〇一號房是最深處的那扇門。真廣喉嚨緊繃，緩步而行。

她站在最深處數過來的第二扇門，亦即一〇〇二號房的門前，做了個深呼吸。

接著她按下門鈴。

她等了一會兒，沒人應門。真廣又再按了一次門鈴，感覺門內有人行走的動靜。不久後，一陣「咚……咚咚……咚咚」的奇怪腳步聲走近，某個東西撞向大門內側。接著，大門對面傳來一聲嘆息聲，有人轉開了門鎖。

「妳是誰？」

一名纖瘦的女子從門內探頭。年約二十五歲左右，一頭褐色長髮，身上穿著緊身紅色T恤，外面罩著一件長度及膝的粉紅色運動外套，底下露出一雙徹底除過毛的玉腿。

「有什麼事嗎？現在是早上耶。」

女子從門縫裡探頭，迷濛的雙眼望著真廣。她是喝醉，還是睡昏頭呢？

「我喝酒喝到早上，才剛睡著呢。」

原來兩者都有。

這種我最不會處理了——真廣暗忖。如果是中年大叔我還比較拿手，但這種人最難應付。不過，現在局面容不得她說不，只能硬著頭皮上了。

「啊……對不起，我認錯房間了。」

真廣一面說，一面向後仰身，抬頭看門旁的門牌。

「我以為自己來到了九樓……咦，這裡是十樓嗎？」

真廣雙手摀著嘴，那模樣就像在說「怎麼辦」。女子發出「唉」的一聲長嘆，暗啐一聲。

「喂，拜託一下好不好。人家在睡覺耶。」

女子使勁搔抓著長髮，正要把門關上時，真廣開口說了一聲「請問……」。她朝對方注視了片刻後，戰戰兢兢地問道：

「這位姊姊，您該不會是『Pirates of très bien』裡的酒店小姐吧？」

真廣隨口編了個店名，女子聞言後張大嘴說了一句「什麼？」，牙齒間的唾液拉出數條絲線，接著難看地笑了起來。她的鼻梁挺直，有著一張鵝蛋臉，如果表情正經一點的話應該稱得上美女，可惜了。

「那什麼啊。是哪家店啊？我怎麼可能在店名這麼俗氣的酒店上班。我啊，是『GRACE』裡的小姐。這樣妳懂了嗎？」

咦！真廣雙手交握於胸前，故意擺出驚訝貌。

「『GRACE』？真的？那是我最憧憬的一家店耶。」

明明沒聽過這家店名，但她還是全力注入情感，發出可愛的聲音。

「憧憬？」

女子蹙起眉頭，擺出毫不在乎的神情，不過臉上透出了些許得意之色，她毫不顧忌地朝真廣全身上下打量。

「妳也是酒店小姐嗎？一點都看不出來呢。像個小孩子似的。」

女子一面說，一面隨手撥動她的亂髮。「憧憬」一詞似乎發揮了作用，女子的說話口吻變得比較客氣了。

「不，我現在還不是。我只是對酒店小姐感到很憧憬，希望以後也能和您們一樣。要是日後我也能到『GRACE』這樣的酒店上班就好了。」

女子冷冷一笑，呼出的鼻息滿是嘲笑與優越感。

「勸妳最好別走這條路。別看酒店小姐這樣，這工作可是很辛苦呢！」

「咦，是嗎？可是我一直都……」

「我不會騙妳的，勸妳最好不要。我也是因為有種種因素，才會……」

女子做作地搔著頭，露出凝望遠方的眼神。隔了數秒後，真廣裝出大受打擊，不知該如何是好的神情，然後以堅決的表情重新面對女子。

「可是，我覺得這絕不是巧合。因為我按錯門鈴的房間，出來應門的人竟然就是『GRACE』的小姐。」

真廣提醒自己要對店名注入情感。

「姊姊……第一次見面就提出這樣的要求實在很失禮，不過……您可否介紹我到店裡上班呢？」

「介紹？才不要呢。」

女子轉為嚴肅的表情，往後仰身。

「可是，我真的很想到『GRACE』當酒店小姐。我想試試看。」

「既然這樣，妳直接到店裡去拜託店長不就行了。」

「您認為這樣就進得去嗎？」

真廣不安地問道，女子朝真廣的臉端詳了片刻後，心不甘情不願地說道：

「這個嘛……應該可以吧。我也不知道。」

真廣馬上露出燦爛的笑容，就像臉部周遭有百花齊放一般。

「真的嗎？能聽到真正的酒店小姐這麼說我好高興，這樣我就有自信了。今晚我會到『GRACE』去試試看。」

接著，真廣突然悄聲說道：「可是，我真不想和姊姊同一天在店裡上班……因為要是有姊姊這麼漂亮的人在，客人一定都不會坐我的檯。」

女子臉上浮現喜色。

「也許真的會那樣吧，別跟我同一天上班比較好。」

「姊姊，您都是星期幾去上班呢？」

「我上班日並不固定，不過，我每個禮拜三和五都會去上班。」

「啊，那我就挑這兩天以外的時間吧。」

「我不知道店長會怎麼說，不過，妳要怎麼拜託店長是妳的自由，妳就問問看吧。」

真廣活力百倍地應了聲「是」，低頭向女子行了一禮。低頭時，她迅速往屋內瞄了一眼，發現水泥地上有五、六雙飾件華麗的高跟鞋。裡頭的房間有好幾件隨處脫放的素色衣服，以及一張小巧可愛的梳妝台。前面擺了滿桌的指甲油和睫毛膏。這裡顯然只有她一個人住。

「姊姊，非常謝謝您。要是我能實現夢想在『GRACE』上班，也許就能在店裡和您見面了。到時候請多多關照。」

「嗯……我會的。」

女子似乎醉意和睡意全消，回到了玄關內。大門就此關上。

「星期三和五是吧。」

真廣走回電梯，來到九樓。

從接收機裡什麼也聽不到。武澤拿出自己帶來的寶特瓶，含了口水，想藉此消除緊張。

玄關傳來開門聲，真廣走進來了。在場眾人不約而同望向她。

「如何？」
武澤開口問道，真廣冷冷地應了一句「很順利」。
「是一位獨居的酒店小姐，她說星期三和五都會到店裡上班。」
「哦，太好了。今天是星期二，所以這表示……最快是明天或大後天囉。」
他們派真廣去問出一〇二號房的住戶什麼時候不在家。如果隔壁住戶在家，這次的作戰就無法成功。
「不好意思，派妳執行這麼麻煩的工作。要是我或阿鐵能做就好了。」
因為考量到武澤和阿鐵去十樓不太洽當，所以才由真廣來執行這項工作。整合男看過他們兩人的長相，要是在外廊不期而遇，那可就麻煩了。而武澤也很有可能會遇上樋口。
「你們這邊情況怎樣？」
真廣朝武澤身旁坐下，隨手拿起他剛喝過的寶特瓶，咕嘟咕嘟地喝了起來。
「還沒聽到任何聲音，他們早上好像都很晚才到。」
「昨天好像是上午十一點就都到齊了。」
阿鐵望向手錶，現在時間上午八點三十二分。
「再過兩個半小時，他們應該就會齊聚在事務所裡吧？」
「也許是吧。」
不過，他們並不需要等那麼久。一個小時後，傳來了第一個聲音。
開門聲，粗魯的關門聲。兩隻腳在地上踏步而來。「咔嚓」的金屬聲，應該是對方朝疊椅坐下的聲音。咔、咔、咔、咔——用指頭敲打某個東西的聲音。
「對方很焦急呢……不過，不知道這個人是誰。」

不久，又傳來開門聲。比剛才還要沉重的腳步聲走進屋內。

「啊，野上兄。」

「哦，你今天可真早。」

看來，剛才先到事務所的人是整合男，現在走進來的人則是野上。

「野上兄，你看這個。剛才我在底下的信箱發現的。」

「這什麼啊……信嗎？」

現場沉默了片刻，接著傳來野上的沉吟聲。

「喂喂……這怎麼回事，我們的匯款帳戶都被對方掌握住了。」

「這下糟了，野上兄。怎麼辦？」

「還能怎麼辦，得先聯絡樋口先生才行。」

兩人停止交談。二十秒後，又傳來整合男的聲音。

「啊，樋口先生，抱歉。事情是這樣的……發生了一件麻煩事。」

他打電話給樋口。整合男簡短說明了目前的情況後，開始逐字逐句地唸起那封信上的文字。接著，他只是一味地回答「是……是……是」。不時還會大聲地回答「是！」，可能是樋口對他咆哮的關係。光是隔著接收機聽整合男的動靜，武澤便已覺得緊張萬分，脈搏幾乎就要停止跳動了。

「……樋口先生說了些什麼？」

是野上的聲音，整合男似乎已講完電話了。

「他說，要盡快將所有帳戶裡的現金都提領出來。因為要是帳戶遭凍結，無法支付保護費可就糟了。」

「提領出來的現金要怎麼處理？」
「他說先放在事務所裡。」
「成功了！」
阿鐵叫出聲，武澤也忍不住在胸前握拳。但接下來聽到的對話卻令他們兩人同時閉緊雙唇。
「因為只有這間事務所有保險櫃。」
「那麼一大筆現金總不能隨便亂放吧。的確，只要把錢放進這個保險櫃裡，應該就可以放心了。」
「保險櫃是吧……」
武澤不禁如此低語，其他四人也都臉色一沉。原本打算搶奪的現金似乎會被放進保險櫃裡保管。
「明天傍晚，樋口先生會去拜訪一位熟悉東京地下錢莊取締機構的人。信中提到的『東京都的某公家機構』，他已取得相關資訊了，還叫我也一起去。」
「這段時間事務所要怎麼辦？」
「好像是交由野上兄來負責。」
「明天傍晚是吧……」
那個時間，一〇二號房的住戶正好不在家，而樋口和整合男也不在一〇一號房。換言之，認得武澤和阿鐵的人都不在。
這天，武澤他們進行計畫的最後討論，完美地顧及每一處細節。

7

就在隔天傍晚前。

武澤、阿鐵、貫太郎、彌廣紛紛穿上同一套工作服，頭戴相同的帽子，在九〇二號房待命。工作服是低調的灰色，樣式很普通，帽子也是。真廣也做了同樣的裝扮，但她人不在這裡，而是在走廊外豎耳細聽，等候樓上房間那名女子外出。

透過接收機，他們已掌握了一〇一號房的情況。樋口與整合男似乎按照前一天說好的計畫一同外出了，不在事務所內。現場只有野上及其他三名男子，其中兩個是年輕人，剩下那個聲音沙啞，似乎是有相當年紀的男子。

武澤鎖定的現金全都放在事務所的保險櫃裡。保險櫃的樣式究竟是轉盤式、電子按鍵式，還是圓筒鎖式，得實際看過才知道，不過，昨天他們已想好對策了。

「再來就只有等候執行的時刻到來了。」

阿鐵如此說道，武澤默默點頭。彌廣從剛才就一直菸抽不停，貫太郎則是前額冒汗，靜靜望著地面，還不時深吸口氣，然後長長地吁出。他真的不要緊嗎？

細長的夕陽餘暉從貼在窗上的報紙縫隙射進來。

真廣走進玄關時，手錶的時間已過五點半。

「樓上的女人出門了。」

武澤一行人紛紛起身。阿鐵雙手使勁一拍。

「要動手囉。真廣，別忘了器材哦。彌廣，那樣東西準備好了吧？貫太郎和竹兄，名片要帶著。」

武澤確認收在胸前口袋裡的名片。名片上以藍紅兩色印上大大的公司名稱。底下用黑色的細明體寫著「館山太」這個名字。這是阿鐵取的姓名，姓是取自武澤、阿鐵、彌廣、真廣的第一個假名，名字則是用來代表貫太郎。附帶一提，阿鐵自己取名為「錠明夫」，貫太郎則為「小林貫二郎」。阿鐵認為只有男性帶著名片比較有真實感，因此才這麼安排。三名正式的男性員工外加一名兼職的年輕女性，確實是小公司常有的情況，不過，也可能是阿鐵想不到要取什麼名字才好。

「我們上吧。」

武澤帶頭的一行人穿戴整齊劃一的帽子和工作服，步出門外。他們坐進電梯，前往十樓。在電梯裡，他們全都不發一語。不久後，電梯門開啟，武澤率先來到外廊，但就在步出的那一剎那，右腳踢到了未全開的電梯門外緣。帆船鞋的布面輕薄，因此那股衝擊幾乎全部導向小趾了，武澤差點叫出聲來，但他急忙用雙手摀住嘴巴。

「……不要緊吧？」

阿鐵窺望他的臉，武澤強忍痛楚，點了點頭。

「我沒事。」

在武澤的帶領下，一行人排成一列，在外廊上行進。夕陽漸西，外廊益發顯得昏暗，武澤感覺此地就像怪物濕滑的咽喉。他們此刻正朝深處走去。我不糊塗、我不糊塗、我不糊塗。他在心中不斷默唸。

貫太郎走在武澤身後，感覺就像吞了冰塊般，肚子發冷。

我辦不到、我辦不到、我辦不到。每走一步，這聲音就在他腦中響起。

——我辦不到。

我沒這個能耐。

——辦不到。

我沒辦法做好這件事。為什麼我當初不拒絕呢？為什麼不說我不要呢？

他望著走在前面的武澤後腦，然後緩緩轉頭望向身後。——現在才要說出心裡真正的想法，已經太遲了。

阿鐵輕拍他的背。

「冷靜下來，貫太郎。」

「不必擔心。這是我們精心策畫的作戰計畫。一定會進行得很順利。」

才怪，才不是這樣呢——貫太郎在心中吶喊，但他說不出口。貫太郎默默轉身面向前方，靜靜邁步前行，此刻行走中的這兩隻腳簡直就像是跟別人借來的。他們朝一〇〇一號房的大門慢慢逼近……不久，一行人就停下了腳步。

帶頭的武澤按下門鈴，門內微微傳來數名男子的聲音。剛才從九〇二號房的接收機裡聽到的聲音，此刻已近在咫尺。

房門從內側開啟，探出一張滿腹狐疑的臉龐，是前幾天到他們的租屋處用高爾夫球桿敲壞玄關大門的那名男子。

「你們是什麼人？」

這名男子果然是野上，一聽聲音就知道。野上的濃眉微蹙，視線往額上方向瞪視著這群陌生人。

武澤迅速將右手插進胸前口袋，野上的表情為之一變。武澤接著抽出右手，伸向他面前，態度和善地縮著身子。

「冒昧來訪，敬請見諒。這是我的名片。」

看過武澤的名片後，野上瞇起他那對小眼。

「竊聽殺手……有限公司？……」

現在已無法抽手了。

「是的，近來東京頻頻有人因遭受竊聽而受害……」

武澤開始向野上說明。

阿鐵臉上泛著制式化的微笑，在一旁看著武澤進行流暢的說明。近來東京頻頻有人因遭受竊聽而受害，為了加以阻止，我們日夜用心四處巡邏，拆除竊聽器——這是武澤率領的「竊聽殺手」所秉持的理念以及工作內容。

「基於這個因素，我們今天也在這一帶實施定期巡邏。結果從這一棟大樓內感測出不正常的FM波，為了確認FM波的來源，我們從一樓開始，在每一戶門前進行電波偵測。不過，在這之前我們的竊聽器偵測器始終沒出現強烈的反應。」

野上來回打量手中的名片，以及遞交名片給他的武澤。室內傳來男子們咆哮和出言威脅的字句。

「最後我們來到十樓，出電梯後，從最前面的一〇〇四號房開始依序調查，但我們的機器還是沒感應出竊聽器的存在。我們也開始感到納悶，懷疑會不會是自己弄錯了。」

語末，武澤露出親切的笑容。接著他又轉為嚴肅的表情繼續說道：

「不過，最後在這間一〇〇一號房門前進行電波偵測時，我們的機器……啊，對了，實際讓您們看一下，可能比較容易理解。」

武澤轉頭向後方比了個暗號，真廣馬上從波士頓包裡取出一台小型機器。這台機器呈長方形，外觀像無線電對講機，是武澤事前在秋葉原買的，乃貨真價實的竊聽器偵測器。上頭附有小小的正方形液晶螢幕，一感測出疑似竊聽波的電波，便會出現「！」的符號。符號數目與感測到的竊聽波強度呈正比，分別是由一到五，依強度增加。

真廣打開偵測器的電源。等候數秒後，畫面上亮出一個「！」的符號。她讓野上看畫面，接著將偵測器伸向室內。這時，「！」的符號旁，又多了一個「！」。這次不是亮燈，而是閃爍。雖然不清楚單位有多少，但測量到的竊聽波數值應該有1.5。

真廣關閉偵測器的電源。

「就是這麼回事。」

武澤轉身面向野上。

「顯而易見的，這間一〇〇一號房的室內出現了強烈反應。」

野上一臉不悅，沉思了片刻後，以試探的眼神凝睇武澤。

「簡言之，你們從這個房間裡偵測到那種電流……」

「是電波。」

「不用你多嘴！」

野上的口吻突然變得粗暴，武澤肩頭為之一震。貫太郎不要緊吧——阿鐵往身後瞄了一眼。阿鐵頗感詫異地發現，現場只有貫太郎不為所動。當然了，他還是一樣流露不安之色，但表情沒任何變化，就像沒聽到野上的大聲咆哮似的。

「對不起。」

武澤搗著嘴，必恭必敬地低頭鞠躬，又接著說道：

「事情是這樣的，我們之前在這棟大樓前的馬路上巡邏時，並未從這棟建築中偵測出可疑電波。所以我想向您請教一下，不知您最近是否有想到些什麼可疑的事？例如在室內的對話可能遭人竊聽之類的。」

野上若有所思地望著地面，以粗大的手指緩緩摩娑著下巴。他足足沉默了有三十秒之久，接著猛然抬眼開口道：「請你們調查，需要多少錢？」

武澤搖了搖頭。

「我們不會收取調查費用。只有當我們調查後發現確實有竊聽器時，才會收取發現費。對了，如果發現竊聽器後，您要委託我們拆除，到時候會再收取拆除費用。」

野上具體詢問每一筆費用。武澤開出相當便宜的價格，話雖如此，還不至於便宜到讓人覺得不自然。

「不會再加收額外的費用了吧？」

「這當然，我們不是黑心業者。」

野上和剛才一樣，低頭沉思。緩緩摩娑著下巴。

「你等一下。我請示一下我的上司。」

野上說完後，伸手至上衣口袋裡探尋，當他取出手機時，武澤急忙伸出雙手。

「不，不必這麼麻煩。您知道嗎，其實我們並不會搬動或是損毀任何東西。只要很短的時間就能完成這項工作。」

野上一臉狐疑地抬眼望著武澤。武澤朝他莞爾一笑，投射出肯定的眼神。雙方沉默了半響。

接著，野上挪動他高大的身軀，朝室內努了努下巴。

「你調查吧。」

一聽到這句話，武澤感到全身力量從尾椎附近流失了——成功了。

不過真的好險。

剛才野上要打電話請示的那位「上司」肯定就是樋口。千鈞一髮之際，好在武澤擋了下來。要是野上以電話通報此事，樋口回答「那我馬上趕回去」，下場可就慘不忍睹了。

總之，目前暫時突破了第一道關卡。武澤提醒自己要保持平靜的表情，然後走進了門內。

「打擾了。對了，你們也遞名片給這位客人吧。」

阿鐵和貫太郎分別遞上名片，低頭行禮。武澤在玄關處脫鞋走進室內。短短的走廊盡頭處有一扇嵌有玻璃的木門。野上從武澤身旁走過，打開那扇門。原本微微傳來的男人聲音，音量一下子突然增大許多。在九〇二號房透過接收機聽到的聲音已經讓人覺得很不舒服了，此刻直接親耳聽見更教人覺得反胃。

「打擾了。」

門內是一間木板地的大客廳，空氣中滿是污濁的煙霧。

前方左側有一對黑色皮沙發，中間有一張像是大理石桌面的矮桌。房間右側擺著一張會議桌，周圍約有十張疊椅。疊椅上坐著三名男子，各自手持手機貼在耳邊講電話，一面望向武澤他們。三人當中有兩名年輕人，一位體格略顯富態，另一位則是身材清瘦。身材較胖的男子，有一對陰沉、不帶情感的眼睛。身材清瘦的男子則是眼神兇惡，就像嗑了藥似的，眼神飄忽不定。最後一人坐在最裡面，單腳擺在椅子上，個頭矮小，已有相當年紀，幾乎可以稱得上是老頭。他那臉蛋活像蠶豆般扁平，一對眼珠散發精光，就像在刺探些什麼，盤算著壞主意。那三人都給人陰森可怕的感覺，不知為何，武澤從最後那蠶豆臉身上感受到最直接且強烈的恐懼。

戴不慣帽子造成的搔癢感令武澤更加坐立不安。

野上以動作命那三人繼續工作後，目光投向武澤。

「然後呢，你們怎麼處理？」

「接下來我們要先進行調查。如果有什麼發現我們會主動通知您，您可以像平時一樣放輕鬆就行了。」

野上並不答話，朝其中一張沙發坐下，點了根菸，雙臂環胸，就像在觀察武澤他們的一舉一動似的。武澤向他笑道：「啊，您放心。您可以像平時一樣工作，沒關係。」

「我平時就是這樣。」

依據之前竊聽得來的消息判斷，野上在這間事務所裡的地位僅次於樋口。樋口不在時，他似乎都是這樣坐在沙發上看部下們工作。

「那我們開始吧。喂。」

武澤向真廣叫喚後，她從波士頓包裡取出剛才那個探測器，朝上頭幾個旋鈕調節一番，開始緩緩將天線前端呈扇形擺動。武澤一面確認，一面環視室內——保險櫃在哪裡？放眼望去，完全沒看到保險櫃的蹤影。

「館山先生，我去看看外面的電表箱。」

阿鐵向武澤喚了一聲後就步出玄關門外了。野上狐疑地蹙眉，手中的菸停在唇前，視線望向身旁的貫太郎。

「喂，那傢伙出去幹嘛？」

「咦……」

貫太郎一愣，垂著雙手呆立原地，望向野上。糟了！事前應該已事先討論過要如何回答這個問題，但貫太郎似乎太過緊張忘了此事。

「他是負責……」

武澤正準備要替他解危時——

「我在問這個胖子。」

野上馬上如此應道。再次斜向仰望貫太郎，如此問道：「那傢伙出去幹嘛？」

「啊，這……」

彌廣仔細聆聽他們的對話，心中暗暗祈禱。快點回答啊，快點，快點。昨天和今天我們已經複習過很多遍，已經詳細討論過了啊，如果沉默太久對方會起疑的。可是貫太郎卻遲遲不發一語。

貫太郎到底是怎麼了？沒想到他竟然會這麼緊張。在舞台上表演魔術或是第一次闖進武澤他們的租房處時，他也不曾緊張過啊。

昨天彌廣向貫太郎問道。

——小貫，你是不是有事瞞著我？

這是彌廣一直掛在心上的事。住在商務旅館籌備這項計畫，以及在九〇二號房對那幫人的事務所展開監聽時，彌廣有好幾次想向貫太郎問個清楚，但每次都忍了下來。過去貫太郎從來不曾瞞過她，甚至連自己不舉的事也是在交往前便跟她明說了，所以彌廣以為這次是她自己多慮。她只能這麼想，實在不願懷疑最愛的貫太郎竟然會有事瞞著她。

——這怎麼可能。我怎麼會有事瞞著妳呢？

貫太郎如此應道。彌廣看到當時貫太郎那強顏歡笑的模樣，頓時明白自己的懷疑果然沒錯。貫太郎顯然有事瞞著她，而且似乎是相當嚴重的事。彌廣一時不知該說什麼才好。她想追問下去，但到了這關頭還是不願相信貫太郎竟然會有事瞞她。

——說得也是。

最後，彌廣只應了這麼一句，微笑以對。

加油，加油，加油！——彌廣不斷祈禱。快點回答野上的問題，在他起疑之前，快點！

也許是上天聽見彌廣的祈禱了吧，貫太郎終於開口回答。

一聽到貫太郎的聲音，武澤鬆了口氣。

「他是去檢查門外的電表箱。像水表、瓦斯表、電表之類的。Repeater，也就是竊聽的中繼增幅器，常隱藏在電表箱中。」

貫太郎說起話來意外地流暢，所以武澤更加放心了。看來之前準備好的答案，他只是一時忘了。這個死胖子，教人替他捏一把冷汗。

「那個中繼增幅器是幹什麼用的？」

「這個嘛……竊聽器差不多就這麼大。」

貫太郎用手指比出約打火機的大小。

「無法發出強力電波，所以要利用設在某處的中繼增浮器先暫時接收訊號，然後再轉為強力電波，發送給接收機，像這種方式現在愈來愈普遍了。」

「哦……還真是大費周章呢。」

雖然滿口胡言，但野上似乎相信了。貫太郎離開原地，朝那三名男子圍坐的桌子走近。忽而蹲在地上，忽而往桌子底下窺望，忽而伸指按壓疊椅坐墊，佯裝找尋竊聽器的模樣。男子們發出充滿攻擊性的殺氣，斜眼瞪視貫太郎。他們各自將手機貼在臉上，持續恫嚇討債。

得快點找出保險櫃的所在地點才行。

「我們可否到裡頭的房間查看呢？」

武澤正準備往客廳左手邊的房門走去時，野上微微站起身，好像想說些什麼。但他最後還是又坐回沙發上。武澤握住門把，輕輕推開房門，往內探頭，左看右瞧。眼前只有一整片冰冷的木板地，什麼也沒……

不對，就在前面。正前方擺著一個沉甸甸的灰色防火保險櫃，是轉盤式的，裡頭現在放著大量的現金。武澤吞了口口水，轉頭望向身後，可見坐在沙發上抽菸的野上側臉。真廣就在他旁邊，正望著武澤。武澤以眼神示意，表示他已找到保險櫃。真廣做出吸鼻涕的動作，以此當作「了解」的暗號。

「小姑娘，妳感冒啦？」

單腳放在椅子上的那名蠶豆臉老人，嘻皮笑臉地望向真廣。不知他是想休息一會兒，還是對這群闖入者感興趣，不知何時，他已將手機擱在桌上。

「不，我這是花粉症。」

真廣隨口胡謅，蠶豆臉用他那噁心的雙眼朝真廣全身打量，然後以沙啞的呼氣聲笑道：

「用小寶寶的臍帶來治花粉症，好像很有效哦。」

「是嗎？」

「聽說要直接用吃的。」

真廣不理會老人那音調高低起伏，像在搭訕似的噁心話語，抬起探測器準備繼續探測，但那名蠶豆臉卻仍糾纏不放。

「和老爺爺一起生寶寶吧？」

「什麼？」

「然後再用臍帶來治療花粉症吧。」

「不，不必了。」

「小姑娘，妳還不知道怎麼生寶寶吧？」

「我知道。」

「那我們待會兒再來做吧。不過，要現在做也行啦。」

「太噁心了，免了吧。」

糟了——武澤全身為之一僵。緊接著下個瞬間，耳畔同時傳來用力敲打桌面的聲響，和一聲銳利的咆哮。

「你再說一遍！」

令人意外的是，說話的人不是蠶豆臉，而是坐他對面的那名眼神兇惡的年輕人，他瘦削的臉龐上那對圓睜的雙眼像失焦般不住顫動。

「啊，對不起……」

正當武澤急著想走向真廣時，那名年輕人又吼了一聲：「你不是說今天之前一定可以還錢嗎？這可是你自己說的耶！」

原來他是朝手機咆哮。

「好個可愛的小姑娘，挺狂妄的嘛。」

蠶豆臉用摩擦鬃毛刷般的聲音笑道，瘦弱的肩膀頻頻抽動，接著又回頭去工作中。他開心地望著手上的檔案，朝手機撥打上頭的號碼。

喂，饒了我吧——武澤朝真廣投以責備的目光。

真廣看到武澤的目光後，清咳了幾聲。剛才那樣確實有點危險，武澤可能生氣了。不過，剛才真的很噁心，這也是沒辦法的事。

不管怎樣，這次的作戰計畫一定得成功。為了替媽媽和雞冠報仇，還有，為了那筆現金。要是失敗一切就完了。因為在這項作戰計畫中，她放進波士頓包內的那筆現金將會一毛不剩。儘管原本她就無意動用這筆現金，但之前遲遲捨不得丟畢竟是因為內心考量到往後的生活。說起來，這就像是保險一樣。不過，如今這筆保險也將不保。

真廣重新調整心情，著手進行接下來的工作。她緩緩在室內行走，將手上的偵測器靠向沙發、坐在沙發上的野上、矮桌、窗戶，這時，螢幕上的「！」數目由一點五個增加為兩個。接著她又移向疊椅、那名噁心的蠶豆臉、他前方的桌子，這時，「！」的數目遽增為四個。

武澤看真廣在桌子前停下動作，以緊張的聲音向她叫喚：「有反應，是嗎？」

「是的，館山先生。這張桌子附近傳出反應。」

「桌子？」

武澤湊向真廣身旁。他說了一聲「抱歉」，朝桌旁的三人微微點了一下頭，同時往桌下窺望。他側頭思考了一下，接著視線移向桌上，然後再次側頭。

武澤寄來的十支預付卡手機，當中有五支留在這間事務所內。其中三支目前正由這三名男子使用，其他兩支則隨意擺在桌上。武澤做出手勢，要真廣調查手機。真廣依序將偵測器靠向那五支手機。當偵測器靠向手機時，原本已亮出四個「！」的螢幕又會再多亮出一個「！」。

「全部都在這兒了嗎？」

面對武澤嚴肅的提問，真廣也一臉嚴肅地點頭。

「好像是這樣沒錯。」

面向桌子而坐的蠶豆臉、兇眼男、冷面胖子一邊講電話，一邊蹙著眉頭望向他們。

「喂，怎麼了？」

野上站在背後。武澤轉頭，以嚴峻的表情提問。

「冒昧請問一句，這些預付卡手機，您是什麼時候以什麼管道購買的？」

「什麼？……哦，那是前不久，向郵購業者買的。信箱裡放著他們的傳單。是清倉特賣，一支賣一千圓。」

一千圓？——真廣以驚訝的口吻低語，武澤也接話：「您知道那位業者的聯絡電話嗎？」

「我記得好像是寫在傳單上。啊，我可能丟了吧。這手機有什麼問題嗎？」

隔了一會兒，武澤以極為遺憾的表情說道：「這件事實在難以啟齒……您中了人家的道。」

「中了人家的道？」

「那位業者賣您手機，目的是為了竊聽。」
野上臉色凝重，訝異不已，武澤向他明說了。
「竊聽器可能就在這五支手機當中。」
野上以及把臉貼在手機上的那三名男子，同時臉色大變。

武澤見他們神情有異，確定他們已經上鉤了。隔了一會兒，他很謹慎地說道：
「我猜，這五支手機都已裝了竊聽器。可以讓我確認一下嗎？」
「怎麼確認？」
「將其中一支拆開。喂，小林。」
「是。」
貫太郎應了一聲，走向前來，不知何時，他的工作服上浮現出奇怪的圖案，武澤見狀嚇了一跳。這怎麼回事啊？他肩膀到胸部一帶的灰色布面，顏色顯得特別深，是汗。貫太郎流了大量的汗，他滿臉濕汗，宛如剛才從水中冒出似的。
「你太胖了，所以才會覺得熱。偶爾也該運動一下。」
武澤隨口說了些話搪塞，但從他的表情看得出來，他並不是因為天熱而流汗。他滿身大汗的原因無他，是緊張。
「小林，你將其中一支手機拆開吧。」
「是。」
貫太郎按照先前說好的方式，從工作服的前胸口袋取出一把小螺絲起子，開始拆手機。汗水頻頻從他渾圓的下巴滴到手上。這時，圍著桌子打電話的三人也紛紛掛斷電話，注視著貫太郎。他們一面看，一面不時朝剛才自己所用的手機投以駭異的目光。

玄關傳來咔嚓一聲，阿鐵返回屋內了。

「電錶箱沒有異狀，沒發現有中繼增幅器。」

話說到一半，他突然停住，納悶地望著圍在桌旁的武澤他們。

「……怎麼了？」

武澤向阿鐵說明情況。阿鐵「咦」了一聲，故作驚訝，和其他人一樣緊盯著貫太郎手上的動作。這時，手機機殼打開，露出裡頭的機身，基板，無數纖細的電線，螢幕背面。在交錯的電路最底下，有個像牛奶糖般大小的方形黑色物體，一看就知道那是武澤他委託偵探社安裝的竊聽器。在場的眾人應該都看得出來，因為它的表面用白色的奇異筆寫著：（竊）No.002。貫太郎以他那嬰兒般的胖指拿起竊聽器，剪斷電線，從手機上拆下。接著他微微往後退。真廣將偵測器湊向貫太郎的手指，螢幕上出現五個「！」。

武澤轉身面向野上。

「是它沒錯。不必拆開也看得出來，其他四支也同樣裝有竊聽器。」

野上口中暗自咒罵。

「像這種大小的竊聽器，電波最多應該只能傳送五十公尺遠，所以這間屋子附近可能設有一台中繼增幅器。所謂的中繼增幅器，就是剛才敝公司的小林說明過的那樣東西。需要我們也一併將它找出嗎？」

野上在回答前，先朝那三名同伴望了一眼。清瘦的兇眼男和冷面胖子面面相覷，最後又將視線投回野上。蠶豆臉雙臂盤在單薄的胸前，以沙啞的嗓音說道：「最好是把它找出來。」

「你也這麼認為嗎？」

野上的地位比較高，但他對蠶豆臉的態度帶有一分敬意。雖然極力想隱藏，但還是隱約表現在語調和眼神上。

蠶豆臉嗯了一聲。

「這是當然的啊，野上先生。因為要是不拆除中繼增幅器，日後對方又以某種方式將竊聽器帶進這裡，就又會中對方的道了。」

說得一點都沒錯──武澤插話。

「以我們的立場來說，我們也很希望能找出中繼增幅器，加以拆除。」

野上猶豫了半晌後，以憤怒的表情望向武澤。

「那就找吧。」

「喂，錠兄。」

武澤轉頭叫喚阿鐵。

「你去找中繼增幅器。」

「知道了。」

阿鐵從工作服長褲後方口袋取出外觀像無線對講機的方形機器，武澤就向野上說明那台機器的用途。

「那是中繼增幅器偵測裝置──Repeater Finder。用這台機器，很快就會找出中繼增幅器。」

阿鐵按下機器的開關後，圓形的喇叭傳出了像是收音機調頻沒對好的噪音。不，其實這就是收音機的噪音。它也不是外觀像無線對講機而已，外殼根本就是無線對講機的。

情形是這樣的。這台號稱是中繼增幅器偵測裝置的機器，其實是貫太郎發明的道具，他將無線對講機的內部零件全部取出來，然後將小型的電晶體收音機裝進裡頭，就是如此簡單的小道具。收音機的調頻旋鈕，已事先設在適當的位置，喇叭只會傳出噪音。只要偷偷用小指轉動音量旋鈕，噪音就會忽大忽小。再來只要配合好的演技，看起來就像機器的噪音會顯示中繼增幅器的所在位置一般。當初阿鐵提議要製作這項機器時有人提出反對，認為這樣像是在騙三歲孩童，但最後討論還是達成了共識，認為只要計畫進行到使用中繼增幅器偵測器的階段，對方應該不會懷疑才對。

「咦……」

阿鐵側頭露出納悶的表情。

「突然有反應了。」

喇叭的噪音略微變大，其實只是阿鐵用小指調高音量罷了。

「怎麼會？中繼增幅器不可能裝在室內才對啊……」

聽完武澤這番話，阿鐵莫名地搖了搖頭，伸長手臂，讓手中的機器呈扇形擺動，天線的前端緩緩朝向屋內各個角落。當它面朝某個方向時，噪音就變大了（當然是阿鐵操控的）。天線前端指向通往隔壁房間的房門。

「在那個房間。」

武澤向野上確認。

「可否讓我們再進去一次呢？」

野上並未反對。武澤和阿鐵一起穿過那道房門，野上也跟在一旁。阿鐵手上的機器噪音愈來愈響。阿鐵抬起機器，將天線前端朝向保險櫃後，聲音更加響亮了。他緩緩走近，將機器湊向保險櫃，噪音音量增強到最大。
空蕩的室內回響著「沙——」的聲響。
「是這個……保險櫃嗎？」
阿鐵如此低語，感覺就像是第一次遇到這種情況。武澤一臉難以置信的表情，在保險櫃前蹲下。檢查它的側面、背面、底下。接著他沉思了約二十秒後，轉身面向野上。
「在裡面。」
野上眉頭緊蹙，往前伸長脖子，似乎不懂他的意思。
「中繼增幅器在這保險櫃裡面。」
「你是……說真的嗎？」
之前一直處之泰然的野上此刻開始有些慌亂了。聽人提到自己所用的保險櫃裡竟然被安裝了竊聽中繼增幅器，會有這種反應也不奇怪。
「您知道是怎麼回事嗎？」
野上搖頭。
「我哪裡知道啊。這裡頭應該只有現金才對。」
「可以打開它嗎？」
「打開什麼？」
「打開這個保險櫃。」
武澤朝保險櫃上頭拍了一下。野上雙臂環胸，沉聲低吟。
「沒辦法。」
「咦？」

武澤不自覺地伸長脖子，他滿心以為野上會乖乖打開。
「可是，中繼增幅器好像就在裡面，要是不打開它的話，我們無法拆除……」
「我不知道怎麼打開，在這裡的每一個人都不知道。」
糟透了，怎麼會這樣！
「因為只有樋口先生才知道轉盤的密碼。」
「那麼，您可以聯絡那位樋口先生，向他詢問密碼嗎？」
就算聯絡之後樋口馬上返回這裡，他抵達時武澤一等人也早已完成任務了。總之，只有樋口知道保險櫃的轉盤密碼，所以只能向他問個清楚了。
「嗯……這個嘛。」
野上望著地面，似乎頗感躊躇。武澤思索他躊躇的原因，旋即想到之前在玄關前的對話。武澤他們說要找尋竊聽器時，野上本想先徵詢樋口的同意，是武澤阻止了他。他應該是覺得現在才和樋口聯絡、說明整起事情不太妥當吧。
「野上先生，電話我來打吧。」
說話的人是蠶豆臉。
「你可能不太好啟齒吧？因為之前你讓業者進來沒先徵詢他的同意。由我來打吧。」
野上朝蠶豆臉的臉凝視了半晌後，微微點頭。
「不好意思啊，你幫了我個大忙。」
蠶豆臉派頭十足地取出自己的手機，按了幾下按鈕。對方似乎馬上便接了電話。他簡短地說明事情始末後，向樋口詢問保險櫃密碼。樋口大聲嚷嚷的聲音隱約傳來，蠶豆臉回應樋口，說是他一時疏忽同意讓人進來。這番話似乎是在庇護野上。蠶豆臉將手機貼在耳邊，望著野上，皮笑肉不笑。野上一臉尷尬地把臉轉開。

「是，打擾您了。是、是。弄明白之後，我會馬上與您聯絡。是。」

蠶豆臉結束通話。接著他不發一語，逕自蹲向保險櫃前，以身體遮住手的動作，轉動轉盤，發出咔嚓的聲響。

「老闆，那就麻煩你們了。」

蠶豆臉站起身，轉身面向武澤，同一時間，保險櫃門已開啟，裡頭放滿大量的紙鈔。武澤感覺到自己腹部肌肉不由自主地緊繃了起來。到底有多少錢呢？保險櫃內黑漆漆的，無法預測。紙鈔用橡皮筋捆綁起來，每捆張數相同。一疊可能有一百張。乍看之下有十二、三疊之多。

「那麼，我要進行檢查了。」

武澤朝保險櫃走近。正當他準備往內窺望時，一隻大手抓住他左肩。

「等現金取出後再說。」

是野上。他與武澤互換位置，蹲在保險櫃前。接著他開始以謹慎的動作取出一捆又一捆的鈔票。一、二、……七、八……十三、十四……連深處也塞滿了鈔票。一共有十八捆，一千八百萬日圓。外加數十張湊不成一捆的數十張萬圓鈔票。

「裡面沒有任何像是機器的東西。」

野上左手捧著許多成捆的紙鈔，右手握著零散的萬圓鈔票，弓著他那高大的身軀，頻頻往保險櫃內端詳。

「有可能是內壁動了什麼手腳，最近常有人用這招。」

武澤隨口含混過去，朝貫太郎望了一眼。貫太郎點了點頭，朝野上背後靠近。他工作服上的汗漬比剛才又擴散了些。看你的了，貫太郎——武澤暗自祈禱。

「可以讓我檢查一下嗎？」

貫太郎說完後，野上捧著鈔票，很不耐煩地讓向一旁。

「啊……這個掉了。」

貫太郎從地上拾起一張萬圓鈔票。野上急忙伸手接過。——不過，剛才那張萬圓鈔票並不是野上掉的。是貫太郎從工作服的袖口拿出來的。

「先生……」真廣湊過去，嗓音帶著關切。

「您不介意的話，用這個裝吧。」

她遞出一個白色紙袋，野上一臉詫異地望向她。

「啊，您放心。這袋子很乾淨。」

野上朝真廣「嗯」了一聲，將手中的紙鈔裝進紙袋裡。一捆、二捆、三捆……野上之所以願意使用真廣遞給他的紙袋，是因為剛才貫太郎從地上撿起一張萬圓鈔票的緣故……十一、十二……野上心想，在隨手捧著鈔票的狀態下，也許又會掉鈔票……十七、十八。接著是那數十張零散的紙鈔。在現金全部入袋的瞬間，武澤暗自在心中握拳。走到這裡，就只剩最後一步了。

「嗯……嗯？……嗯……」

貫太郎把臉伸進保險櫃內。右手在裡頭四處探尋。眾人靜靜望著貫太郎那晃動的肥臀。阿鐵手上的機器仍不斷發出噪音。

「咦？……哦！」

不久，貫太郎從保險櫃鑽出他那汗水淋漓的上半身。站起身，走向野上。

「這個就是中繼增幅器。巧妙地隱藏在天花板靠門這一側。」

貫太郎右手手掌上有一個灰色的方形機器。這當然是他剛才從自己的作業服腹部一帶取出的。約半塊豆腐那般大，頂端還有短短的天線。這也是貫太郎所準備的道具。雖然不知道是否真有竊聽用的中繼增幅器存在，但貫太郎還是做出這煞有介事的道具，就連阿鐵手上的中繼增幅器偵測裝置也是出自他的手筆。貫太郎有一雙做工藝的巧手，平時魔術道具也都是他自己親手製作的，果然有一套。

雖然他辛苦做出這玩意兒，但野上那幫人似乎不太感興趣，他們快步從貫太郎身旁走過，聚在保險櫃前。他們沒仔細檢查這個唬人的機器是值得慶幸的事，但也有點令人意外。保險櫃——野上那幫人——武澤一行人——門口，這樣的相對位置不太恰當，得加以修正才行。

「到底是誰在保險櫃裡安裝那種東西？」

野上捧著現金袋，往保險櫃內張望。武澤以嚴肅的口吻回答道：

「這我們也不知道。可以再給我們一點時間檢查一下保險櫃嗎？也許會發現有人動過手腳的證據。」

「動過手腳的證據？我看看……」

野上將上身鑽進保險櫃裡，伸手朝內側探尋。看來他想自己找，怎麼辦？武澤一時不知如何是好。若是眾人站在現在的位置，便無法展開下一步動作。得想辦法讓野上離開保險櫃才行。都走到這一步了絕不能說錯話，必須審慎發言。戴不慣的帽子內側已是一頭黏汗，一滴汗水從他後腦滑落。武澤一面以手掌擦拭，一面望向阿鐵——怎麼辦？阿鐵以僵硬的表情回望武澤。

這時，一件完全意想不到的事，竟然就在他們面前上演了。

「你幹什麼……」

武澤倒抽一口氣。他不敢相信眼前的光景。不，是不願相信。

「貫太郎……」

武澤不自主地說出他的真名，但似乎沒人發現此事。現場每個人都注視著貫太郎，除了上身鑽進保險櫃內的野上外。

「你……你這是幹嘛？」

阿鐵發出破音。

貫太郎雙手緊握那把空氣槍，槍口直直對準野上的背部。武澤腦中佈滿問號。貫太郎是在幹嘛？他到底想做什麼？一陣「嘶、嘶、嘶」的聲音傳進耳中，是由貫太郎那宛如河豚般的口中發出的。他雙唇顫動，下巴的肥肉用力，放聲咆哮：「安靜！」

不用他說，大家也都安靜無聲。反倒是因為貫太郎這聲喝斥讓野上「咦？」了一聲，從保險櫃內鑽出，這才發現那比向他的L形黑色物體，莫名其妙地大叫一聲。他反射性地把臉往後收，後腦撞到保險櫃外緣，發出一聲巨響。

「我不是叫你們安靜嗎？安靜！吵死了！」

現場沒人說話。貫太郎雙眼圓睜，顯得無比暴躁，他的胸部和肩膀顫動著，汗水從臉上滴落，呼吸紊亂——很明顯，他似乎不知道自己此刻在做什麼。

「你……」

武澤正要說話時，阿鐵伸手打斷了他。悄聲對他說道：「不妙了。那小子的眼神……不太對勁。」

「把那個袋子……拿過來！拿過來！錢！把錢拿來！」

貫太郎朝一屁股坐在地上的野上伸出左手。他的手就像發酒癮一樣，不住顫抖。阿鐵轉頭面向野上，微微搖頭。

「不可以交給他。」

野上以銳利的目光緊盯著貫太郎（不過眼中明顯浮現徬徨之色），將裝有現金的白色紙袋緊緊抱在懷中。

「快點！把錢給我！」

貫太郎再次雙手握緊空氣槍。野上、蠶豆臉、兇眼男、冷面胖子四人分別在保險櫃前雙唇緊抿，眼神游移。說到心慌，武澤他們一定也一樣。當然了，他們知道貫太郎手中握的是空氣槍，但這不在計畫中的突發狀況令他們全員嚇得血色盡失。

這時，悄聲走進野上他們四人與貫太郎中間的，是阿鐵。阿鐵讓空氣槍的槍口對準他的胸膛，單手向背後的野上比暗號。

「你們快點逃——快。」

野上他們互看一眼，接著四人貼在一起，開始緩緩往角落移動。貫太郎的槍口緊跟著他們，但阿鐵就擋在槍口與那四人中間。——最後野上一群人終於來到房門邊了。這時，蠶豆臉嘴角輕揚，冷笑道：「這位小胖哥，那不是真槍吧？」

阿鐵猛然轉身，槍口直直指向蠶豆臉。

「好一把做得幾可亂真的玩具槍啊。」

「吵……吵死了！」

貫太郎吶喊的同時，扣下了扳機，一聲幾欲震破耳膜的爆炸聲響遍屋內。蠶豆臉正後方的客廳沙發旁飛散出白色棉花，皮沙發上形成一個黑色的洞孔，微微冒煙。

「你之前說……」

阿鐵的手腳僵住不動，以奇怪的姿勢目瞪口呆地說道：

「說那是空氣槍……」

「我說的空氣槍是這把！」

貫太郎吐了口口水，從工作服的腹部一帶取出一個黑色的東西，拋在地上。是一把空氣槍。

「抱歉，這筆錢我拿走了。我全部都要，請拿過來給我。下次我可不會再射偏了。誰敢抵抗，我就轟他的腦袋。我真的會開槍哦！開槍殺人！」

貫太郎將槍口比向野上。野上高大的身軀微微顫抖，定睛凝視著貫太郎。

「快點拿過來，大猩猩！」

貫太郎放聲咆哮，往前踏出一步。野上四肢僵硬，望向同伴。但其他三人也像人偶一樣靜止不動，面朝貫太郎。

「袋子……」

此時有人發出沉穩的聲音，和現場氣氛很不相稱，原來是真廣。站在野上身旁的真廣露出像是有話要說的眼神，抬頭望著野上，朝他伸出手。

「交給我吧。」

「你在幹什麼？快點把錢交給我！」

貫太郎又向前跨出一步。野上迅速將紙袋交到真廣手上，彷彿是要擺脫這股壓力。

「喂、喂！為什麼是妳拿去！快交給我！」

貫太郎這次改向真廣逼近。

「交出來！否則我開槍哦！不管是誰，只要敢抵抗，我就殺誰！我真的會殺人哦！殺！殺！」

顫抖的槍口對準真廣的臉——就在這時候。

真廣迅速轉身，往地上猛力一蹬，奪門而出。眾人發出一聲驚呼。貫太郎喊著聽不懂的話語，同時扣引扳機，震耳欲聾的爆炸聲再次響起，往外奔去的真廣身旁有張疊椅被擊中，旋繞飛去。真廣頭也不回地衝出客廳。貫太郎踩得地板咚咚作響，追向前去。身體撞向玄關大門的聲音、直接穿著襪子衝向走廊的腳步聲、短促的叫聲，是真廣的聲音，接著……

傳來「咚」的一聲，是撞擊聲。像是使勁將啞鈴砸向水泥地的聲音從遠處傳來。這裡所謂的遠處既不是遙遠的前方，也不是遙遠的後方，而是遙遠的下方。

「那傢伙！……」

武澤往前疾奔，他感覺得到其他人緊跟在他身後。武澤衝出客廳，穿過短短的走廊，奪門而出。貫太郎就站在前方，一臉茫然地站在外廊邊，動也不動。

貫太郎望著底下，面無表情地俯瞰。武澤撲向外廊的柵欄，緊緊抓住，順著貫太郎的視線往下望。

最先映入眼中的是紅色，那紅色面積正慢慢擴大。接著武澤看到灰色，是工作服的顏色。然後是皮膚色，頭髮四散的褐色，裝現金的紙袋白色。那是隔壁三樓建築的屋頂，堅硬的水泥屋頂。

「不是我害的……」

宛如在說夢話似的，沒半點高低起伏的聲音。

「不是我害的……是她自己想逃……是她自己……」

「你到底在幹嘛啊，混帳東西！」

武澤厲聲喝斥，再度邁步疾奔。他以飛快的速度，一路沿著逃生梯往下衝，衝至二樓的外廊。隔壁大樓的屋頂就在眼前。外廊的柵欄離隔壁建築的屋頂有兩公尺的距離，但武澤毫不遲疑，一腳跨在柵欄上，一躍而過。他的肚子撞向冰冷的水泥邊角。他悶哼一聲，撐起身體，躍上屋頂。

「喂！」

他出聲叫喚，但真廣動也不動，完全沒反應。裝有現金的紙袋仍緊緊抱在她懷中。

武澤雙膝跪地，碰觸她的肩膀，但還是沒反應。她嘴巴微張，眼皮也同樣微睜，翻出白眼。背後的外廊傳來許多急促的腳步聲，搶先躍過來的是阿鐵。

「快叫救護車啊！」

武澤向阿鐵下達指示，輕輕抱起真廣的身軀。他以右手撐起她頹然後仰的頭部，工作服的布面染成一片鮮紅。武澤轉頭望向大樓的外廊，發現貫太郎正逃往逃生梯。他卯足了勁衝下樓梯，從武澤眼中消失。

「喂，那個……」

野上開口喚道。武澤拿起那裝有現金的紙袋，粗魯地拋向屋頂的外緣。

「我不需要這筆錢！不過你們聽好了，今天的事你們就忘了吧。快回你們的事務所去。你們也怕惹上麻煩，對吧？要是出了人……」

武澤話說到一半，又吞了回去，暗罵一聲。

「我打電話叫救護車了！馬上就到！把她送到大樓底下，注意別晃動她的頭。」

武澤和阿鐵兩人小心翼翼地搬運那動也不動的身軀，從閣樓走進建築內，沿著昏暗的樓梯往下走。雖然沒忘了阿鐵的交代「別晃動她的頭」，但武澤還是走得很急，不斷晃動真廣的頭。

彌廣再也耐不住搖晃，出聲說道：「竹兄，竹兄，你動作溫柔一點嘛。」

「屍體不要講話。再忍耐一會兒。」

「這樣我頸椎會受傷的。我可以自己走啦，反正又沒人看到。」

「說得也是。」

武澤突然停步，走在前頭的阿鐵發出古怪的叫聲，往前一個踉蹌。之前那個中繼增幅器偵測裝置從他長褲後方口袋飛出，滾落到地上。在這陣衝擊下，裡頭的電晶體收音機正好對上某電台的頻率，喇叭播送出堀內孝雄的歌〈愛的時光〉。阿鐵本想將它拾起，但武澤喚住了他。

「那東西不需要了，反正以後也用不到了。」

「那就丟了吧。」

「這也要丟嗎？很重呢。」

彌廣將那個塞在懷裡、重達五公斤的啞鈴丟在地上。

三人背對著堀內孝雄的歌聲，快步衝下樓梯。彌廣邊跑，邊向武澤問道：「一切都按照計畫，進行得很順利吧？」

「不，是相當驚險。」

「咦，有誰出錯嗎？」

「貫太郎那個笨蛋，竟然犯了那麼離譜的錯。他站錯位置了。」

「站錯位置？」

想了一會兒，彌廣就猜出貫太郎犯了什麼錯。

「難道是小貫持空氣槍時，背對著裝設火藥的地點？」

「不愧是彌廣。妳人沒在現場還知道得這麼清楚。」

阿鐵深為感佩。

原來貫太郎鬧出這樣的烏龍啊。

他們的計畫是這樣的。首先，貫太郎佯裝找尋竊聽器，在房內多處裝設火藥和搖控式點火裝置。點火裝置會因貫太郎手中的空氣槍而啟動。也就是說，當他扣引扳機，他裝設的火藥就會爆炸。當然了，空氣槍也經過一番改造，能發出爆炸聲。據武澤和阿鐵的說法，火藥和點火裝置的設置貫太郎都處理得很好，是之後掏出空氣槍的時機不對。原本在貫太郎掏槍時，必須採「貫太郎——敵人——火藥」的站立位置。這是理所當然的安排。否則當他朝敵人扣下空氣槍的扳機時，火藥會在不同的方向爆炸。但貫太郎似乎是在「敵人——貫太郎——火藥」的站立位置下掏出空氣槍。

武澤哼了一聲。

「好在阿鐵巧妙地引導野上他們移動位置。真是的，竟然犯這麼離譜的錯。」

「其實他也沒那麼糟啦，他的動作和台詞都表演得不錯。只有在回答大猩猩問題時，多花了一點時間。不過，這也還好吧？反正最後還是成功了。」

你說是吧？——阿鐵朝武澤笑道，武澤也受到他的影響，嘴角輕揚。

「也是啦。再來就是和貫太郎會合，遠走高飛，一切就結束了。」

大樓出口就在前方。彌廣他們一行人會在那裡與真廣和貫太郎會合，再來就要逃離此地了。一旦脫去工作服，混進人群中，他們便搖身一變，成為普通行人。

「真廣也做得不錯吧？」

「嗯，她很不簡單。」

「最後也表現得很好嗎？」

「最後也是。就連知道這是設計過的我也覺得她像是真的墜樓了。」

就是這麼回事。在計畫的最後，真廣抱著裝有現金的袋子衝出一〇〇一號房的玄關後，迅速進入隔壁房間。之前阿鐵說他要「檢查電表箱」而走出事務所時，隔壁房間的大門便已事先開好鎖了，所以這次的作戰計畫一定要在一〇〇二號房的住戶不在時才能進行。

其他人慢一步衝向外廊時，貫太郎一臉茫然地俯瞰隔壁大樓的屋頂，喃喃自語著「她墜樓了……」。這時彌廣全身沾滿紅墨水，抱著同樣的袋子，兩眼翻白，躺在地上。那陣撞擊聲，當然只是啞鈴撞擊水泥地的聲響。而另一方面，真正持有那個袋子的真廣在一〇〇二號房內，將現金塞進仿冒的LV包裡。她脫去工作服後，露出裡頭早已穿好的少女系服裝。接著，她趁其他人全聚在二樓外廊上喧嚷吵鬧之際，從容不迫地搭電梯下樓。貫太郎之所以用空氣槍和火藥牽制敵人，是因為他們當中要是有人看見真廣拿著袋子往外衝，也馬上跟著衝出門外的話，真廣衝進隔壁房的事就會被撞見。這麼一來，他們的詭計將就此露餡，所有計畫功虧一簣。貫太郎開槍，是為了阻止敵人的行動，讓他們為之慌亂。之所以準備兩把槍，只是考量到這樣比較有真實感，這是武澤想出的點子。

說到彌廣，當武澤、阿鐵、貫太郎、真廣他們在一〇〇一號房執行作戰計畫時，她一直在九〇二號房待命，豎耳細聽接收機喇叭傳出的聲音。她一面確認一〇〇一號房的情況，一面估算自己躺在隔壁人樓屋頂的時間。因為要是太早沾滿紅墨水躺下，很有可能會被其他住戶發現，而替她叫救護車。相較之下，這算是最輕鬆的工作，不過，要將沾滿頭髮的紅墨水洗淨可不容易。

彌廣一行人走下樓梯，來到這棟建築的玄關大廳。

「姊，妳可真是滿身紅啊。」

真廣站在前面。身上穿著低胸的編織衫、超短迷你裙、滿是亮片的粗皮帶，手上拎著仿冒的ＬＶ包。彌廣心想，她真適合這身裝扮，如果她真的在夜店上班也許能招攬不少顧客呢。

貫太郎站在真廣身旁。

「各位辛苦了。」

「啊，小貫，你看人家啦，全身紅通通的。」

彌廣正想向他展示自己有多認真時——

「辛苦你個頭啦，貫太郎！」

武澤破口大罵。

「你知道自己犯了什麼錯嗎？」

「咦，我犯錯？」

「就是你掏出空氣槍的時機。你將火藥裝設在沙發和疊椅上，但你卻背對著它們，你到底是想幹嘛？」

「啊，那件事我也覺得奇怪。我當時心想，這個時候掏出空氣槍好嗎，可是竹兄，那是因為你向我比暗號啊。」

「我？」

武澤如此反問後，露出恍然大悟的神情。但他旋即收起這種表情，向他們催促：「算了，這種事待會兒再說。先逃離這裡吧！」

彌廣心中暗笑。貫太郎的失誤可能是武澤造成的吧。貫太郎掏出空氣槍的暗號是事前便已決定好的，就是「武澤單手在後腦搔頭的動作」，武澤與阿鐵兩人工作時常使用。武澤現在大概想到自己之前在事務所裡無意識間做出這個暗號了吧。

「各位，那我們走吧。」

貫太郎笑盈盈的。與彌廣之前在九〇二號房目送他離去時緊繃僵硬的模樣，簡直判若兩人。

「小貫，太好了，你已經不再緊張了。」

「咦，我才沒緊張呢。」

「你明明就緊張得要命。」

阿鐵一面走向建築出口，一面如此說道：

「你滿身大汗，一副心不在焉的模樣，早在數天前，我和竹兄就一直替你擔心。看你這麼緊張，很怕你無法勝任呢。」

「啊，我那不是緊張。我只是害怕火藥。」

「火藥？」

「我以前不是告訴過你們嗎？小時候曾經有人朝我丟鞭炮欺負我，害我怕得不敢參觀煙火大會。我真的很怕火藥。所以當我聽到這次作戰的內容後，便很後悔自己先前為何堅持要參加。」

原來貫太郎是因為這樣才顯得神色有異。

「不過好在我參加了。事情結束後回頭看，火藥也沒什麼嘛。彌廣，等夏天到了，我們再一起去看煙火吧。」

阿鐵朝貫太郎的屁股拍了一下。

「這麼重要的事你怎麼不早說呢。因為可以想別的方法，大可不必刻意用你最害怕的火藥啊。」

「我想克服自己的恐懼。要是我膽子變大，也許不舉的毛病也能就此治好。」

「這有關係嗎？」

「不知道耶。」

哈哈哈——正當貫太郎開口大笑時……

阿鐵撞到某個東西，是某人的身體。在阿鐵的帶領下，五人準備走出玄關大廳時，外頭突然有人擋住他們的去路。

「好痛……啊，不好意思，我們有急事……」

阿鐵按著鼻子，向對方行禮道歉，但對方毫無反應。彌廣抬頭仰望對方的臉。也許是這棟建築的住戶吧。身材高大，面無表情……

這時，傳來「哎呀」一聲尖叫。同時響起一聲悶響，阿鐵身體一扭，往後飛去。他臉部先撞向玄關大廳地板，隔了半秒後，手腳才紛紛打向地面。正當阿鐵感到詫異時，鼻孔已流出大量鮮血。鮮紅的血垂至上唇，流經臉頰，滴落在地面的磁磚上。

「真的很有意思。」

男子俯看自己的拳頭，低聲說道。「思」這個音聽來特別刺耳。

「辛苦您了。」

那是另一個人的聲音。男子身後還有另外一個人，一名個頭矮小、眼睛像烏賊般的人。

整合男抬頭望著身旁男子的臉，開口問道：「樋口先生，要怎麼處置他們？」

8

當真是作夢也沒想到，會再次來到這個房間。而且不是以竊聽殺手館山太的身分，而是以武澤竹夫的身分。

他和四名同伴一同被迫坐在地上，而樋口、整合男、野上、蠶豆臉、兇眼男、冷面胖子全員到齊，包圍著他們，武澤頹然垂首。

從剛才起就一直有兩個大問號不斷在他腦中盤旋。當中一個問題非常單純——為什麼我們的計畫會被識破？應該進行得很順利才對啊，應該可以完全騙過他們才對。

俯看武澤的樋口親自把這問題的答案告訴他了。簡言之，武澤他們的計畫不是**剛剛才被識破，而是老早便已被看穿了**。

「他們早就知道你會來了，一直在等你自投羅網。我告訴他們你的長相，並吩咐過他們，要是這個男人上門的話，雖然不知道他會設下什麼騙局，但你們還是要裝出受騙的模樣。」

真是糟透了——武澤在心中無力地低語。就詐欺犯來說，這是最糟的敗筆。

「我的手下們演技也不錯吧？不比你的同伴差。」

這次的「信天翁作戰計畫」，也許阿鐵真的是取對了名字。只不過，當中的笨鳥指的卻是武澤他們。

「喂，武澤。」

樋口的薄唇露出憐憫的冷笑，弓著高大的身軀望向武澤的臉。

「你不覺得一切進行得太過順利了嗎？」

武澤確實也這麼覺得，只不過他不疑有他。人生中的失敗往往都是因為疏忽這小小的疑問。

「當我聽野上他們提到購買一支一千圓的預付卡手機時，我就覺得可疑了。就算是清倉特賣也未免太便宜了吧。」

樋口並未放過這小小的疑問。

「我思考了幾秒後，馬上發現這也許是為了要竊聽。於是我從事務所帶走其中一支，將它拆解，結果裡頭果然出現一個寫有（盜）No.007的黑色機器。雖然不知道你們是委託哪位業者做的，但這種竊聽器未免也太容易辨識了吧。」

沒錯，實在太隨便了。

從拆解的電話中發現竊聽器的樋口開始思考是誰裝設這樣的東西。不，根本不必想，答案馬上就呼之欲出了。

「武澤，我最先想到的，就是你的名字。」

樋口低聲輕笑，並以那刺耳的齒擦聲繼續說道：「對我的挑釁展開報復，對殺貓的事展開復仇。是這樣，對吧？」

簡單說的話確實是這樣沒錯。但武澤為了爭一口氣，不願點頭。這個男人口中說出的話，他死也不願認同。踐踏過無數弱者的你，怎麼可能會懂——這股情緒充塞武澤心中，不過終究只被他放在心裡，沒被他說出口。這是當然的，他也想保住性命。不過話說回來，不頂嘴不見得就能保住一命。

「我猜想，你既然想對我的事務所展開竊聽，應該接下來會採取什麼行動才對。這也是當然的，如果只是竊聽我們的工作，那一點意義也沒有。所以我暗自猜想，你打算用什麼方式下手，什麼時候行動。其實我只稍微想了一下。——首先，你唯一的目標，就只有錢。因為以暴力來和我們對抗，這點怎麼想都不可能。再來，你下手騙錢的時機，肯定是這間事務所裡出現大量現金，而且認識你的人都不在場的時候。具體來說，就是今天傍晚。」

樋口的話完全道出了事實。

「當你寄來那封信，上頭列出我們所用的銀行帳戶時，我就認定這是你計畫的一部分，不過世上也真的有所謂的巧合存在。我考量到這封信有可能是真的，為了謹慎起見，特地將帳戶裡所有現金都集中在事務所內。因為要是真的帳戶被凍結，那可就麻煩了。」

武澤心裡微感納悶。如果樋口認為寄信者是武澤，為什麼還要專程將現金集中在這間事務所內？透過寄送手機一事，樋口應該已經明白武澤知道這裡的地址才對。他應該早料到武澤會對這筆錢下手，既然這樣應該將現金集中在其他事務所才對，找一處武澤絕對猜不到的地點。

武澤心中的疑問似乎全寫在臉上，樋口向他說明道：

「武澤，告訴你吧。我只是想看清楚你們到底會耍什麼手段，我想享受一下箇中的樂趣。」

武澤聞言，感覺到全身力量逐漸洩去。從他的肩膀、腹部、心中。

「所以我才刻意按照你所猜想的那樣，將現金集中放在這間事務所裡。然後吩咐事務所裡的人：如果你們來的話，要假裝成受騙的模樣，讓我悠哉地欣賞這齣好戲。」

「欣賞？……」

武澤不自主地抬起頭來。難道樋口始終都在某處偷看整個過程嗎？可是，事實並非如此。不，應該說只對了一半。

「我把車停在大樓旁，聽到了所有的過程。做法和你們一樣。」

樋口從上衣口袋裡取出一個長方形的機器，外觀看起來和擺在九〇二號房的那台接收機一模一樣。

「因為你們裝設的竊聽器是『FM發射器』型。只要找來一台接收機，調整好周波數，誰都可以和你們一樣聽見事務所裡的聲音。不過，還真的是很有趣呢。這讓我回想起以前沉迷於間諜廣播劇的那段歲月。」

樋口說話的口吻似乎真的相當快樂。

「當你們潛入事務所時，我在車內忍不住拍大腿叫好。不愧是這七年來都靠詐欺維生的人，竟然會……」

樋口話只說了一半，似乎被突如其來的笑意給打斷。他低著頭，上半身微微晃動，過了一會兒才抬起頭來，很痛苦似的接著說道：「想到要取『竊聽殺手』這種名字。」

一股備受屈辱的感覺令武澤的工作服衣領發熱了。

「真是佩服之至啊。自己裝設的竊聽器，竟然以另一種方式重新加以利用。這套作戰計畫真的很了不起，只有天才或白痴才想得到。」

後者才是正確答案。

「不過武澤，我在車內監聽事務所內的情況時，一開始還以為也許是真正的業者上門呢，因為這一帶真的有這種業者。」

「要是你可以一直這麼認為就好了。」

真廣如此低語道。樋口朝她瞥了一眼，繼續說道：「是你們的老大自己洩了底，不是我哦。」

「我……洩了底？」

樋口的視線移向背後，朝桌上那五支預付卡手機望了一眼。

「當你帶來的竊聽器偵測器對手機出現反應時，你提到『預付卡手機』，對吧？」

——冒昧請問一句，這些預付卡手機，您是什麼時候，以什麼管道購買的？武澤確實說過。

「才看過一眼的手機，怎麼可能知道它是不是預付卡手機？」

樋口說得沒錯，這完全是武澤自己的疏忽。

「我聽到當時的對話後便很肯定了，果然就是你們。接著我躺在車子的座椅上，悠哉地欣賞。你們的演技真的很逼真。你利用那個用來尋找中繼增幅器的偵測裝置讓他們打開保險櫃，最後還突然開槍。不過，你們不可能有真槍，所以我猜應該是用模型槍和火藥巧妙地騙過他們吧。」

不過，事實上一點都不巧妙。

「你讓他們將保險櫃的現金塞進袋子裡，取出模型槍……當時我對你們接下來將採取的行動充滿期待呢。人在車內的我不禁傾身向前，緊握接收機。」

樋口刻意表演他當時的姿勢，接著望向上方說：

「那時候，我不經意地望向車外，發現一個身穿工作服的小姐拿著紙袋，站在二樓的外廊上。我還在納悶她想幹嘛時，她突然跨越柵欄，跳往隔壁建築的屋頂。看到那一幕，我這才想到是怎麼一回事，明白你們打算怎樣拿走那筆錢了。」

「……被你看到了。」

彌廣頹喪地嘆了口氣。

「我心想，這場表演最精采的最後一幕怎麼可以錯過呢？因而走出車外，來到可以看見十樓外廊的地方。果然不出我所料，一位和剛才跳往隔壁建築的小姐長得很像的人，捧著袋子衝出事務所，迅速躲進隔壁房間。」

樋口嘴角上揚，視線移回武澤身上。

「簡言之，你們打算用偷天換日的方法，連人帶紙袋全部換過。這真是個好點子，相當大費周章，我很喜歡這場表演。」

不過，後台的一切全被一名觀眾看得一清二楚，這樣就失去意義了。

「隔壁建築頂樓的那個袋子，裡頭塞的應該是報紙吧？還是枕頭呢？」

其實兩者都不是，但武澤什麼也沒說。

樋口冷笑一聲，一派悠閒地叼著菸。整合男迅速遞上打火機幫忙點菸。

武澤盤腿坐在地上，抬頭望著一陣白煙從這名高大男子的薄唇裊裊升起。兩個疑問的其中一個已經解決。雖然目前的情況還是沒任何改變，但至少終於明白自己的計畫為何會失敗了。還剩下另一個疑問，其實這個疑問遠比第一個疑問還要單純得多。

武澤決定直接向對方提問。

「可以……問你一個問題嗎？」

「什麼問題？」

樋口瞇起眼睛，高傲地俯看武澤。

武澤直視對方的臉，如此問道；

「你……」

「你到底是誰？」

阿鐵、貫太郎、真廣、彌廣的目光全都往他臉上匯聚，不約而同地露出驚訝的表情。武澤再次問道：「你到底是誰？」

樋口似乎早料到他會這麼問。非但如此，他似乎一直在期待武澤發問的這一刻，掛在他嘴角的笑意就給人這種感覺。

眼前這名男子確實是樋口。他口中傳來的聲音，確實是幾天前從接收機中聽到的樋口嗓音，但他不是武澤認識的樋口。若說兩者有何差異，答案其實很簡單，兩人的長相不同。而且此人年輕許多。以年齡來說，還勉強稱得上是名青年。他們的體型和說話方式確實很相似，但這名男子並不是七年前那位每天和武澤碰面、命令他從事不法勾當、發出「你有女兒吧」的威脅、在電視裡不知道低語些什麼、模樣陰森駭人的那個樋口。他顯然是另一個人，他是誰？為什麼同樣姓樋口？

然而，單純而又簡單的疑問，總會有個單純而且簡單的回答。樋口回答了他的提問。聽完他的回答後，武澤馬上心領神會，甚至覺得有些失望。

「對你懷恨在心的人……是我大哥。」

「大哥……」

「我們年紀相差許多，他是我同父異母的哥哥。」

武澤怒火上湧。當然不是氣對方，而是氣自己。

如果是在對方想行騙的意圖下受騙，那反而還比較好。但眼前的情況並非如此，是他自己上當受騙，武澤對此深感不悅，覺得自己糊塗至極。武澤從九〇二號房的接收機收聽到樋口的聲音，聽他的說話特徵就一心以為他就是那位樋口。一直到前一刻，他還是深信不疑。沒想到竟然……

「原來是弟弟……」

他連說話的聲音都顯得虛弱無力。

「既然你是他弟弟，為什麼要干涉我的事？」

樋口眉毛上挑，開口應道：「因為我大哥死了，這也是沒辦法的事。」

「死了？」

「被你告發後，他進了監牢，最後在牢裡整整待了六年，因為除了地下錢莊的案子之外，他還犯過許多案子。竊盜、傷害、恐嚇、毒品——總之，在偵訊的過程中，不斷又挖出許多案子。好不容易服刑期滿出獄，卻被一名不是黑道的中年男子刺了一刀。」

「被刺了一刀？」
樋口點點頭。
「拿刀刺他的男子好像是因為欠了一屁股債，對我大哥懷恨在心。好在最後他以現行犯的身分被逮捕，對了，行刺我大哥的男子背景和你很像。向組織借錢，毀了自己的人生，一個典型的傻瓜。那個傻瓜把帳算到我大哥頭上，六年來一直在等待我大哥出獄，真是毅力驚人。」
武澤極力壓抑那股湧上喉頭的情感。
「武澤。你沒看報紙嗎？報紙上有我大哥的詳細報導。」
從七年前開始，武澤幾乎都不看報紙或新聞，因為他認為世間的一切與自己無關。
樋口早在一年前就過世了？
「所以……他的遺言，是要你這個弟弟替他復仇，是嗎？因為我瓦解了組織，送他進監牢，所以要我血債血還，是嗎？」
「我大哥他這個人就是太過正經了。」
樋口以半帶微笑的表情應道：
「他從以前就這樣，不懂得什麼叫適可而止。只要有仇，就非報不可，否則怎樣也不甘心。當他被人刺傷奄奄一息時，還把兄弟們找來，非得把遺言交代清楚才肯死。」
武澤想起某個晚上曾聽樋口這麼說過。
——因為擴大組織與武澤那件事，就像是遺言一樣。要全力以赴，不可以偷懶。
那就是樋口的遺言嗎？
「其實我也不想做這種事。」
樋口轉動頸部，一副倦怠的模樣。

「警方最近對高利貸業者抓得很嚴，沒什麼賺頭，還要我四處找你向你報復，既麻煩又沒半點好處。我大哥逼我將這件麻煩事往身上攬。向你復仇的事如果不當作是在玩遊戲，肯定做不下去。」

「當作在……玩遊戲？」武澤驚訝地瞪大眼睛。

「那還用說？只是玩玩而已，全部都只是一場遊戲。你該不會以為我們是真的想取你性命吧？」

武澤沉默不語，樋口見狀，以瞧不起人的姿態雙手一攤。

「你自己想想那些火災。第一次的那起公寓火災是不是刻意挑在你不在家的時候啊？第二次也是盡量選在火勢不會擴散的地方。如果真想要取你性命，不可能這麼做吧？」

的確如此，這件事阿鐵也曾提過。如果樋口他們真想殺武澤的話，應該隨時都能下手才對。如今回想，之前野上和整合男帶著高爾夫球桿到他租屋處時，也給足了時間讓武澤他們離開，那肯定也是遊戲之一。他們推測武澤一行人可能會躲在某個地方偷看，或是推測他們事後返回租屋處，看見家裡一片狼藉，一定會驚恐不已，所以才這麼做。可是……

「那雞冠又是怎麼回事？」

這個問題不是來自武澤，而是出自真廣口中。

「雞冠？」

樋口蹙眉。

「是貓……被你們殺害的那隻小貓。」

阿鐵低聲道。

「哦……那隻貓啊。」

樋口暗哼一聲，微微別過臉去。他凸起的喉結滑動了一下，思考了數秒後，他才接話道：

「那是一時玩過頭，不小心殺了。」

「一時玩過頭……你！」

阿鐵微微起身，想說些什麼，但同一時間，樋口猛然轉頭望向他。

「不要得意忘形！」

這聲駭人的恫嚇響遍整個屋內。緊接著，至今從未降臨過的完美寂靜充斥在屋內的空氣中。

「想想你們目前的處境。」

樋口自己以低沉的嗓音打破眼前無聲的沉默。

「你們想偷我的錢，但最後失手被捕，在我的事務所裡被人團團包圍。現在我嫌麻煩，打算要放你們走。你們憑哪一點在我面前用這種態度說話？」

武澤為之一怔，其他四人應該也在想同樣的事。

「你要放我們走？」

他脫口坦率說出心中的疑問。

樋口重新面向武澤，單邊嘴角微微上揚。

「我不是說了嗎，這只是遊戲？因為你們的表演很有趣，這樣就夠了。這樣我大致也算完成了和我大哥的約定，要是再繼續下去只會惹來麻煩而已。」

是這樣嗎？

武澤就像全身骨頭都散了似的，惘然地抬頭望著樋口。他作夢也沒想到對方竟然就這樣放了他。

「野上，確認金額。」
樋口朝真廣擺在地上的包包努了努下巴。野上拾起包包，確認裡頭的現金。
「一張不少。」
野上如此說道，將包包交給樋口。
「我們也沒那麼多空閒。武澤，你們回去吧。」
語畢，樋口一手拎著裝有現金的袋子，朝保險櫃所在的房間走去。其他人紛紛讓路，一臉不解地面面相覷。他們似乎以為接下來可以好好折磨武澤一行人。
「竹兄……」
阿鐵以眼神催促。武澤微微點頭，站起身，其他三人也緩緩立起膝蓋站起。計畫徹底失敗，什麼也沒得手，什麼也沒解決，就這麼結束了。不過，武澤明白這時候也只能乖乖聽話離開，他可沒那麼笨。
「那麼……我們告辭了。」
阿鐵說出奇怪的道別辭，低頭行了一禮。他動作僵硬地右轉，走向玄關，武澤他們跟在後面，盡量不發出腳步聲，緩緩步出客廳。
——然而。
關於人生中種種的問題，武澤花了四十六個年頭學會一個道理，那就是：**陷阱總會在最後關頭才出現**。這時候，他當然也沒忘了那個教訓。他一如平時牢記著這件事，就算在極度緊張的情況下也會意識到。
不過，在真實的人生當中，教訓這種事幾乎很少實際發揮功效，那就是教訓的本質吧。
「對了，武澤。你也曾經在我大哥底下工作過，對吧？」

樋口猛然轉頭。他的音量並不大，但按下原子彈按鈕的聲音也不會太大。

「如果你想工作的話，我可以雇用你。你應該能成為一位冷酷無情的『抽筋拔骨』高手。」

「不，我……」

「七年前，你逼死那名女子時，連我大哥也嚇出一身冷汗呢。像你這樣的狠角色並不多見，我隨時都能雇用你。」

樋口臉上掛著一抹冷笑，走進了隔壁房間。

武澤轉身，不發一語地邁步朝玄關走去。

9

夜已深。

眾人皆不發一語。在悄無人蹤的小巷裡，只聽見五個人的腳步聲。

剛才樋口那番話，真廣和彌廣聽了作何感想呢？她們兩人之後一直靜默不語，所以武澤也只能跟著沉默。

應該是發現了吧。聽完那句簡短的話語，就算沒想到武澤就是害死她們母親的人，至少也會知道武澤過去曾在地下錢莊的組織中從事討債的工作，還逼得某人自殺身亡。

武澤很希望她們兩人開口說些什麼，說什麼都好，但真廣和彌廣卻只是不發一語地往前走。

頭頂上方的朦朧春月將周圍的夜空照得白亮。

真廣突然駐足仰望明月。靜靜沐浴著月光的真廣接著把臉轉向身旁的姊姊，而彌廣在妹妹的目光注目下嫣然一笑。兩人同時轉頭望向武澤。

「其實我們早知道了。」

率先開口的人是真廣。

「知道逼我媽自殺的人，就是竹兄。」

周遭的景致瞬間消失，只留下真廣和彌廣的臉龐。兩人臉上掛著溫柔的微笑。

「你一直寄錢給我們，對吧？雖然謝謝這句話說不出口，但我們了解你的心意。」

武澤不知該說什麼才好。正因為不知道，所以他緊抿雙唇。主幹道的方向微微傳來車輛的引擎聲。

「……什麼時候知道的？」

武澤好不容易才開口，簡短地問了一句。

「我聽見了你和阿鐵哥的對話。某天晚上，你們不是在之前那棟屋子的廚房裡喝酒嗎？當時我有件事想跟你說，悄悄走下樓梯。結果聽見你們兩人的聲音……」

武澤馬上想起來了。那天晚上，他和阿鐵兩人坐在地上，中間擺著一個酒瓶，他道出了自己與真廣這對姊妹的關係。兩人的談話被真廣聽見了？

「妳應該很驚訝吧。我……」

「其實我沒那麼驚訝。」

真廣道出驚人之語。

「當時我只是心想，果然沒錯。」

「果然沒錯？……」

「剛才我不是說，我有話想跟你說，因而走下樓梯嗎？我要談的就是那件事。」

她是什麼時候發現的呢？又是怎麼被她發現的？

「竹兄，你不是在貫太郎的填字遊戲中寫下『椋鳥』嗎？我剛好看到那一頁。其他格全都是貫太郎的字，就只有那一處筆跡不一樣，我覺得它和之前每次寄錢來的信封上所寫的筆跡有點相似，心裡覺得納悶。由於我手上還留有一個舊信封，於是我拿來比對，果然很相似。你看，我們住的公寓，不是有個怪名字『夢想足立』嗎？當中有幾個假名寫得一模一樣⑰。所以我問貫太郎，『椋鳥』這個字是誰寫的。對不對？」

「啊，是的。」

貫太郎似乎還搞不清楚情況。

「他說是竹兄寫的，當時我頓時明白了許多事。之前在上野公園，我快要被趕出公寓時，你邀我到家裡一起住；你問過我日後如果遇見那名逼死我媽的男人會怎麼做；還有，姊姊和貫太郎一起搬來投靠你時，你還說服阿鐵哥接納他們。」

真廣莞爾一笑。

「自從知道你過去做過的事之後，我不知道自己會怎樣。我可能會想殺了你。如果你又以溫柔的態度對我，我可能會突然莫名其妙地大吼大叫，痛打你一頓。我如此思索，深感不安。於是我心想，我最好別再看到你，最好別和你同住，所以我才說我想搬出去。」

——我想，我差不多該離開這裡了。

這麼一提武澤才想到，在那個昏暗的廚房與阿鐵對酌的隔天早上，真廣突然提出這個要求。記得當時好像整合男突然出現在窗外，他們的對話因而中斷。隔天傍晚，住家後院遭人縱火，情況一片紊亂，可說是雞飛狗跳。

「那麼，妳之前是抱持著什麼樣的心情和我同住呢？」

此刻武澤只能提出這種沒意義的問題，他很嫌棄這樣的自己，但真廣卻很坦然地回答：

「我打算相信自己所做的結論。那是自己一個人苦思許久，所想到的結論。」

真廣正視著武澤。

「我不應該現在才恨你，這是我的結論。我要恨的對象，不是你。你不是壞人。真正的壞人，是對你下令、強迫你做那種殘酷工作的地下錢莊那幫人。我決定這麼想。我們的媽媽以前是被地下錢莊的人給逼死的，你只是剛好在同一個時候，被同一幫人強迫去做那件痛苦的工作。我決定這樣看待這件事，結果也漸漸真的這麼認為了。後來我告訴姊姊關於竹兄的事，以及我自己所下的結論。姊姊一開始也很驚訝，但最後她也和我抱持同樣的想法，因為我們都認為這樣做才對。」

武澤答不出話來。

「可是這麼一來，就突然在意起那筆錢了。」

「那筆錢？」

「就是你寄給我們的那筆錢啊。之前一直想丟，卻又捨不得丟……感覺好像一個沉重的負荷。」

彌廣在一旁點頭。真廣接著道：

「它感覺愈來愈沉重。因為那筆錢，就像是把你和我媽的自殺串聯在一起，不是嗎？」

也許的確是如此。

真廣突然語調一轉，露出開朗的神情。

⑰夢想足立原文為「ドリーム足立」，椋鳥原文為「ムクドリ」，當中的ドリム三個字重複。

「所以這次的作戰計畫，對我和姊姊來說可說是一箭三鵰。地下錢莊那幫人害死我媽和雞冠這筆仇，能向他們討回來。再來，如果在計畫中將竹兄給的錢全部花光，就再也沒有這沉重的負荷了。這就像換鈔一樣，將原本手上的錢換成可以用的錢。只不過……最後沒能成功就是了。」

真廣的表情並未流露空虛之色。那是無比開朗的神情，就像趕走了什麼不順心的事，一切問題都已順利解決。

「竹兄，你雖然對我們隱瞞真相，但我們其實也同樣瞞著你。對不對，姊姊？」

真廣望向姊姊。彌廣點頭說：「竹兄騙了我們，我們也騙了竹兄。」

她們兩人這番話就像在說「彼此彼此」，這句話深深刺進武澤心坎。我明明是個不可饒恕的人啊。我過去所犯的錯是如此罪孽深重，與妳們兩人隱瞞的這件小事根本無法相提並論。不知為何，這時她們兩人的臉，看起來都像極了沙代。就像武澤從外頭返家，打開大門，沙代喜孜孜地走來，向他報告學校發生的點點滴滴，以及她從書本中看到的趣事時，臉上會有的開心表情。

昏暗的景色逐漸變得扭曲，路燈的白光在他眼中散開。

我該怎麼做才好？我該怎麼回答？武澤什麼也沒做，就只是注視著眼前那兩張逐漸變得模糊的臉龐。

「啊，竹兄。」

阿鐵突然叫道：「我想到一個好主意，你想聽嗎？」

「……什麼主意？」

「信天翁作戰計畫最後的部分，要不要修改一下？」

「……修改？」

「因為它是如此大費周章的詐騙計畫，最後如果沒得到現金那不是很奇怪嗎？我是這麼想啦，你覺得呢？」

武澤明白阿鐵這番話的意思。

他指的是那個吧，他想將那個弄到手。

「現金是吧……」

他環視四周，看了一下真廣，彌廣，貫太郎。

「我們就收下它吧。」

真廣笑道。

「既然有這個機會，不拿可惜。」

彌廣也說。

「難道說，我也能分一杯羹嗎？」

貫太郎向她們兩人詢問。

「當然可以平分啊。」

兩人異口同聲回答。

「那我們走吧！」

阿鐵吆喝一聲，五人同時右轉，折返走回那漆黑的小巷。窗戶透射出的方形亮光從左右兩旁掠過，零亂的腳步聲打上房屋牆壁產生回音，才一會兒工夫，那棟兩層樓建築已出現眼前了。五人一同衝進那棟建築的玄關大廳，筆直朝樓梯而去，爭先往上爬。來到屋頂後，那白色紙袋還擺在地上。阿鐵率先一把抓起了它，開心地叫道：「作戰結束！」

他在胸前打開袋子，讓武澤他們看袋內的東西。有許多萬圓紙鈔，是真廣與彌廣之前裝在波士頓包裡的餘款。說餘款實在不恰當，因為這次的作戰計畫沒花什麼大錢，之前武澤持續寄給他們的錢已積成了一筆大錢。

「這是他們的損失。」

阿鐵抬頭望向十樓的外廊。

「他們萬萬沒想到，這裡頭裝的是真正的紙鈔。」

當然了，紙袋裡並非全都是真鈔。以白紙做成的成捆鈔票，上下幾張都是真鈔，約有二十捆之多。上頭還有幾張零散的紙鈔，金額並不是很多。跟原本計畫從事務所保險櫃搶奪的近兩千萬日圓當然沒得比，但好歹也有兩百多萬日圓。

考慮到真廣與彌廣交換身分時，敵人有可能會到屋頂上檢查紙袋裡的鈔票，武澤他們才事先做好這項準備。提議的人當然是真廣和彌廣。決定在這次的作戰計畫中把手中的錢全部花光的兩人，提議將最後所剩的錢用在這上頭。當時沒人反對。將白花花的鈔票丟棄雖然捨不得，但畢竟這個紙袋會在作戰計畫的最後時刻登場，所以還是以成功達成目標最重要。

「如果五個人平分的話，正好可以充當每個人重新出發的資金呢。對了，因為是平分，竹兄你也有一份。」

「我也有？」

真廣這番話令武澤為之怯縮。

「你得收下才行。」

彌廣朝武澤背後使勁一拍。

「因為這是我們五人合力完成的作戰計畫。」

雖然聲音中帶著笑意，但她的眼神相當認真。武澤思考著她們兩人要他也平分這筆錢的用意，想了又想，想了又想。這應該不是隨便做的決定，而是出自真心的決斷。

「我明白了。」

就像要掩蓋武澤的回答般，阿鐵悄聲叫了一句：「撤退！」也許是浮雲飄動的緣故，屋頂倏然為之一亮，月影在這五人四周緩緩流動。

武澤心想，這幕景象我一定永生難忘。

作戰就此結束。

韶光荏苒。

春去秋來，九月初時，阿鐵與世長辭。

在病房陪他走完最後一程的，只有武澤一人。

他臨終的前一天，枕邊還擺著怪博士與機器娃娃的杯子以及聖誕樹的星星，棉被上頭露出瘦削憔悴的臉，一直凝望著白色的天花板。

房內深處的窗簾打開約三十公分寬，可望見窗外成群的紅蜻蜓。蜻蜓全都面向同一個方向，以肉眼看不見的速度振翅，靜止於空中。不久後，也許是一陣風吹來了吧，成群的紅蜻蜓突然從窗簾的縫隙處消失蹤影。

「竹兄，我告訴過你吧……我最後果真是這種死法。」

阿鐵乾涸的雙唇一張一闔，如此低語：「我就快死了，但身邊一個人也沒有。」

「我不是來看你了嗎？」

武澤故意以粗魯的口吻應道，阿鐵在枕頭上轉動頭部，凹陷的雙眼望向他。武澤從他那虛弱的目光中，看見毫不掩飾的孤獨。

阿鐵問了一個古怪的問題：「竹兄……你看過烏鴉的屍體嗎？」

「不，沒看過。」

「你知道這是為什麼嗎？」

武澤不知道他想說什麼，默默搖了搖頭。

「烏鴉要是死在附近，既礙眼，又不衛生，很快就會被人清走。就算是回到自己的巢裡才死，也會被自己的同伴吃掉，所以才看不到烏鴉的屍體。」

阿鐵喉嚨頻頻發出聲響，吸了口氣。

「我會像個沒生命的物體一樣被人清走，就此遭人遺忘……還是被和我一樣的烏鴉吃掉，被人遺忘呢？」

「我才不會吃你呢，吃了你肯定會拉肚子。」

「竹兄，你早就不是烏鴉了，不是嗎？」

阿鐵莞爾一笑。接著他拿起怪博士與機器娃娃的杯子以及聖誕樹的星星，茫然地凝望良久。

坐在阿鐵身旁，武澤這才想起昔口信天翁作戰計畫結束時發生的事。

烏鴉

CROW/króu

1

回到商務旅館的房間後，武澤他們開始平分紙袋裡的現金，然後就睡了。隔天一早，五人離開旅館，各自離去。也沒一起回之前的租屋處，而是一早就解散了。

「我想拜託你一件事。」

彌廣在旅館玄關前如此說道。

「我們可不可以就這樣解散？」

武澤一臉意外地回望她，彌廣接著向他解釋：要是再回到那間屋子，她恐怕就不想離開了。

「等我們找到落腳處，再和你聯絡。」

站在她身旁的真廣和貫太郎也望著武澤。

從他們的表情來看，這三人似乎已做好決定了。

武澤雖然一度猶豫，但也沒辦法攔阻，最後點頭表示同意。若是再繼續同住，肯定只是在同一個巢內互舔傷口。一開始或許覺得舒服，但長期下去傷口會化膿，再也沒人可以離巢獨立。

武澤也想過這個問題。

「我想，我也差不多該離開竹兄身邊了。」

連阿鐵也畏畏縮縮地開口如此說道。

「我不能一直給你添麻煩。」

「我不覺得麻煩啊。」

「不。」阿鐵搖頭，以略帶哀戚的表情微微一笑。「我好歹也是個男人。」

這句話雖短，但是聽聲調中的抑揚頓挫，就知道阿鐵一直在思索這個問題。

五人站在旅館前，在刺眼的晨光照耀下揮別。彌廣、真廣、貫太郎三人朝同一個方向走去，看來他們暫時還會住在一起。武澤和阿鐵並肩而立，望著三人的背影。接著，兩人再次互望，相視而笑，各奔東西。此刻若是回頭，會有一股微妙的情感湧上心頭，讓他難以自抑，所以武澤面向前方邁步而去。

2

一個月後。

夏天的腳步已近，公寓窄窗外的天空看起來顯得無比高遠、清澄。武澤盤腿坐在房內角落仰望天空，這時身後傳來摩托車的引擎聲，緊接著傳來郵件落向信箱底部的聲音。

武澤一如平時，立即起身走出玄關大門外。這次他住的房子位於一樓，走到信箱只需幾秒的時間。武澤微微抱持期待，打開信箱那扇鋼製的小門。他已不像以前那樣感到不安，因為現在已沒有敵人，而且可能有人會寄信或明信片給他。

「哦……」

他看到信箱裡擺著一張明信片，不禁叫出聲來。

河合彌廣、河合真廣、石屋貫太郎。上頭寫著三人的名字，似乎是各自簽名的。

之前也曾收過他們三人的明信片。當時內容很簡單，只是告知他們的新住處，其他事則沒有多提。但這次不同，那正經八百的直書文字，以等距間隔整齊地排列在白紙上，看起來就像排隊聆聽校長訓話的小學生。是貫太郎的字，可能是彌廣她們叫他寫的吧。

明信片上寫有正經的時節問候，很不像他們三人的作風，還提到彌廣開始在一家商社擔任職員，真廣從這星期開始到速食店當店員，貫太郎則到製造魔術道具的公司任職了。此外，還以生硬的口吻提到貫太郎的不舉正在改善中。「正在改善中」究竟是什麼樣的狀態，感覺很噁心，所以武澤不願多作想像。貫太郎可能是因為樋口那起事件，而重新意識到自己也是個男子漢吧，所以不舉的症狀才會獲得改善。武澤如此暗忖。

明信片上還提到，如果方便的話歡迎來玩。

最後是真廣的筆跡，寫上一則消息。數天前，有隻小貓出現在他們三人合住的公寓裡。當時她正在吃中華涼麵，突然聽見門外有刮搔的聲音，她開門一看，發現了那隻小貓。真廣說，牠一定是雞冠投胎轉世來的，據說和雞冠長得一模一樣。當初雞冠這名字的由來是牠頭頂那綹粗糙的硬毛，但這隻貓卻長了一綹黑毛。也許真是雞冠投胎轉世也說不定。牠在陰間請神明改變牠的髮色，重新回到這世上。

真廣他們偷偷將小貓養在公寓裡，還買來紅色項圈，替牠裝上雞冠的遺物——骰子。

武澤站著反覆看了三遍明信片後，回到屋內。

好在當初沒逃，武澤心想。

要是就這樣逃離，不知道結果會是怎樣。樋口他們的遊戲一定會繼續下去，我現在肯定早已心力交瘁。也許會考量彼此的人身安全，和阿鐵以及彌廣他們約定不要彼此聯絡，各奔東西。

但武澤並沒逃避，選擇與他們對抗了。

結果以失敗收場。

如今回想起來，好在那場作戰計畫沒能成功。要是成功從樋口他們手中奪取大筆錢財的話，真廣和彌廣恐怕就無法展開新生活了。錢就像藥物，量少能發揮效果，但要是過量反而會引發副作用。兩人肯定會回去過往日那自甘墮落的生活。武澤也是，如果不是樋口揭穿，他一定會繼續向她們兩人隱瞞自己過去所做的事，繼續欺騙。而她們兩人現在還是會假裝受騙，持續上演那可悲的戲碼。

武澤將明信片擱在和室桌上，吁了口氣。

這次的事簡直像小說或電影一般。與阿鐵的相遇，和真廣的邂逅，雞冠、彌廣與貫太郎的闖入，樋口，信天翁作戰計畫，還有他們三人的重新出發，以及雞冠的投胎轉世。

太完美了。

完美得令人驚奇。

……

恍如幻覺般的景象，在短短數秒間一口氣從武澤腦中掠過，那是此次事件中的無數片段，簡直就像拼湊出了以他們為主角的電影或小說，一部精采的故事。

一部完美的故事。

接著，武澤腦中發現有個小地方不太對勁，但其實並不是現在才發現的。那種不對勁的感覺是從什麼時候開始的呢？我是從什麼時候起有這種感覺的呢？

武澤思忖片刻後，找到了答案。

打從一開始。

這時，突然有把看不見的鑰匙插進武澤原本一團零亂的思緒中，就在鑰匙「咔嚓」一轉動一聲的瞬間，之前模糊地四處浮在腦中的各種事物開始依照神奇的法則，重新排列。這套法則完全依據某個假設而成立。

「這怎麼可能……」

哈哈——武澤故意笑出聲來，因為他對自己想到的可笑假設抱持否定的態度。這只是巧合，一定是出於巧合。然而，在他想推翻這種態度的同時，另一個想法馬上竄起——我想加以確認，確認我所想的假設是錯的。

武澤幾乎在無意識下拿起手機。撥打查號台後，傳來一個女子的應答聲。

「謝謝您的來電。我是一〇四查號台的木下，在此為您服務。」

「我要查……阿佐谷的豚豚亭，拉麵店豚豚亭。」

「杉並區阿佐谷的豚豚亭是嗎？請稍候一下。」

真人聲音切換成電腦合成音，播報了電話號碼。武澤結束通話，重新撥號。

「豚豚亭，您好。」

「店長，是我啦。還記得嗎？我以前常去你店裡吃麵。」

「店長？……」

一聽這個稱呼，對方似乎馬上就想起武澤了。

「啊，您好。最近很少來呢。」

「有件事想向你請教。」

武澤開門見山地說道：「之前有一次我和朋友一起去你店裡吃麵時，你說店裡的出入口好像有東西燒起來了，對吧？」

「咦？啊，是有過那麼一件事。」

「結果到底是怎樣？」

他一定會回答是火災的，一定會說是某棟公寓失火，因為事實的確是如此。武澤的住處失火了。

「這位客人，您沒看報紙嗎？」

店主夾雜著苦笑聲應道：「那好像是有人惡作劇。」

「惡作劇？」

「沒錯，是惡作劇。好像是住附近公寓的男子利用定時器施放煙霧，大家以為失火了，還叫來了消防車，但消防員打開門衝進屋內時，發現裡頭只有煙霧。從那之後，那名住戶就失去下落了。世上就是有人會做這種怪事。」

那不是火災，是煙霧，有人利用定時器施放的煙霧。那又是誰設計的呢？

「定時器……」

武澤思考著，回想著。

為什麼我看了那樣的狀況會以為是火災呢？因為在我回公寓時，附近已聚滿了消防車，濃煙從房間大門飄出。看了那幕光景只會以為是失火。如果我返回住處的時間稍有變動，便會明白那只是煙霧造成的惡作劇，這是理所當然的。要是我回家的時間晚了點，消防員便會在我面前衝進屋內，最後說一句「這什麼啊，只是煙霧嘛」。倘若回家的時間提早，我便會在定時器啟動冒煙之前早一步進屋。那麼，為什麼我剛好就在那個時間點回到家呢？因為是在豚豚亭吃麵的緣故。是誰提議到豚豚亭吃麵？開口說「該走了」的人又是誰？而那明明不是火災，只是煙霧，又是誰對我說：

——啊，竹兄，關於昨天的火災，報紙上有相關的報導，但只有短短五行字。

「饒了我吧……」

接著，武澤想起製作預付卡手機的假傳單及假名片時發生的事。

——你說你知道上哪兒找印刷廠，對吧。

——是的。

印刷廠，傳單。

「假傳單……」

武澤再次拿起手機。撥打當時那家印刷廠的電話。

「昭和印刷，您好。」

「我之前曾請你們製作預付卡手機販售傳單及三人分名片。」

「預付卡手機販售傳單和名片？呃……」

電話那頭的男子，似乎正在憶海中搜尋。

「哦，是那個時候啊，我記得。我記得傳單的張數不多，單價相當高對吧。真的很不好意思，因為印刷品的張數愈多愈划算……」

「我想向你確認一件事。當時我們的人前往委託你製作，就是一位長得像海豚的男人。」

「對對對，是這樣的人沒錯。」

「他當時是第一次委託你製作傳單嗎？」

「不，不是第一次。」

紙張的摩擦聲傳來了，可能是在翻看顧客的檔案吧。

「那次算是第三次，之前他曾兩度委託我們製作傳單。」

武澤吞了口口水。

「是『Lock & Key 入川』的鎖店傳單，以及珠寶店的現金特賣會傳單嗎？」

「是的，沒錯。我這裡還留有原版呢。」

武澤為之愕然，結束通話。

他想起和真廣的相遇。武澤為何會睽違七年後再度與真廣相遇？因為那天真廣正巧前往上野車站附近的一家珠寶店，**被一張傳單給引誘而來。**

——因為我看到傳單上寫道，那家店今天會舉辦現金特賣會。

剛好武澤他們也在現場，所以武澤才會與真廣重逢。

那天早上，是誰說要到上野買手機？不，不只是上野這處地點，時間應該也很重要。在真廣動手扒那名山田巡警的錢包時，武澤他們勢必得剛好從珠寶店門前經過。為了與真廣相遇，這是不可或缺的步驟。為何武澤他們會在那樣的時機下行經珠寶店門口？因為之前他們在當舖裡幹活，這是阿鐵的提議。當時阿鐵遲遲不從當舖裡出來，武澤甚至還擔心他是被店主識破詐欺手法呢。難道那是……

為了調整時間嗎？

他在店內與人聯絡，調整應該前往珠寶店的時間嗎？

武澤與阿鐵的邂逅，放在信箱裡的鎖店傳單，門把與接著劑——那天晚上，武澤以為自己識破了阿鐵的騙術，但真是這樣嗎？**真正受騙的人該不會是武澤自己吧？**現在仔細一想，兩人的相遇有許多不自然之處。如果阿鐵真的像他自己說的，是靠接著劑和傳單發了一筆小財的話，為什麼要刻意選這間信箱塞滿傳單的房間下手？不，更重要的是，**阿鐵為何要挑公寓下手？**當時武澤對阿鐵的騙術覺得有趣，以半看好戲的心態任憑阿鐵信口雌黃。他靜靜看阿鐵在面前處理門鎖，但普通人不會這麼做。一般來說，如果提到必須更換門鎖，應該會先跟房東聯絡一聲才對。如果不知道聯絡電話，也應該會向鄰居打聽後，打電話聯絡才對。

為什麼阿鐵會這麼做？

答案只有一個。

他知道那是武澤的房間，刻意設下騙局。為了與武澤相識。

為什麼他想和武澤相識？

為什麼要讓武澤和真廣相遇？

「那傢伙……」

武澤再次按下手機按鈕，撥打真廣的手機號碼。

「咦，竹兄。好久不見。」

她以開心的口吻應道。彌廣和貫太郎好像就在一旁，她告訴他們「是竹兄打來的電話」後，同時傳來「哦」、「哇」的歡呼聲。許久沒聽見他們三人的聲音了，但眼下不是沉浸在懷舊氣氛中的時候。

「雖然現在才問這個問題，有點奇怪，但我可以問一件事嗎？」

他突然說明自己的用意，真廣似乎有點訝異，但還是應了一句「可以啊」。

「妳們兩姊妹的姓氏是河合，對吧？」

「是河合沒錯，可惜沒那麼可愛。」

「這是妳母親原本的姓氏嗎？」

之前並未向她們兩姊妹確認過，只是武澤自己單方猜測，猜她們的母親應該是與丈夫離異後，恢復了原本的舊姓。她們父親的姓氏應該不一樣吧，然而……

「不，不是。」

真廣冷冷地應道。

「這是我爸的姓。當初離婚時，我媽心想，姊姊已經是小學生了，替她覺得可憐，所以也就沒換回我媽的舊姓。」

河合是她們父親的姓氏。

「再請教一個問題。」

武澤幾乎已確定她會做何回答，但還是開口向她問道：

「妳和彌廣的其中一人，以前是否曾經用過丁小雨的杯子？」

傳來一陣驚訝的呼吸聲。

「我們兩個都用過。當時我還只是個小嬰兒，所以已經記不得了，但我姊姊現在都還會提到那個杯子的事。那是個塑膠杯，她愛不釋手。不過，後來就不知道跑哪兒去了。」

打從真廣來投靠他的那天開始，阿鐵就再也沒用過那個杯子，武澤本以為阿鐵是怕她們看到後覺得噁心。阿鐵不時會一臉悲戚地望著杯子，向武澤說：「這是我妻子從小到大最寶貝的東西。」但如今回想起來，事情不太對勁，阿鐵他妻子小時候應該還沒有這套漫畫才對。

阿鐵並不是因為怕他們覺得噁心才把它藏起來。

是因為被看到就糟了，才藏起來的。

父親離家出走時，真廣還只是個小嬰兒，彌廣當時也才七歲。在「七歲時便與父親分離，十九年來從沒見過面」的前提下，就算兩人在某處相遇，她會發現那是自己的父親嗎？不，一定不會發現。如果對方打從一開始就以其他姓名自居，那又更不會發現了。

真廣的波士頓包裡有她父親寫的信，寫給妻子的分手信。武澤總覺得在哪裡看過這樣的字跡。

「辭典……」

阿鐵帶在身上的字典，寫滿字的日英辭典。上面密密麻麻的記事文字的確和那封信上的筆跡一模一樣。

兩姊妹的父親名叫河合光輝。阿鐵的名字是入川鐵巳。

——是文字重組遊戲。

兩姊妹母親的名字叫河合瑠璃江。阿鐵口中那位亡妻的名字叫入川繪理。

——最近我很迷這種遊戲。

河合光輝（かわいみつてる）。入川鐵巳（いるかわてつみ）。

河合瑠璃江（かわいるりえ）。入川繪理（いるかわえり）。

「可惡……」

之前和阿鐵一同度過的日子迅速從腦中一閃而過，既像電影，又像小說的各種情節、登場人物。對了，那些登場人物……

武澤走出公寓的大門。

3

北千站附近的馬馬亭店主似乎已認不得武澤了。

「那張海報跑哪兒去了？」

那張海報已不在以前張貼的地方，所以武澤很積極地向店主問道。

「海報……哦，那張劇團海報是嗎？我收在這裡。」

身材清瘦、留著小鬍子的店主略感驚訝，從櫃台旁取出一張黑白印刷的紙張。武澤一把搶了過來，拿到面前。是劇團海報。不太受歡迎，就快要解散的劇團。上頭寫著新戲的標題：「CON・GAME」，底下有劇團成員的照片，七男一女。那名女子很年輕，鼻梁高挺，頗具姿色。男性則分別是一胖一瘦的兩名年輕人、臉長得像大猩猩的肌肉男、有一雙大眼的矮冬瓜、一名身材高大的男子和有張大餅臉的男子，還有一位臉型像冰淇淋杓、死氣沉沉的老頭。

武澤認得上面的每一個人。

在新宿之家的電梯間見過的那名女子，樋口事務所裡的兩名年輕人，長得像大猩猩的野上，有一雙人眼的整合男，身材高大的樋口，有張大餅臉的山田巡警，至於那位臉型像冰淇淋杓的老頭則是蠶豆臉。

「這些人現在在哪裡？」

店主畏怯地答道：這些劇團成員現在應該在練習處吧。練習處好像就是這附近的公民館出租會議室。

武澤從馬馬亭飛奔而出。一面趕往店主告知的地點，一面回想起許多巧合、許多吻合，以及些許矛盾。

——也許以後別再用這支手機比較好，最好關機。

要武澤換手機的人是阿鐵。那是為了不讓武澤打電話給別人，因而得知那場公寓火災其實只有煙霧。

——竹兄，這次到荒川去找找看吧。靠近河堤的那一帶。

決定搬家地點的也是阿鐵，那間房子也是阿鐵找到的。住在那間屋子，真廣才選擇來投靠他，因為離真廣住的公寓並不會太遠。

——喂……是中村先生嗎？

某天清早，公寓的房東打電話來。

——有好幾通可疑電話打到我家。對方說話時，一直發出「嘶——嘶——」的聲音，叫我說出你人在哪裡。

——對對對，打電話來的男子，是姓樋口沒錯。

打電話的人並不是房東，是阿鐵雇用的某位劇團成員。因為對方以「中村」稱呼武澤，所以武澤不疑有他，以為他就是房東，因為只有房東知道他是以這個姓氏租屋。但還有另外一個人也知道，那就是阿鐵。

——我希望你幫我打開這個箱子。我把鑰匙弄丟了。

貫太郎請阿鐵打開那個裝有空氣槍的箱子時，阿鐵拒絕了。但貫太郎一再央求，阿鐵不得已才著手幫他開鎖，最後卻沒能打開。這是為什麼？因為阿鐵原本就沒有開鎖的技術，他根本不是鎖匠。除了他利用業者或其他道具事先設好機關的門鎖外，他一概無法打開。

租屋處後院遭縱火時，阿鐵見到整合男後說道：

——那張臉我忘不了，我就算死也絕不會忘記。

但之前阿鐵在豚豚亭道出自己的過去、提及那名欺騙他的債務整合業者時，他不是說：

——我已經記不得對方長相了。

跟蹤野上和整合男的白色轎車時，司機在途中疏忽了，來不及在十字路口處轉彎，武澤他們搭乘的計程車就停靠在路肩。那輛轎車很快就又回到原本的馬路上，他們才得以繼續跟蹤，但那也不是巧合。是阿鐵將自己的所在位置告訴白色轎車的駕駛，它才會來到他們所在的地點，為了讓他們重新跟蹤。

一切都是因為阿鐵手機響起的那通電話。

——剛才那輛轎車……不，我們跟丟了。因為它突然轉彎，沒錯，現在我們先把計程車停在路旁。

當時和他通話的對象並不是貫太郎，是與他們失散的白色轎車打來的電話。

武澤他們抵達旅館時，貫太郎曾經這樣問道：

——發現他們的車了嗎？

如果貫太郎真的打過電話給阿鐵應該不會這樣問才對，因為阿鐵當時在電話中說：

——幹得好，「肥肉」！多虧你打這通電話來，我們又發現敵人了！

武澤穿過公民館正面的玄關，正準備闖進二樓的出租會議室時，裡頭正好有人開門。從裡頭走出的男子一看到武澤，先是露出驚訝的表情，接著馬上雙肩垂落，嘆了口氣。

「……看來是穿幫了。」

此人正是阿鐵。

「你……」

武澤等候自己的呼吸恢復平靜。他想問的事多得數不清，更有許多話想說，但該從哪裡問起才好呢？又該問些什麼？

「阿鐵，你……」

武澤這才開口說了第一句話：「你是烏鴉嗎？」

阿鐵莞爾一笑，點了點頭。

「沒錯。我是你的同行。不過，我有二十多年的資歷。」

「原來是老前輩啊……」

烏鴉對上烏鴉——武澤被一隻大烏鴉玩弄於股掌。還有真廣、彌廣、貫太郎，也都一樣。

「你收買了劇團那幫人？」

武澤望向阿鐵背後那扇門，裡頭微微傳來舞台劇的台詞。

「是的，我收買了他們。我花錢請他們幫忙。之前碰巧和竹兄一起去馬馬亭吃麵時看到那張海報，便決定用他們。我利用四處找房屋仲介以及外出購物時，頻頻與他們交涉。」

「你到底付了多少錢？」

武澤詢問後，阿鐵老實地告知金額。遠比武澤想像的數字還來得高，足以買下一間便宜的透天厝。

「他們的夢想是建造一座自己的舞台劇場，聽說會拿來當作資金。」

「你是怎麼籌到這筆錢的？」

「竹兄不是也在週刊雜誌上看過嗎？就是半年前的那篇報導。」

那起騙貨詐欺，向建設公司詐取六千萬日圓的大案子。

——我們也得像這樣幹一票大案子才行。

——說得也是。可是，要做這種大案子得要有相當的資歷才行。

「那件案子……是你幹的？」

「這次的騙局需要不少資金。」

阿鐵垂眼望向地面，一臉疲憊。接著他催促武澤到大樓外頭。

「我們談談吧。」

走出公民館的正面玄關後，阿鐵信步而行。不久後來到一株大櫻樹下，阿鐵就停下腳步，轉頭望向他。櫻花已全部落盡，枝頭佈滿青翠的綠葉。

「我的真實身分，你也已經看穿了吧？」

「嗯……剛剛才看出。」

阿鐵正面注視著他，武澤不禁垂眼望向地面。阿鐵就是七年前被他逼死的那名女子的丈夫，同時也是因他落入悲慘境遇的兩名女孩的親生父親。
「我一直以為她們兩人的父親是個身材高大的男人呢。」
經武澤這麼一說，阿鐵意外地挑起眉毛。
「咦，為什麼這樣說？」
「是彌廣說的，她說爸爸是個身材高大的人。」
「哦……」
阿鐵嘆氣似的吁了口氣。
「對一個七歲的小孩來說根本就沒有矮小的大人。只有她覺得高大，就像看章魚燒一樣。」
語畢，阿鐵抬頭仰望暮春的天空。
「這世上真正巨大的東西並不多。」
天空的某處微微傳來一陣鳥囀。
「阿鐵……你為何要這麼做？」
「你是問我的目的嗎？」
阿鐵只哼笑了一聲，張開雙手。
「我的目的就是這個。」
武澤起初不懂他話中的涵義，但旋即明白他所說的「這個」指的是「現在」。武澤的「現在」，真廣和彌廣的「現在」。
「一切都很順利，不是嗎？真廣和彌廣已擺脫自甘墮落的生活，認真展開全新的生活。竹兄也與長期在你心中留下陰影的地下錢莊組織斷絕關係。真廣和彌廣已不再恨那名逼母親自殺的男子，竹兄也不再因樋口的陰影而感到畏懼。」
他說得沒錯，一切都很順利。
「你可真是……大費周章呢。」
「我也只能這麼做。」
阿鐵的表情既空虛，又寂寥。
接著他道出一切始末。

十九年前——
自己是詐欺犯的事被妻子得知後，阿鐵離家出走，接著以詐欺犯的身分過著孤獨的生活。經歷五年、十年、十五年的漫長歲月，他決心要金盆洗手，那是約莫一年前的事。
「我把身體搞壞了，聽說是肝臟癌。醫生明白地告訴我，我已沒多少時日可活。」
阿鐵輕摸腹部右側，當初奪走雪繪性命的也是這種病。
「我想在臨死前再和前妻見一面，可以的話也想看看我那兩個女兒。」
阿鐵調查前妻瑠璃江的住處，這時才知道前妻已在七年前過世。因為受不了地下錢莊的逼債，結束自己的性命。
「我雇用之前多次因工作關係而合作過的偵探，請他找尋我女兒們的下落。我很擔心她們。雖然之前我一直放任她們不管，相當自私。」
阿鐵請偵探找尋的並非只有真廣和獮廣，同時也請他找出逼死他前妻的人。過不了多久，人全都找到了。女兒們住在足立區的一棟公寓裡，而害死他前妻的男子則化名中村，住在位於阿佐谷的公寓裡。

「那名偵探……是不是個頭很高？」

武澤試探性地問道，阿鐵點了點頭。

「他似乎很會找人，但我沒想到他這麼笨。竟然直接向豚豚亭的店主打聽竹兄的事，還在我女兒的公寓四周徘徊，多次被她們撞見。」

向豚豚亭的店主多方打聽武澤消息的人，以及在真廣和彌廣的公寓四周遊蕩的男子，都是阿鐵雇用的這名偵探。

「其實我原本是想請那名偵探調查我女兒們的現狀，以及逼死我前妻的那名男子是何身分，但他實在太遜了，所以我決定自己調查。」

阿鐵查探女兒們的生活，以及武澤的過去和現狀，徹底地調查。

「我明白了許多事。」

他那兩名女兒的生活，實在稱不上「正常」。姊姊遊手好閒，妹妹靠偷竊維生。

「竹兄，早在你向我吐露自己的過去之前，我便知道你的一切了。」

逼死前妻的那名男子後來靠詐欺度日——他過去之所以在地下錢莊組織裡從事討債的工作，是因為欠債的關係，而且他是因為朋友借錢時充當保證人才會陷入此等窘境中。他並不是自己情願這麼做的，一切都是為了讓自己和獨生女能重拾往日平靜的生活，不得已才供組織驅使。組織瓦解後，男子對過去的行徑深感後悔，不斷寄錢給阿鐵的女兒們。但她們拒絕用這筆錢，過著拮据的生活。

「當我得知一切時，我感到悲從中來。竹兄，你自己想想看，這一切都是我的錯。我前妻自殺其實並不是你的錯。只因為我是個詐欺犯，因為我是個離婚的人，所以前妻得獨自扶養兩個孩子，最後生活無以為繼，只好向地下錢莊借錢，因無力還錢而深受折磨，最後非死不可。」

「阿鐵……」

「因為這個緣故，我的女兒們才會被迫過起那種荒唐的生活。那種生活要是一直繼續下去，將會不斷沉淪，永無再見天日的一天。我見過太多這種人了。緊貼著地面低空飛行，不久後撞上略微凸出的岩石或樹木，就此消失。竹兒，我只是想在臨終前，解救我那兩個女兒，同時也想解救你。要是這樣放著不管，我一定會死不瞑目。」

正因為這樣，阿鐵才會如此大費周章地設下騙局，是嗎？

「還有，竹兒，這次的工作也算是對我自己設下的騙局。」

「對你自己？」

「你以前不是說過嗎？想要成功完成工作，靠的不是演技，而是完全融入角色當中。因為我的人生的確是被我虛擲光了。沒有家人，沒有同伴，什麼也沒有。因此，我希望自己在臨死前，至少能留下一些可以帶往黃泉的回憶。想要一個和家人、同伴一起生活，合力挑戰某個目標的迷人故事。」

春風拂來，從櫻樹葉片間透射而下的陽光在那個頭矮小的男子肩膀上搖曳。

「我不是替那個作戰計畫取名為『信天翁作戰』嗎？」

阿鐵略顯靦腆地說道：

「在日本，人們稱信天翁為『笨鳥』，但在國外，牠可是很帥氣的鳥呢，還被拿來當高爾夫球術語，比老鷹球⑱還厲害。牠以巨翅乘風，據說一天可以飛一千公里遠。」

阿鐵視線望向藍天，宛如要追尋那振翅遠去的大鳥般。

「要讓我的女兒們原諒你，並真正重新展開彼此的人生，就得先讓她們對竹兒的人品有充分的了解。所以我就像杜鵑一樣，讓女兒們與竹兒同居。要是沒有那段同居的日子，她們一定一輩子也無法原諒逼自己母親自殺的人。也無法接受這世上許多不合理的事，真正長大成人。」

也許真是如此。是那段雞飛狗跳的同居生活，改變了兩姊妹與「殺母仇人」之間的關係。

之後的發展完全照阿鐵寫的劇本走。地下錢莊組織展開攻擊，武澤一行人對此展開復仇，信天翁作戰——阿鐵刻意租下樋口他們的事務所，以及隔壁的一〇〇二號房，並事先備好裡頭的各項用品。

「那棟大樓其實早已預定要拆除，目前只剩兩、三戶有人居住，其他住戶都已搬離，是我刻意找尋的大樓。因為要是在計畫進行的半途，有住戶在走廊或玄關大廳遊蕩的話，那可就糟了。」

難怪那棟大樓沒什麼人出入，武澤這才恍然大悟。除了樋口他們，以及從電梯走出的那名年輕女子外，從沒在那棟建築裡遇過其他人，所以武澤略感不可思議。這下終於搞懂入口處的信箱名牌幾乎都沒寫住戶名字的原因了。

接著，計畫一路進行，阿鐵的計畫成功執行。「現在」一切都已步上正軌。

這是阿鐵在人生最後所設下的大騙局。

如此高明的手法，武澤實在模仿不來。阿鐵一路走來不斷撒下彌天大謊，在各種場面，在各個瞬間。唯一真實的，應該就只有支持他說謊下去的那心意吧，它再真實不過了。

「竹兄，記得之前我曾在外廊上和你提過手指的事嗎？」

「你是指父指、母指那件事嗎？」

「沒錯，正是那件事。當時我說自己是大拇指，對吧？」

⑱信天翁球，意同雙鷹球，總桿數低於標準桿數三桿。老鷹球，總桿數低於標準桿數二桿。

阿鐵確實曾經這樣說過。

「它有兩個涵義。其中一個涵義，當然意指我是父親。至於另一個涵義，竹兄，你猜是什麼？」

武澤思忖了片刻，還是想不透。阿鐵望著自己的手掌，公佈正確答案。

「只有大拇指可以從正面看到其他手指。全部的手指當中，就只有大拇指看得到其他手指的臉。」

阿鐵試著讓五根手指面對面，像是在說「你看吧」。

「原來如此……」

阿鐵確實是大拇指，只有他明白所有人的真面目。

沉默持續了半晌，武澤做了個深呼吸。

「今天他們三人寄了明信片給我。」

讀那封明信片好像已是很久以前的事了。

「看來你這項計畫相當成功。真廣和彌廣現在都很努力地面對自己的人生，貫太郎也是。」

武澤告訴阿鐵明信片的內容。阿鐵略微把臉側向一旁，一面聆聽，一面不時出聲附和。

「我想請教你一件事，可以嗎？」

阿鐵聞言，點了點頭。

「明信片上提到一隻雞冠投胎轉世的貓。和雞冠長得一模一樣，頭頂有一小綹黑毛的那隻小貓。那是雞冠，對吧？」

阿鐵回答，是雞冠沒錯。

「原本牠頭頂的白毛是用染髮噴劑噴上的，現在只是把它清掉了而已。我原本就打算等這項計畫結束後要讓真廣他們飼養。如果就這樣讓他們天人永隔，那未免太殘酷了。」

難怪之前雞冠頭頂的毛觸感會如此粗糙，因為是用染髮噴劑染白的。

雞冠似乎是阿鐵一開始就準備好的貓。

「當初一打開玄關的大門，牠就突然衝了進來，那也是你事先安排好的吧？」

應該是事先備好籠子，讓雞冠在門外待命吧。難怪雞冠特別愛黏著阿鐵，因為在成員當中，只有阿鐵不是陌生臉孔。

「火災當天，雞冠會失蹤是因為你把牠藏起來了吧？」

「沒錯，是我藏的。住家後院失火時大家不是都忙著滅火嗎？當時我假裝用水桶汲水，其實是把待在屋內的雞冠裝進紙箱裡，擱在玄關旁斜坡的草叢裡了。事後再由劇團成員前來取走。」

經這麼一提才想到，在那場救火工作中，最後阿鐵提著水桶衝至住家後院時，手中的水桶是空的。如今回想起來，再也沒有比那更不自然的事了。提著空桶來救火根本毫無意義。

「那麼，雞冠的屍體又是怎麼回事？我們埋在外廊的屍體。」

聽完阿鐵的答覆後，武澤不禁張人了嘴。

「那是我用夾娃娃機夾到的布偶，加進丟在流理台的貫太郎特製雞肉拉麵，以及熟番茄。」

「什麼啊？……」

「人在緊張的情緒下很容易受騙。二來，晚上光線昏暗也有關係。那包塑膠袋裡的東西是我在廁所裡做成的。其實，我原本是想趁大家睡著後再慢慢製作，但因為那天晚上真廣坐在玄關上，你也醒著沒睡。所以我才假裝要喝麥茶，到廚房去，將流理台網袋裡的東西以及熟番茄一起丟進塑膠袋裡，藏在睡衣裡面，躲進廁所。我割開竹兄你放在廁所的那隻布偶腹部，將它丟進塑膠袋裡，再來就是巧妙地將它揉成一團，再放進雞冠的項圈。不是我自誇，那看起來很逼真，對吧？」

「是很逼真。」

看起來的確很像雞冠的屍體。

「可是阿鐵，你在廁所裡製作的假屍體又是如何擺到玄關門外的呢？」

當時阿鐵應該是馬上就回起居室躺下了才對。他從廁所走出時，說他好像是因為貫太郎煮的麵而吃壞肚子，按著睡衣腹部，所以裡頭應該是藏了那包裝有假屍體的塑膠袋。

「其實這沒什麼難的。我只是悄悄打開起居室的窗戶，將它丟往玄關罷了。抓準剛好有車輛經過的時機。」

的確是很簡單的手法。

「我們坐吧。」阿鐵朝附近的長椅努了努下巴，武澤與阿鐵並肩坐向褪色的塑膠長椅。

「你會把這件事告訴我女兒她們嗎？」阿鐵以疲憊的口吻問道。

「告訴她們你做的事嗎？」

阿鐵點頭，又再問了一次：「你會告訴她們嗎？」

「你不希望我說吧？」

阿鐵一臉落寞地將下巴往內收。

「既然這樣……那我就不說。」

語畢，阿鐵以感激的眼神望向武澤。

「竹兄。」

阿鐵拾起地上一張櫻樹葉子，手指捏著葉柄，加以轉動。

「竹兄，你今後還會繼續當詐欺犯嗎？」

經他這麼一問，武澤不知如何回答。

這七年來，武澤一直告訴自己「我是壞蛋、我是壞蛋」。因為若不這麼做，他會覺得自己可能又會成為被騙的一方，心生恐懼。可是現在，想當詐欺犯的念頭已愈來愈淡薄了，幾乎已沒這個意願。真廣、彌廣、貫太郎三人現在已開始過正常的生活，我繼續這樣墮落下去好嗎？

「竹兄，你知道我為什麼替女兒取名『真廣』嗎？」

武澤不發一語，等他接話。

「她出生時，一開始我是打算將她命名為『真白』，取『純白』的意思。我希望她能成為一個內心潔白無垢的人，不要像我一樣。但我又突然感到不安了。內心潔白無垢的人是無法在這世上生存的，因為到處都有像我這樣的人。不論置身何方，都必須對人抱持懷疑的態度。」所以我改了一個字，取名為『真廣』。要在這世上生活，擁有廣闊的心比擁有潔白的心要來得好。」

阿鐵雙唇緊抿。他的視線在自己的膝蓋上游移，似乎在想些什麼，接著，他再次開口：

「詐欺犯是人渣。」

這句話語氣平靜卻銳利如針，針頭筆直地刺向武澤胸口。

「無法善終。最後一定是孤零零地死去，無人看顧。詐欺犯是世上最差勁的生物。當我發現這個道理時，已經太晚了。」

阿鐵就像要吐出口中的沙子般，再度低語了一句「已經太晚了」。他原本低著頭，此刻面朝武澤。

「人類必須互相信賴才行，絕對不能獨自一人生活。我一直到自己成為將死之身，才明白這個道理。人類必須互相信賴彼此，而利用這點來牟利的詐欺犯根本就是人渣。我過去的二十多年，還有竹兄你那七年多所做的一切，都是無法救贖的惡劣行徑，與流氓或地下錢莊的行徑沒有差別。我們總是看得到別人的罪過，但自己的罪過卻是背在背上，看不清楚。要是繼續過這種生活，就像咬著自己尾巴的蛇一樣，會把自己逼入絕境，總有一天會乾涸而死。」

其實武澤心中一直有這樣的念頭，這是他過去一直勉強自己裝作不知道的事實，所以此刻更是心有所感。他想說些什麼，卻遲遲說不出話來。阿鐵也同樣沉默不語。雙手擺在膝上，緩緩地一張一闔，不斷反覆。

這時武澤終於說話了，就像一個想要逃跑的小孩所說的話。雖然嘴巴上這麼說，但連他自己也覺得悲哀。

「可是……你和我一起做過許多案子。像是假冒銀行檢察官，賣香爐給當舖……」

阿鐵搖了搖頭，道出驚人之語。

「我沒做這種事。」

「沒做這種事？」

武澤不懂他這句話的意思。

「可是，我們不是賺了一筆嗎？不是拿到現金嗎？」

「那是我自己的錢。」

這時，武澤想起某件事了。自從他與阿鐵聯手，由阿鐵負責當最後收錢的角色後，工作總是無往不利。他一直以為是阿鐵的個性讓對方感到放心……

「你是……自己掏腰包？」

武澤驚訝地望著昔日搭檔的臉。阿鐵噘著嘴，點了點頭。

「我總是偷偷帶著一筆錢，把錢送到你手上。」

難怪那種傳統的詐欺手法總是能成功。

不論哪個時候，被設局欺騙的都是武澤。

「對了，之前你不是去闖空門，帶了不少錢回來嗎？就是之前我們五個人同住，生活費不夠用的時候。那難道也是……」

「我只是到外頭打發一下時間而已。」

阿鐵回答得極為灑脫，武澤朝他的臉凝望良久。不久，他感覺到自己的嘴角上揚。阿鐵縮著身子的模樣，與周遭的風景一同緩緩變得模糊。

4

「啊……」

一旁傳來一個熟悉的聲音。

轉頭一看，一名身材高大的青年單手拎著便利商店的塑膠袋，全身僵硬，注視著武澤。武澤不發一語，與他四目交接，那名青年以求助的眼神望向阿鐵。

「已經沒關係了。」阿鐵說。

「那件事已經穿幫了，徹底穿幫了。」

是樋口。不，雖然不知道他的本名為何，但這名穿著充滿春天氣息的白色夾克搭牛仔褲的青年確實是當時的樋口沒錯。

阿鐵這句話令青年表為之放鬆，露出放心之色，接著他一臉惘然地蹙起眉頭。

「咦，你說穿幫，難道是我們的演技……」

阿鐵揮手直說不是，朝武澤使了個眼色。

「是他太敏銳，看穿了一切。你們的演技很完美，對吧，竹兄？」

「是啊，很完美。」

武澤說完後，青年雙頰上揚，一臉開心的模樣。此刻他的容貌看起來相當和善，人的雙眼還真是不能盡信。

也許是想不出該說什麼才好，青年神色忸怩地在原地呆立半晌，接著他說了一句「我該去練習了」，就快步往公民館的玄關奔去。但途中他突然停步，回過身來說道：「關於那筆錢……」

阿鐵挑起眉毛，像在詢問這句話的意思。

「雖然不知道你的目的是什麼，不過，既然最後一切都穿幫，我們之前做的一切就都沒任何意義了。那我們之前收下的那筆錢……」

阿鐵沒回答，他像在確認什麼似的望著武澤的雙眼。武澤與他對望了半晌後，轉頭面向青年應道：「有意義。」

「你們做的這一切，有它的意義。」

青年再次開心地笑了。接著他低頭鞠躬，走進公民館的玄關。

目送青年離去後，武澤向阿鐵問：「阿鐵，那個地下錢莊組織後來到底怎麼了？真正的樋口他們人呢？」

「哦。那個組織瓦解後，就再也沒出現過了。可能是因為後來修法，很難繼續靠這種工作維生吧。那種生意已經沒辦法做了。」

「這樣啊……」

也許那幫人又在某個地方另起爐灶，從事其他惡毒的生意。把人逼入絕境、加以折磨、讓人陷入悲慘深淵的生意。一想到這裡，武澤頓時覺得無比空虛，但阿鐵說：「對了，竹兄，我已經幫你善後好了。」

「善後？」

「之前不是有一樁建設公司的騙貸詐欺案，還在週刊雜誌上刊登照片嗎？登出那名受騙的社長照片。」

沒拍臉部的那張照片。

「那個人就是樋口。」

武澤驚訝地說不出話來。

「樋口出獄後，認定信貸業已沒有發展，轉為開立建設公司。我調查後馬上得知。雖然不清楚他是否有這方面的才幹，但似乎派頭不小，我看了火冒三丈，於是決定從他們身上賺取這次計畫的資金。」

「阿鐵，你……」

這個男人真是可怕。

又一陣風吹來。頭上櫻樹的枝椏搖曳，陽光的氣味包覆全身。武澤望著身上覆滿點點柔光的阿鐵。

一陣輕快的腳步聲傳來。往聲音的方向望去，只見剛才那名青年從公民館的玄關快步奔來。他來到武澤他們面前後，從牛仔褲後方口袋取出兩張票。

「方便的話，下次請來看我們演出。下下個月會在一個小型的表演廳演出。」

「舞台劇是嗎……什麼樣的內容？」

經阿鐵這麼一問，青年簡單地說明表演內容，好像是一齣警匪劇。上次那齣戲是關於詐欺犯的內容，所以這次決定反過來，演一齣刑警追捕歹徒的戲碼。當中添加了一些設計，增添故事趣味。

「我對警匪劇沒什麼興趣耶……」

阿鐵露出苦笑，縮著脖子。

「不算你錢，請務必前來欣賞。最近因為都沒觀眾捧場，大家表演起來沒什麼幹勁。」

青年將兩張門票塞進阿鐵手中。

「你要是來看戲，演完後我請你喝酒。」

「這樣不就成了櫻花[19]嗎？」

「是不是櫻花不重要。總之門票賣不出去，很傷腦筋呢。」

阿鐵一臉無可奈何的神情，收下門票。青年露出喜色，恭敬地低頭行了一禮。然後又像剛才一樣，快步跑回公民館。

「我說阿鐵啊。」

武澤站起身，以懷著期待的心情問道：「櫻花的英語怎麼說？」

一切重新來過吧，武澤在心中暗忖。我能重新來過嗎？我已繞了不少遠路，現在還來得及嗎？

阿鐵也站起身，嘴角輕揚。他緩緩轉身，背對武澤。

「cherry blossom。」

語畢，阿鐵朝櫻樹張開雙臂，這時武澤看到了理應早已凋謝殆盡的櫻花，真的看到了。像白色，又像桃紅的櫻花長滿枝頭，隨著暮春的微風飛舞，輕柔地落在武澤與阿鐵頭上。一定還來得及。

沙代似乎就在那佈滿藍天的無數花瓣後方對他微笑。

⑲為了招攬顧客而充混的假觀眾。

背之眼　道尾秀介◎著

浮在背上的一雙黑色的眼——
那是靈魂誘發的，塗滿鮮血的怨念？

我個人在閱讀《背之眼》的時候只有一個感覺，那就是「好讀」又「好看」！真的同時可以享受道尾秀介說故事的能力和情節流暢的演進，又能夠讓我個人享受到推理的樂趣，滿足地享受頭腦體操的快感。說《背之眼》有任何京極夏彥的影子，那應該只是說故事中有用到類似怪談的設定吧。其實不管用字和故事情節，仍然有道尾秀介他個人的風格。

——杜鵑窩人——

恐怖小說作家道尾在旅行途中來到白峠村，聽說這裡發生了少年連續失蹤事件，他還在河畔聽到一種令他毛骨悚然的聲音，並看到了一個古怪的白衣女子。他嚇得逃回東京，求助於開設「靈異現象探求所」的朋友真備庄介。另一方面，真備收到一些靈異照片，照片裡的人的背上竟隱隱浮現出一雙眼睛，而這些被拍到「背之眼」的人，全都在幾天後自殺了，且地點與白峠村很接近！覺得事情並非偶然的道尾和真備決定再度前往白峠村，而在那裡等待他們的悲慘事件的真相究竟是什麼？……

骸之爪

道尾秀介◎著

拿著各種法器的千手觀音，充滿著令人駭異的震撼力！
但奇怪的是，這尊佛像竟散發出鬼魅般的氣息……

如果說《背之眼》多少還有點京極夏彥況味的話，那麼本作則幾乎是回歸到純粹的本格解謎小說的畛域了。半封閉式的佛像製作工房、沉默寡言的佛像師、夤夜邪笑的千手觀音……在在讓人聯想到橫溝正史、鮎川哲也、二階堂黎人等古典推理大師的知名作品，加上作者雜糅宗教學、民俗學、歷史學知識的著力渲染，以及道尾本人獨有的自然科學內容的解說（他在大學裡修的是林業學），沒有多餘的廢話和冗言，使得本作整個似極了一小壇醇正綿古的佳釀，卻又異香撲鼻。

——天蠍小豬——

恐怖小說作家道尾，為了採訪而來到滋賀縣的佛像雕刻所「瑞祥房」。當天晚上，他想去給佛像拍照，卻看到千手觀音咧嘴笑了起來，而在黑暗中拍下的照片，沖洗出來後更驚見佛像的頭上流下了鮮血！好友真備庄介聽說後立刻動身前往查看，卻發現了一樁二十年前發生的失蹤懸案。而幾天之後，工作房的天花板上竟突然出現了血跡，並且有一位雕刻師下落不明！難道，真的有帶著怨念徬徨遊盪了二十年的亡靈在作祟嗎？

國家圖書館出版品預行編目資料

烏鴉的拇指 / 道尾秀介 著；高詹燦 譯.
-- 初版. -- 臺北市：皇冠, 2011.11
面；公分. --（皇冠叢書；第4173種 大賞；53）
譯自：カラスの親指

ISBN978-957-33-2852-0 （平裝）

861.57 100020323

皇冠叢書第4173種
大賞 53

烏鴉的拇指

カラスの親指

作　者—道尾秀介
譯　者—高詹燦
發行人—平雲
出版發行—皇冠文化出版有限公司
台北市敦化北路120巷50號
電話◎02-27168888
郵撥帳號◎15261516號
皇冠出版社(香港)有限公司
香港上環文咸東街50號寶恒商業中心
23樓2301-3室
電話◎2529-1778　傳真◎2527-0904
總編輯—盧春旭
責任編輯—金文蕙
版權負責—莊靜君
外文編輯—黃鴻硯
美術設計—王瓊瑤
行銷企劃—林倩聿
印　務—江宥廷
校　對—黃素芬・陳秀雲・金文蕙
著作完成日期—2008年
初版一刷日期—2011年11月

法律顧問—王惠光律師
有著作權・翻印必究
如有破損或裝訂錯誤，請寄回本社更換
讀者服務傳真專線◎02-27150507
電腦編號◎506053
ISBN◎978-957-33-2852-0
Printed in Taiwan
本書定價◎新台幣320元/港幣107元